KB026064

# 현대소설 창의적 읽기

중학생을 위한
한 학기
한 권 읽기

| 소설 맥락의 틈읽기와 더읽기

# 창의적 읽기

**채명식** 지음

지성사

# 이 책을 활용하는 방법

:

『현대소설 창의적 읽기』는 '중학생을 위한 한 학기 한 권 읽기'로 기획된 책입니다.

2015개정 국어 교육과정은 학생들의 독서 생활화를 중요하게 여깁니다. 그리하여 학교 독서, 수업 시간 독서를 시작했습니다. 아울러 2015개정 국어 교육과정에 따른 국어 교과서는 '한 학기 한 권 읽기'에 대한 자세한 서술을 제공하고 있습니다. '한 학기 한 권 읽기'는 학생 중심 읽기이며, 창의적 읽기입니다.

'한 학기 한 권 읽기'는 1)~3)으로 요약되는, 그동안 독서 교육과 국어 교육에 대한 반성입니다.

1) 부분 글 독서, 줄거리 독서, 요약 독서

2) 결과 중심의 국어 교육

3) 교사 중심의 국어 교육

'한 학기 한 권 읽기'는 이 문제를 4)~6)을 통해 해결합니다.

4) 온 글 독서

5) 과정 중심의 독서

6) 학생 중심의 독서

4)의 '온 글'은 국어 교과서에 실린 글이 '부분 글'이라는 사실과 관련됩니다. '한 학기 한 권 읽기'는 교과 독서가 우선적 가치를 갖습니다. '부분 글'의 대표는 소설이므로, 『현대소설 창의적 읽기』는 교과서에 실린 소설들로 이루어집니다.

『현대소설 창의적 읽기』는 학생들이 독서 주체가 되어 5)와 6)을 할 수 있는 책입니다. 단편소설 전체를 읽을 수 있는 책들은 많지만, 이미 출간된 책들은 '한 학기 한 권 읽기'가 추구하는 5)와 6)으로 읽기가 아니라는 점에서 2015개정 교육과정에서 요구하는 독서 혁명을 이루지 못합니다. 2015개정 교육과정이 요구하는 독서 혁명을 한마디로 요약하면 '창의성'입니다.

『현대소설 창의적 읽기』는, '2015개정 교육과정'에서 정의한 '창의성'을 추구합니다. 다음 A)와 B)는 각각 '2015개정 교육과정'과 '2010 세계경제포럼'에서 정의한 '창의성'입니다.

A) 폭넓은 기초 지식을 바탕으로 다양한 전문 분야의 지식, 기술, 경험을 융합적으로 활용하여 새로운 것을 창출하는 능력

B) 특정 주제 또는 상황에 대해서 특이하거나 현명한 아이디어를 형성하거나 문제 해결을 위해 창의적인 방법을 개발하는 능력

'창의성'은 자주 B)처럼 정의되었습니다. 이 정의는 유일무이에 해당하는 독창성·창조성이 강조된 정의입니다. 이 정의를 적용하면 창의성을 갖는 사람은 소수가 됩니다. 그러나 '2015개정 교육과정'은 창의성을 A)처럼 정의합니다. 이 정의를 적용하면 창의성을 갖는 사람은 학생 다수 또는 모두가 됩니다. '융합적으로 활용하는' 능력이란 누구나 발휘할 수 있는 능력이기 때문입니다.

미래 사회가 요구하는 인재는 창의·융합형이다.(2015개정 교육과정)

『현대소설 창의적 읽기』가 중요하게 여기는 것은 독서 과정에서의 질문입니다. 2015개정 교육과정에서 독서는 '주입'이 아닌 '수용'이므로, 학생들은 스스로 질문하고 스스로 답하는 방식을 터득해야 합니다.

『현대소설 창의적 읽기』는 독서 과정에서 어떻게 질문을 생성할 수 있는지, 어떻게 질문에 답할 수 있는지를 보여줍니다. 작품 속에서 해결 가능한 답(틈읽기)인지, 해결 불가능한 답(더읽기)인지를 구별합니다. 더읽기일 때, 문화·사회·역사·철학·지리 등 학생들이 배우고 있는 다양한 과목 지식이 어떻게 활용되어 또 다른 답을 구하게 되는지를 보여줍니다.

- 틈읽기 : 작품 안에서 이해 가능한 의미
- 더읽기 : 작품에 문화·사회·역사·철학·지리 등 교과 지식을 융합하여 획득한 의미

'한 학기 한 권 읽기'는 즐거운 독서 혁명입니다. 모든 혁명이 그러하듯 혁명 앞에서 옛 독서 방법은 무력해집니다. '한 학기 한 권 읽기' 취지를 살리는 새 독서방법이 무엇보다 절실하게 필요합니다.

『현대소설 창의적 읽기』는 '한 학기 한 권 읽기' 시간을 즐거운 독서 혁명으로 이끌어 줍니다.

감사합니다.

채명식

**일러두기_**

1. 이 책의 각 소설은 다음 원본을 바탕으로 하였습니다.
   - 01 「운수 좋은 날」: 〈개벽〉(1924년 6월호)
   - 02 「도시와 유령」: 〈조선지광〉(1928년 7월호)
   - 03 「광염 소나타」: 〈중외일보〉(1930년 1월 1일~12일 연재)
   - 04 「화랑의 후예」: 〈조선중앙일보〉(1935년 신춘문예 당선작)으로, 『김동리 단편집』(을유문화사, 1953)
   - 05 「사랑손님과 어머니」: 〈조광〉(1935년 11월호, 창간호)
   - 06 「복덕방」: 〈조광〉(1937년 3월호)

2. 기호는 다음과 같이 통일하였습니다.
   『 』책명, 「 」작품명과 법률, 〈 〉신문·잡지명

3. 원문은 다음 기준에 따라 표기하였습니다.
   - 대화 : 오타가 아닌 한 원문의 표기를 최대한 살린다.
   - 지문 : 현재의 맞춤법에 따른다.

차례 /

# 01 운수 좋은 날

현진건

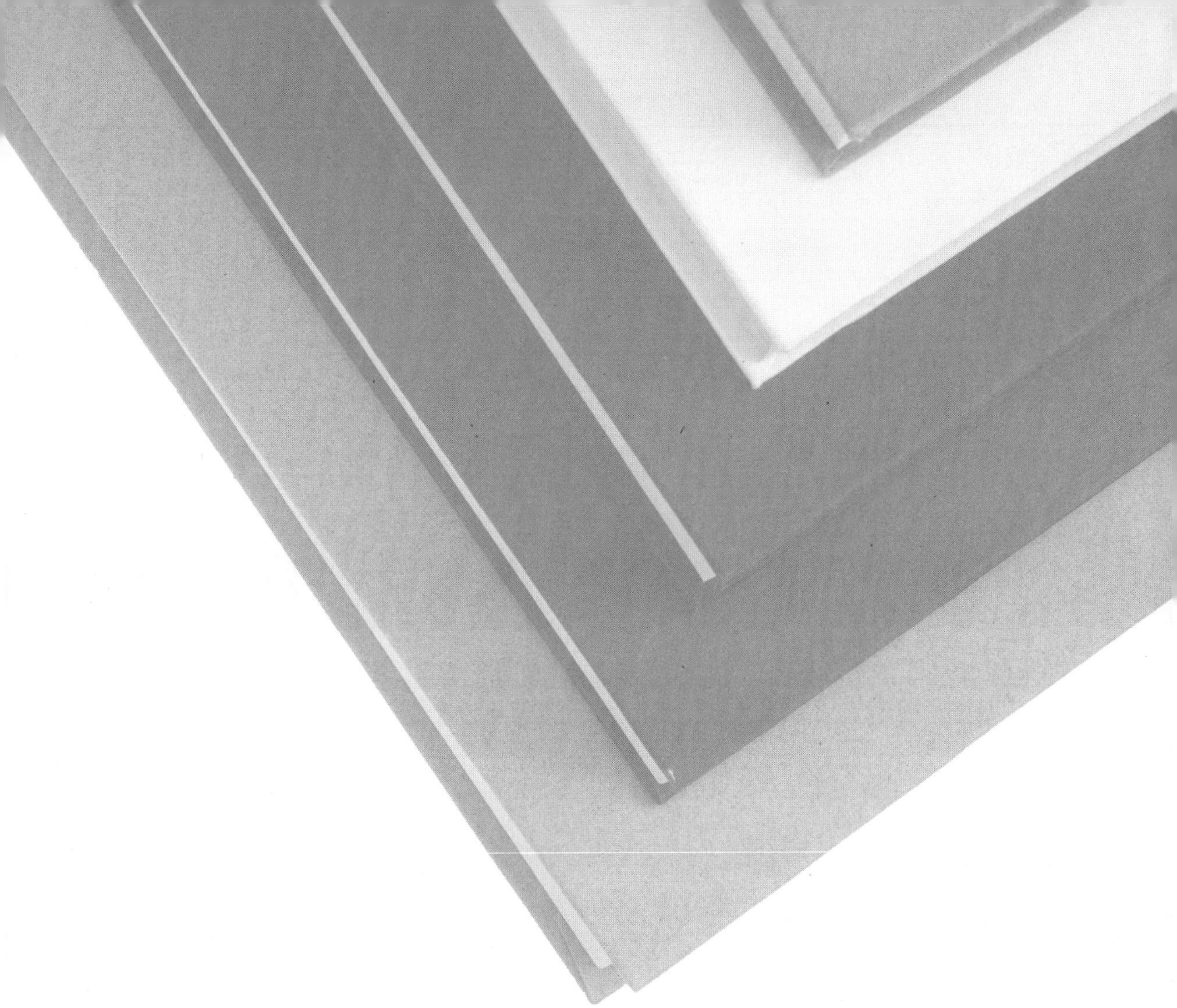

## 현진건은
## 어떤 작가인가?

현진건(1900~1943)의 호는 빙허다. 대구 출생이다. 1918년 상해에 있는 호강대학에서 공부했다. 1920년에 「희생화」를 잡지 〈개벽〉에 발표하면서 등단하는데, 그의 나이 20세였다. 이해 11월에 조선일보사에 입사하고, 1년 뒤 동아일보사로 자리를 옮긴 뒤 1936년 일장기 말소사건으로 투옥되어 해직될 때까지 기자 생활을 했다. 일장기 말소사건이란 베를린 올림픽 마라톤 경기에서 손기정 선수가 세계신기록으로 우승했을 때 손기정 선수가 스스로 유니폼의 일장기를 떼낸 일을 가리킨다. 현진건의 작품은 일제 강점기 조선인의 고통을 주로 다뤘다. 「고향」, 「운수 좋은 날」 등이 대표적인 작품으로, 하층민에 대한 연민이 담겨 있다. 「술 권하는 사회」, 「빈처」는 작가의 자전적 소설이다. 현진건은 1920년대를 대표하는 사실주의 소설 작가다.

# 01 운수 좋은 날

❶**새침하게** 흐린 **품**이 눈이 올 듯하더니, 눈은 아니 오고 얼다가 만 비가 **추적추적** 내리는 날이었다.

❷이날이야말로 **동소문** 안에서 **인력거**꾼 노릇을 하는 김 **첨지**에게는 오래간만에도 닥친 운수 좋은 날이었다. **문안**에(거기도 문밖은 아니지만) 들어간답시는 앞집 **마마님**을 ❸전찻길까지 모셔다 드린 것을 비롯으로 행여나 손님이 있을까 하고 정류장에서 **어정어정하며** 내리는 사람 하나하나에게 거의 비는 듯한 눈길을 보내고 있다가, 마침내 **교원**인 듯한 **양복쟁이**를 **동광학교**(東光學校)까지 태워다 주기도 되었다.

- 새침하다 : 날씨 따위가 푸근하지 못하고 조금 쌀쌀하다
- 품 : 행동에서 드러나는 태도
- 추적추적 : 비나 진눈깨비가 계속 축축하게 내리는 모양
- 동소문 : 한양 도성의 4 소문 중 하나. 동문과 북문 사이에 있음. 혜화문이라고도 함
- 인력거 : 한 사람 또는 두 사람을 태우고 사람이 끌던 수레
- 첨지 : 나이 많은 남자를 낮잡아 이르는 말
- 문안 : 4대문 안
- 마마님 : 재력이 있는 여인을 가리키는 말
- 어정어정하다 : 천천히 이리저리 걷다
- 교원 : 선생
- 양복쟁이 : 양복 입은 사람을 낮잡아 이르는 말
- 동광학교 : 명륜동 1가에 있었던 학교로 1924년 '보성보통고등학교'(현재 보성고등학교)에 통합

창의적 읽기

**❶의 날씨가 어떻지?**

흐리고, 춥고, '얼다가 만 비' 가 오는 날씨다. 길이 미끄러우면 교통사고가 나므로 인력거꾼들이 일을 하지 않으려는 날씨다. 상황이 점점 나빠지는 소설 전체의 분위기와 일치하는 날씨이므로 배경 상징이다.

**날씨의 배경 상징이 뭐지?**

복선이다. '운수 좋다=눈' 이 올 듯하다가 '운수 나쁘다=얼다가 만 비' 로 바뀐 날씨처럼 김 첨지에게 일어난 사건도 '운수 좋다 → 운수 나쁘다' 가 된다.

**❷에서 김 첨지가 사는 곳은 왜 동소문일까?**

인력거 이용자는 관리·중산층·노약자·기생 등이었다. 이동은 문안(사대문 안)에서 이루어졌으므로 인력거꾼은 문안에 살아야 했다. 문안에 살지 못하면 문안에서 가장 가까운 곳에 살았다.

**한양 도성에는 어떤 문들이 있지?**

한양 도성에는 8개의 문이 있다. 대문 4개와 소문 4개다. 4대문은 동대문(흥인문)·서대문(돈의문)·남대문(숭례문)·북대문(숙정문)이다. 4소문은 동소문(혜화문)·서소문(소의문)·남소문(광희문)·북소문(창의문)이다.

**대문과 소문은 어떤 차이가 있어?**

중요한 차이는 두 가지다.

- 건축상의 차이 : 대문은 소문보다 크고 위용이 있다. 문루 차이도 있는데, '대문 = 중층' 이고, '소문 = 단층' 이다.
- 사용자의 차이 : 대문은 왕과 왕비 그리고 왕실의 특별한 사람만 사용했다.

**❸ 의 '전찻길'이 어딜까?**

혜화문 근처에서 가장 가까운 노면전차 역이므로 창경원역이다.

첫 번에 삼십 **전**, 둘째 번에 오십 전—아침 **댓바람**에 그리 흉하지 않은 일이었다. ❶ 그야말로 **재수가 옴붙어서 근** 열흘 동안 돈 구경도 못한 김 첨지는 십 전짜리 **백동화** 서 푼, 또는 다섯 푼이 찰깍하고 손바닥에 떨어질 제 거의 눈물을 흘릴 만큼 기뻤었다. 더구나 이날 이때에 이 팔십 전이라는 돈이 그에게 얼마나 유용한지 몰랐다. 컬컬한 목에 **모주** 한 잔도 적실 수 있거니와, 그보다도 앓는 아내에게 설렁탕 한 그릇도 사다줄 수 있음이다.

그의 아내가 기침으로 쿨룩거리기는 벌써 **달포**가 넘었다. **조밥**도 굶기를 먹다시피 하는 형편이니 물론 약 한 첩 써본 일이 없다. 구태여 쓰려면 못 쓸 바도 아니로되, 그는 ❷병이란 놈에게 약을 주어 보내면 재미를 붙여서 자꾸 온다는 자기의 **신조**(信條)에 어디까지 충실하였다. 따라서 의사에게 보인 적이 없으니 무슨 병인지는 알 수 없으되, ❸반듯이 누워 가지고 **일어나기는새려 모로도** 못 눕는 걸 보면 **중증**은 중증인 듯. 병이 **이대도록** 심해지기는 열흘 전에 조밥을 먹고 체한 때문이다. 그때도 김 첨지가 오래간만에 돈을 얻어서 좁쌀 한 되와 십 전짜리 나무 한 단을 사다 주었더니, 김 첨지의 말에 의지하면, **오라질** 년이 **천방지축**(天方地軸)으로 냄비에 대고 끓였다. 마음은 급하고 불길은 달지 않아 채 익지도 않은 것을 그 오라질 년이 숟가락은 고만두고 손으로 움켜서 두 뺨에 주먹덩이 같은 혹이 불거지도록 누가 빼앗을 듯이 **처박질더니만** 그날 저녁부터 가슴이 땅긴다, 배가 켕긴다고 눈을 **홉뜨고** 지랄병을 하였다.

- 전 : 우리나라의 화폐 단위. 1전은 1원의 100분의 1에 해당
- 댓바람 : 일이나 때를 당하여 서슴지 않고 당장
- 재수가 옴 붙어서 : 재수가 나빠서
- 근 : 거의
- 백동화 : 구리와 니켈의 합금이며 은백색을 띤 백동으로 만든 돈. '백통화'라고도 함
- 푼 : 예전에 엽전을 세는 단위로 한 푼은 동전 한 닢을 가리킴
- 모주 : 술을 거르고 남은 찌꺼기인 재강에 물을 타서 뿌옇게 걸러낸 탁주. 막걸리
- 달포 : 한 달이 조금 넘는 기간
- 조밥 : 좁쌀로만 짓거나 멥쌀에 좁쌀을 많이 두어서 지은 밥
- 신조 : 굳게 믿어 지키고 있는 생각
- 일어나기는새려 : 일어나기는커녕 (새려 = '새로에'의 방언. '커녕'이라는 뜻)
- 모로도 : 옆으로도
- 중증 : 아주 위중한 병의 증세
- 이대도록 : (=이다지) 이러한 정도로, 이렇게까지
- 오라질 : 오라에 묶여 갈 만하다는 뜻으로, 미워하는 대상이나 못마땅한 일에 대하여 비난하거나 불평할 때 욕으로 하는 말
- 천방지축 : 너무 급하여 허둥지둥 함부로 날뜀
- 처박질더니만 : '처박더니만'을 속되게 이르는 말 (처박다 = 마구 쑤셔 넣거나 푹 밀어 넣다)
- 홉뜨고 : 눈알을 위로 굴리고 눈시울(눈언저리의 속눈썹이 난 부분)을 위로 치뜨고

### ❶에서 무엇을 읽어야 하지?

열흘 동안 왜 인력거 수입이 없는지 김 첨지는 판단하지 못하고 있다.

### 왜 인력거 수입이 없는 거야?

운 나쁨의 문제가 아니라 경성 교통수단의 변화 때문이다.

### ❷의 '신조'는 어떤 거지?

병이 났을 때 병원을 이용하는 조선인은 극소수였다. 병원비가 비쌌다. 김 첨지와 도시 하층민은 병이 나도 병원에 갈 수 없었다. 초목을 사용하는 민간요법이나 미신에 기대거나 아무런 손도 쓰지 않고 내버려 두었다. 김 첨지는 아내를 내버려 두었고, 따라서 '신조'가 아니라 변명이다. 김 첨지는 '신조'라 믿지만 그것은 '무지'다.

### ❸에서 김 첨지가 생각하는 '중증'은 어느 정도일까?

김 첨지 아내는 열흘 전 급체한 뒤 아무것도 먹지 못했다. 그때 이미 '눈을 홉뜨고 지랄병'을 시작했다. 설렁탕 국물이 먹고 싶다고 한 지도 사흘이 지났다. 기침하기 시작한 지는 한 달이 넘었다. 이 모든 사실에서 김 첨지의 아내는 죽음을 앞두고 있다. 김 첨지는 아내의 죽음을 예감하고 있다.

그때 김 첨지는 **열화**와 같이 성을 내며,

"에이, 오라질 년, **조랑복**은 할 수가 없어. 못 먹어 병, 먹어서 병! 어쩌란 말이야. 왜 눈을 바루 뜨지 못해!"

하고 김 첨지는 ❶앓는 이의 뺨을 한 번 후려갈겼다. 홉뜬 눈은 조금 **바루어졌건만** 이슬이 맺히었다. 김 첨지의 눈시울도 뜨끈뜨끈하였다.

이 환자가 그러고도 먹는 데는 **물리지** 않았다. ❷사흘 전부터 설렁탕 국물이 마시고 싶다고 남편을 졸랐다.

"이런 오라질 년! 조밥도 못 먹는 년이 설렁탕은. 또 처먹고 지랄을 하게."

라고 야단을 쳐보았건만, 못 사주는 마음이 시원치는 않았다.

인제 설렁탕을 사줄 수도 있다. 앓는 어미 곁에서 배고파 보채는 개똥이(**세 살먹이**)에게 죽을 사줄 수도 있다—팔십 전을 손에 쥔 김 첨지의 마음은 **푼푼하였다**.

그러나 그의 행운은 그걸로 그치지 않았다. 땀과 빗물이 섞여 흐르는 목덜미를 기름주머니 다 된 **왜목 수건**으로 닦으며, 그 학교 문을 돌아 나올 때였다. 뒤에서 "인력거!" 하고 부르는 소리가 난다. 자기를 불러 멈춘 사람이 그 학교 학생인 줄 김 첨지는 한번 보고 짐작할 수 있었다. 그 학생은 다짜고짜로,

"남대문 정거장까지 얼마요?"

라고 물었다. ❸아마도 그 학교 기숙사에 있는 이로 **동기** 방학을 이용하여 **귀향**하려 함이리라. 오늘 가기로 작정은 하였건만, 비는 오고 짐은 있고 해서 어찌 할 줄 모르다가 마침 김 첨지를 보고 뛰어나왔음이리라. 그렇지 않다면 왜 구두를 채 신지도 못해서 질질 끌고, 비록 '**고꾸라**' 양복일망정 **노박이로** 비를 맞으며 김 첨지를 뒤쫓아 나왔으랴.

- 열화 : 매우 급하게 치밀어 오르는 화증
- 조랑복 : 보잘것없는 복 또는 복을 받아도 누리지 못하는 사람
- 바루어졌건만 : 바르게 되었지만 (바루다 = 비뚤어지거나 구부러지지 않도록 바르게 하다)
- 물리다 : 다시 대하기 싫을 만큼 싫증이 나다
- 세 살먹이 : 세 살배기
- 푼푼하다 : 모자람이 없이 넉넉하다
- 왜목 수건 : 광목 수건
- 동기 : 겨울
- 귀향 : 고향으로 돌아감
- 고꾸라 : 두꺼운 무명 직물
- 노박이로 : 줄곧 계속해서

### ❶은 '아내 폭력'이야?

오늘날 표현으로 '아내 폭력'이다. 이 폭력에 앞서 읽어야 할 것은 김 첨지의 두려움이다. 김 첨지는 '눈을 치뜨는' 아내에게서 가망 없음을 본 것이다. '아내 폭력'은 이때 일어난 것이다.

### ❷의 '설렁탕 국물'이 설렁탕이야?

그동안 '설렁탕'은 「운수 좋은 날」의 김 첨지 아내가 죽기 사흘 전에 먹고 싶어 한 음식이라고 자주 해석되었다. 그러나 이는 정확한 해석이 아니다. 김 첨지 아내가 먹고 싶다고 한 것은 설렁탕이 아니라 설렁탕 국물이다. 비슷해 보이지만 서사적 긴장이 다르다.

### '설렁탕 국물'은 어떻게 해석해야 하지?

먼저 확인해야 하는 사실이 있다. 김 첨지 아내의 상태다. 설렁탕을 먹을 수 없을 정도로 위독하다. 이 사실을 김 첨지 아내는 알고 있다. 시치미 떼고 있지만, 김 첨지도 알고 있다. '설렁탕'이 아니라 '설렁탕 국물'을 먹으려 했다는 사실에 독자가 관심을 가질 때, '설렁탕 국물'은 비로소 큰 서사적 감동이 된다. '설렁탕 국물'은 김 첨지 아내 자신을 위한 것이 아니라 세 살 아이 '개똥이'를 위한 것이기 때문이다. 그러므로 '설렁탕 국물'은 '개똥이'가 굶어죽지 않게 젖이 나오도록 하기 위한 눈물겨운 마지막 '모성애'로 해석해야 한다.

### '설렁탕 국물'의 서사적 기능이 뭐지?

비극성을 높인다.

### ❸과 같은 짐작을 김 첨지는 어떻게 할 수 있지?

손님이 '남대문 정거장'에 가려 하기 때문이다. '남대문 정거장'은 경인선의 종점이다. 김 첨지는 손님이 경인선을 타려 한다고 짐작한 것이다.

### '남대문 정거장'이 어디야?

1900년 경인선 개통(인천~경성)과 함께 새문(서대문) 밖에 '경성 정거장', 남문(남대문) 밖에 '남대문 정거장'이 건설되었다. 경인선 종점인 경성 정거장은 이후 '서대문역'으로 이름이 바뀌었다가 1919년에 폐쇄되었다. 남대문 정거장은 1905년 경부선 개통으로 경인선과 연결되면서 이 역을 이용하는 사람들이 점차 늘어났다. 이 소설에 나오는 '남대문 정거장'은 46평 규모의 작은 목조건물로 출발했지만, 이 자리에 스위스의 루체른 역을 본뜬 새로운 역사를 짓기로 결정, 1922년 6월 1일부터 공사를 시작하여 1925년 9월에 완공, '경성역'이라고 이름 붙였다. 해방 후 '서울역'으로 이름을 바꾸었으며, 현재 '문화역서울284'이라는 이름으로 새롭게 단장하여 복합문화공간으로 활용되고 있다.

"남대문 정거장까지 말씀입니까?"

하고, 김 첨지는 잠깐 주저하였다. 그는 이 **우중**에 **우장**도 없이 그 먼곳을 철벅거리고 가기가 싫었음일까? 처음 것, 둘째 것으로 고만 만족하였음일까? 아니다. 결코 아니다. 이상하게도 꼬리를 맞물고 덤비는 이 행운 앞에 조금 겁이 났음이다. 그러고 집을 나올 **제** 아내의 부탁이 마음에 **켕기었다**.

앞집 마마님한테서 불려 왔을 제 **병인**은 ❶그 뼈만 남은 얼굴에 유일의 생물 같은, 유달리 크고 움푹한 눈에다 **애걸**하는 빛을 띄우며,

"❷오늘은 나가지 말아요. 제발 덕분에 집에 붙어 있어요. 내가 이렇게 아픈데……."

라고 모기 소리같이 중얼거리고 숨을 **걸그렁걸그렁** 하였다. ❸그때에 김 첨지는 대수롭지 않은 듯이,

"**압다**, **젠장맞을** 년. 별 빌어먹을 소리를 다 하네. 맞붙들고 앉았으면 누가 먹여 살릴 줄 알아."

하고 훌쩍 뛰어나오려니까 환자는 붙잡을 듯이 팔을 내저으며,

"나가지 말라도그래. 그러면 일찍이 들어와요."

하고 목메인 소리가 뒤를 따랐다.

- 우중 : 비 오는 중
- 우장 : 비옷
- 제 : 적에(적 = 동작이 진행되는 상태나 지나간 어떤 때)
- 켕기다 : 마음속으로 겁이 나고 탈이 생길까 불안하다
- 병인 : 병자
- 애걸 : 소원을 들어 달라고 애처롭게 빎
- 걸그렁걸그렁 : 글그렁글그렁(= 가래 따위가 목구멍에 걸려 숨 쉴 때마다 자꾸 거칠게 나는 소리. 또는 그 모양)
- 압다 : 아따(= 무엇이 몹시 심하거나 하여 못마땅해서 빈정거릴 때 가볍게 내는 소리)
- 젠장맞을 : 뜻에 맞지 아니하여 불평스러울 때 욕으로 하는 말

창의적 읽기

### ❶은 무슨 뜻이야?

눈만 살아 있는 듯하고 온몸은 뼈만 앙상하니 죽어 가는 몰골이라는 뜻이다.

### ❷를 어떻게 이해해야 해?

두 가지다.

- 죽음 가능성 : 오늘 내가 죽을 수도 있으니 일 나가지 말라.
- 교통사고 가능성 : 오늘 도로는 살얼음길이므로 교통사고가 날 수 있다.

### ❷의 기능은 뭐야?

복선이다 .

### ❷에서 '죽음 가능성'을 어떻게 읽을 수 있지?

'제발'의 서사성 때문이다. 열흘이나 벌이가 없었으므로 남편이 일해야 한다는 것을 김 첨지 아내는 알고 있다. 그럼에도 '제발'처럼 간절하게 청하는 것은 자기 임종이 오늘이라 느끼기 때문이다.

* 임종 : 죽음을 맞이함

### ❷에서 '교통사고 가능성'을 어떻게 읽을 수 있지?

'덕분에'의 서사성 때문이다. '얼다가 만 비' 가 오는 날에는 인력거 교통사고가 많이 난다는 것을 김 첨지 아내는 알고 있다. 자기 임종을 지키는 셈치고 인력거를 끌고 나가지 않으면 덕분에 교통사고를 면하게 된다는 뜻이다.

### ❸을 어떻게 이해해야 해?

김 첨지의 허장성세다. '모기 소리같이 중얼거리고 숨을 걸그렁걸그렁=임종 임박 표시'임을 잘 알지만, 어떠한 조치든 김 첨지의 능력 밖이어서 피할 뿐이다.

정거장까지 가잔 말을 들은 순간에 경련적으로 떠는 손, 유달리 큼직한 눈, 울 듯한 아내의 얼굴이 김 첨지의 눈앞에 어른어른하였다.

"그래, 남대문 정거장까지 얼마란 말이요?"

하고 학생은 초조한 듯이 인력거꾼의 얼굴을 바라보며 혼잣말같이,

"인천 차가 **열한 점**에 있고, 그다음에는 **새로 두 점**이던가."

라고 중얼거린다.

"일 원 오십 전만 줍시요."

이 말이 저도 모를 사이에 불쑥 김 첨지의 입에서 떨어졌다. ❶제 입으로 부르고도 스스로 그 엄청난 돈 액수에 놀래었다. 한꺼번에 이런 금액을 불러라도 본 지가 그 얼마만인가! 그러자 ❷그 돈 벌 **욕기**가 병자에 대한 염려를 **사르고** 말았다. 설마 오늘 내로 어떠랴 싶었다. 무슨 일이 있더라도 제일 제이의 행운을 합친 것보다도 오히려 곱절이 많은 이 행운을 놓칠 수 없다 하였다.

"일 원 오십 전은 너무 과한데."

이런 말을 하며 학생은 고개를 기웃하였다.

"아니올시다. **이수**로 치면 여기서 거기가 시오 리가 넘답니다. 또 이런 **진날**은 좀더 주셔야지요."

하고 빙글빙글 웃는 **차부**의 얼굴에는 숨길 수 없는 기쁨이 넘쳐흘렀다.

"그러면 달라는 대로 줄 터이니 빨리 가요."

- 열한 점 : 오전 11시
- 새로 두 점 : 오후 2시
- 욕기 : 분수에 넘치게 무엇을 탐내거나 누리고자 하는 마음. 욕심
- 사르고 : 사르다(=어떤 것을 남김없이 없애 버리다)
- 이수 : 거리를 '리(里)'의 단위로 나타낸 수
- 진날 : 땅이 질척거릴 정도로 비나 눈이 오는 날
- 차부 : 마차나 우차 따위를 부리는 사람

창의적 읽기

### ❶을 어떻게 이해해야 해?

평상시 요금보다 더 많이 부른 액수다. 손님이 이 금액을 주겠다 하면 계속 일하고, 안 주겠다 하면 집에 가겠다고 생각한 것이다. 집으로 돌아가는 것을 자신의 의지가 아닌 외부적 요인에 맡긴 김 첨지의 모습을 엿볼 수 있다.

### 평상시 요금보다 왜 더 받았지?

날씨는 표준 요금 외에 추가 요금을 청구할 수 있는 이유다. 이는 총독부도 인정하는 관행이었다. 평상시는 인력거가 많이 운행되지만, 이날은 춥고 길이 미끄럽다. 궂은 날에는 사고가 잦을 뿐 아니라 인력거 운행이 적었다. 손님들도 이 사실을 알고 있었으므로 크게 항의하지 않았다.

### 김 첨지는 구간별 표준 요금보다 얼마나 더 받은 거야?

다음은 1928년 구간별 표준 요금이다.

| 구간 (출발 → 도착) | 김 첨지가 받은 요금 | 구간 표준요금 |
|---|---|---|
| 동소문 → 창경원역(전차) | 30전 | 15전 |
| 창경원역 → 동광학교(명륜동) | 50전 | 15전 |
| 동광학교 → 남대문 정거장 | 1원 50전 | 70전 |
| 남대문 정거장 → 인사동 | 60전 | 35전 |

### 이유 없이 표준 요금보다 돈을 더 받으면?

처벌을 받는다. 인력거꾼이 처벌 받는 것은 두 가지 경우다. 승차를 거부했을 때와 표준 요금보다 많이 청구했을 때다.

### ❷를 어떻게 이해해야 해?

김 첨지의 내적 갈등이다. '돈이 필요하므로 일하러 나가야 한다'와 '아내의 임종 때 곁에 있어야 한다' 사이의 갈등이다.

관대한 어린 손님은 이런 말을 남기고 총총히 옷도 입고 짐도 챙기러 제 갈 데로 갔다.

그 학생을 태우고 나선 김 첨지의 다리는 이상하게 가뿐하였다. 달음질을 한다느니보다 거의 나는 듯하였다. 바퀴도 어떻게 속히 도는지 구른다느니보다 마치 얼음을 지쳐 나가는 스케이트 모양으로 미끄러져 가는 듯하였다. 언 땅에 비가 내려 미끄럽기도 하였지만.

이윽고 끄는 이의 다리는 무거워졌다. 자기 집 가까이 다다른 까닭이다. ❶**새삼스러운** 염려가 그의 가슴을 눌렀다.

"오늘은 나가지 말아요. 내가 이렇게 아픈데."

이런 말이 잉잉 그의 귀에 울렸다. 그리고 ❷병자의 움쑥 들어간 눈이 원망하는 듯이 자기를 노려보는 듯하였다. 그러자 엉엉 하고 우는 개똥이의 **곡성**을 들은 듯싶다. 딸국 딸국 하고 숨 모으는 소리도 나는 듯싶다…….

"왜 이러우? 기차 놓치겠구먼."

하고, 탄 이의 초조한 부르짖음이 간신히 그의 귀에 들어왔다. 언뜻 깨달으니 김 첨지는 인력거 채를 쥔 채 길 한복판에 엉거주춤 멈춰 있지 않은가.

"예, 예."

하고 김 첨지는 또다시 달음질하였다. 집이 차차 멀어갈수록 김 첨지의 걸음에는 다시금 신이 나기 시작하였다. 다리를 **재게** 놀려야만 쉴 새 없이 자기의 머리에 떠오르는 모든 근심과 걱정을 잊을 듯이.

정거장까지 끌어다 주고 그 깜짝 **놀랜** 일 원 오십 전을 정말 제 손에 쥠에 제 말마따나 십 리나 되는 길을 비를 맞아가며 질퍽거리고 온 생각은 아니하고, 거저나 얻은 듯이 고마웠다. **졸부**나 된 듯이 기뻤다. 제 자식뻘밖에 안 되는 어린 손님에게 몇 번 허리를 굽히며,

"안녕히 다녀옵시요."

라고, 깍듯이 **재우쳤다**.

그러나 빈 인력거를 털털거리며 이 우중에 돌아갈 일이 꿈 밖이었다. ❸노동으로 하

여 흐른 땀이 식어지자 굶주린 창자에서 물 흐르는 옷에서 어슬어슬 한기가 솟아나기 비롯하매 일 원 오십 전이란 돈이 얼마나 귀찮고 괴로운 것인 줄 절실히 느끼었다. 정거장을 떠나가는 그의 발길은 힘 하나 없었다. 온몸이 **옹송그려지며** 당장 그 자리에 엎어져 못 일어날 것 같았다.

"젠장맞을 것! 이 비를 맞으며 빈 인력거를 털털거리고 돌아를 간담. 이런 빌어먹을, **제 할미를 붙을** 비가 왜 남의 **상판**을 딱딱 때려!"

- 새삼스럽다 : 이미 알고 있는 사실에 대하여 느껴지는 감정이 갑자기 새로운 데가 있다
- 곡성 : 곡하는 소리. 우는 소리
- 재게 : 빠르게
- 놀래다 : 가슴 두근거리게 하다(='놀라다'의 사동사)
- 졸부 : 벼락부자
- 재우치다 : 빨리 몰아치거나 재촉하다
- 옹송그려지며 : 춥거나 두려워 몸을 궁상맞게 몹시 옹그리며
- 제 할미를 붙을 : 남을 경멸하거나 저주할 때 쓰는 아주 심한 욕
- 상판 : '얼굴'의 속어

창의적 읽기

**①을 어떻게 이해해야 해?**

'염려=아내의 임종을 보지 못함'이다. 김 첨지의 '염려=강박관념'에 가깝다. 그러므로 김 첨지의 염려는 '새삼스러운' 것이 아니다. 끊임없이 계속되고 있었다.

**②를 어떻게 이해해야 해?**

환시다. 김 첨지는 아내에 대한 염려를 떨쳐내지 못하고 있다.

**③의 '굶주린 창자'는 뭐야?**

돈벌이를 하지 못한 김 첨지가 열흘 동안 먹은 것은 '조밥 조금'일 것이다. 일을 나가면 아내의 임종을 보지 못할 것임을 알면서도 인력거를 끌고 나온 것은 극한 궁핍 때문이었다.

**김 첨지는 왜 인력거꾼이 되었을까?**

1920~1930년대 일제의 토지 수탈로 한국 농민 대부분은 몰락한다. 농촌을 떠난 다수 농민들은 유랑하게 되는데, 일부는 도시로 온다. 그러나 도시에서 이들이 찾은 일은 인력거꾼과 같은 일용직이었다.

그는 몹시 **화증**을 내며 누구에게 반항이나 하는 듯이 **게걸거렸다**. 그럴 즈음에 그의 머리엔 또 새로운 광명이 비쳤나니, 그것은 '이러구 갈 게 아니라 이 근처를 빙빙 돌며 차 오기를 기다리면 또 손님을 태우게 될는지도 몰라'란 생각이었다. 오늘은 운수가 괴상하게도 좋으니까 그런 **요행**이 또 한 번 없으리라고 누가 보증하랴. ❶꼬리를 굴리는 행운이 꼭 자기를 기다리고 있다고 내기를 해도 좋을 만한 믿음을 얻게 되었다. 그렇다고 정거장 인력거꾼의 **등쌀**이 무서우니 정거장 앞에 섰을 수는 없었다. 그래 그는 이전에도 여러 번 해본 일이라 바로 ❷정거장 앞 전차 정류장에서 조금 떨어지게 사람 다니는 길과 전찻길 틈에 인력거를 세워 놓고, 자기는 그 근처를 빙빙 돌며 **형세**를 **관망**하기로 하였다.

얼마 만에 기차는 왔다. 수십 명이나 되는 손이 정류장으로 쏟아져 나왔다. 그중에서 손님을 **물색하는** 김 첨지의 눈엔 **양머리**에 뒤축 높은 구두를 신고 망토까지 두른 기생 **퇴물**인 듯, **난봉** 여학생인 듯한 **여편네**의 모양이 띄었다. 그는 슬근슬근 그 여자의 곁으로 다가들었다.

"아씨, 인력거 아니 타시랍시요?"

그 여학생인지 뭔지가 한참은 매우 **태깔**을 빼며 입술을 꼭 다문 채 김 첨지를 거들떠보지도 않았다. 김 첨지는 구걸하는 거지나 무엇같이 **연해연방** 그의 기색을 살피며,

"아씨, 정거장 애들보담 아주 싸게 모셔다 드리겠습니다. 댁이 어디신가요?"

하고 **추근추근**하게도 그 여자의 들고 있는 일본식 **버들고리짝**에 제 손을 대었다.

"왜 이래? 남 귀찮게."

❸소리를 **벽력같이** 지르고는 홱 돌아선다. 김 첨지는 어랍시요 하고 물러섰다.

전차가 왔다. 김 첨지는 원망스럽게 전차 타는 이를 노리고 있었다. 그러나 그의 예감을 틀리지 않았다. 전차가 빡빡하게 사람을 싣고 움직이기 시작하였을 제 타고 남은 손 하나가 있었다. 굉장하게 큰 가방을 들고 있는 걸 보면 아마 붐비는 차 안에 짐이 크다 하여 **차장**에게 밀려 내려온 눈치였다. 김 첨지는 대어 섰다.

"인력거를 타시랍시요."

한동안 값으로 **승강이**를 하다가 육십 전에 인사동까지 태워다 주기로 하였다.

- 화증 : 걸핏하면 화를 왈칵 내는 증세
- 게걸거리다 : 상스러운 말로 소리를 지르며 불평스럽게 자꾸 떠들다
- 요행 : 행운
- 등쌀 : 몹시 귀찮게 구는 짓
- 형세 : 일이 되어 가는 형편
- 관망 : 한발 물러나서 어떤 일이 되어 가는 형편을 바라봄
- 물색하는 : 찾아내는
- 양머리 : 서양식으로 단장한 여자의 머리
- 퇴물 : 어떤 직업에서 물러난 사람을 낮잡아 이르는 말
- 난봉 : 난봉꾼. 허랑방탕한 짓을 일삼는 사람
- 여편네 : 결혼한 여자를 낮잡아 이르는 말
- 태깔 : 교만한 태도
- 연해연방 : 계속해서
- 추근추근 : 성질이나 태도가 질기고 끈덕진 모양
- 버들고리짝 : 버들의 가지로 만든 상자. 주로 옷을 넣음. '시대적 배경'을 짐작하게 하는 어휘
- 벽력같이 : 벼락같이
- 손 : 손님
- 차장 : 승무원
- 승강이 : 서로 자기주장을 고집하며 옥신각신하는 일

창의적 읽기

### ❶의 '믿음'을 어떻게 이해해야 할까?

사태 왜곡이다. 귀가를 늦추기 위한 왜곡이다.

### ❷의 '정거장'과 '정류장'은 뭐가 달라?

'정거장=남대문 정거장'이므로 기차역이고, '정류장=전차 정류장'이므로 노면전차 역이다.

### ❸에서 무엇을 읽어야 하지?

당시 인력거꾼들이 사람들에게 푸대접을 받았음을 짐작할 수 있다.

### 우리나라에는 인력거가 언제부터 사용되었을까?

인력거는 1869년 일본에서 만들었으며, 우리나라에서 최초로 사용된 해는 1884년이다. 1910년 이후 경성의 중요 교통수단이 되었다. 인력거는 조선 시대의 교통수단인 가마 대신 사용되었는데, 철도와 도로망이 발달되자 전차·버스·택시 등에 밀려 점차 사라진다.

❶인력거가 무거워지매 그의 몸은 이상하게도 가벼워졌다. 그리고 또 인력거가 가벼워지니 몸은 다시금 무거워졌건만, 이번에는 마음조차 초조해 온다. 집의 광경이 자꾸 눈앞에 어른거리어 이젠 요행을 바랄 여유도 없었다. 나무등걸이나 무엇 같고 제 것 같지도 않은 다리를 연해 꾸짖으며 갈팡질팡 뛰는 수밖에 없었다. ❷"저놈의 인력거꾼이 저렇게 술이 취해 가지고 이 진 땅에 어찌 가노"라고 길 가는 사람이 걱정을 하리 만큼 그의 걸음은 **황급하였다**. 흐리고 비오는 하늘은 어둠침침하게 벌써 황혼에 가까운 듯하다. 창경원 앞까지 다다라서야 그는 턱에 닿은 숨을 돌리고 걸음도 **늦추잡았다**. 한 걸음 두 걸음 집이 가까워갈수록 그의 마음조차 괴상하게 누그러웠다. 그런데 ❸이 **누그러움**은 안심에서 오는 게 아니요, 자기를 덮친 무서운 불행을 빈틈없이 알게 될 때가 **박두**한 것을 두려워하는 마음에서 오는 것이다.

그는 불행이 닥치기 전 시간을 얼마쯤이라도 늦추려고 **버르적거렸다**. 기적에 가까운 벌이를 하였다는 기쁨을 할 수 있으면 오래 지니고 싶었다. 그는 두리번두리번 **사면**을 살피었다. 그 모양은 마치 자기 집 — 곧 불행을 향하여 달려가는 제 다리를 제 힘으로는 도저히 어찌할 수 없으니 누구든지 나를 좀 잡아다고, 구해다고 하는 듯하였다.

그럴 즈음에 마침 길가 **선술집**에서 그의 친구 치삼이가 나온다. ❹그의 우글우글 살찐 얼굴에 주홍이 돋는 듯, 온 턱과 뺨을 시커멓게 **구레나룻**이 덮인 것은, 노르탱탱한 얼굴이 바짝 말라서 여기저기 고랑이 파이고 수염도 있대야 턱밑에만 마치 솔잎 송이를 거꾸로 붙여 놓은 듯한 김 첨지의 **풍채**하고는 기이한 **대상**을 짓고 있었다.

- 황급하다 : 몹시 어수선하고 급박하다
- 늦추잡았다 : 느슨하게 하다
- 누그럽다 : 마음씨가 따뜻하고 부드러우며 융통성이 있다
- 박두 : 기일이나 시기가 가까이 닥쳐옴
- 버르적거리다 : 고통스러운 일이나 어려운 고비에서 벗어나려고 팔다리를 내저으며 큰 몸을 자꾸 움직이다
- 사면 : 전후좌우의 모든 방면
- 선술집 : 술청 앞에 선 채로 간단하게 술을 마실 수 있는 술집
- 구레나룻 : 귀밑에서 턱까지 잇따라 난 수염
- 풍채 : 드러나 보이는 사람의 겉모양
- 대상 : 서로 대비됨

### ❶을 어떻게 이해해야 해?

❶은 사실 표현이 아니다. '인력거가 무거워지면' 몸이 힘들어야 하는 게 사실 표현이기 때문이다. 그러므로 여기서 '몸' 은 마음을 뜻한다. 인력거 끄는 일이 매우 힘들어서 집 걱정을 좀 덜하게 된다는 뜻이다.

### ❶의 '이상하게도'를 어떻게 이해해야 하지?

'이상하게도'는 김 첨지의 왜곡 심리를 알게 하는 표지다. 굶주린 몸으로 인력거에 손님을 태워 살얼음길 15리를 달리는 일이 어떻게 힘이 하나도 안 들까. 따라서 '이상하게도' 는 강조다. 집에서 기다리고 있을 비극의 심각성 강조다. 이 비극에 비한다면 얼음길을 굶주린 몸으로 인력거 끄는 일이 훨씬 쉽다는 뜻이다.

### ❷를 어떻게 이해해야 해?

목격자 진술이다. '비정상적으로 인력거를 끄는 김 첨지의 모습=김 첨지의 내면 형상화'다. 김 첨지는 일을 하면서도 집 걱정으로 고통받고 있다.

### ❸의 '불행'은 뭐야?

'자기를 덮친 무서운 불행'은 적어도 세 가지가 예상된다. 아내의 죽음, 직업 상실, 아들의 죽음이다.

### ❸의 '누그러움'은 뭐야?

세 가지 불행 중 '아내의 죽음'에 대해서는 김 첨지가 이미 일어난 사건으로 여기고 있다는 뜻이므로 '누그러움=체념'이다.

### ❹에는 대조적인 묘사가 있지?

치삼의 살찐 얼굴과 수염 많은 턱은 김 첨지의 마른 얼굴에 수염 없는 턱과 대조를 이루며 묘사되어 있다.

### ❹는 누가 본 거야?

전지적 작가가 본 것이다. 따라서 이 소설은 3인칭 전지적 작가 시점이다. ❹는 치삼과 김 첨지의 묘사로 대조법이다.

"여보게 김 첨지, 자네 문안 들어갔다 오는 모양일세그려. 돈 많이 벌었을 테니 한잔 **빨리게**."

뚱뚱보는 말라깽이를 **보던 맡에** 부르짖었다. 그 목소리는 몸짓과 딴판으로 연하고 싹싹하였다. 김 첨지는 이 친구를 만난 게 어떻게 반가운지 몰랐다. 자기를 살려준 은인이나 무엇같이 고맙기도 하였다.

"자네는 벌써 한잔한 모양일세그려. 자네도 재미가 좋아 보이."

하고 김 첨지는 얼굴을 펴서 웃었다.

"압다, 재미 안 좋다고 술 못 먹을 낸가. 그런데 여보게, 자네 온몸이 어째 물독에 빠진 새앙쥐 같은가? 어서 이리 들어와 말리게."

선술집은 훈훈하고 뜨뜻하였다. 추어탕을 끓이는 솥뚜껑을 열 적마다 뭉게뭉게 떠오르는 흰 김, ❶석쇠에서 빠지짓 빠지짓 구워지는 너부안 굴이며, 제육이며, 간이며, 콩팥이며, 북어며, 빈대떡……이 너저분하게 늘어놓인 안주 탁자, 김 첨지는 갑자기 속이 쓰려서 견딜 수 없었다. 마음대로 할 양이면 거기 있는 모든 **먹음먹이**를 모조리 깡그리 집어삼켜도 시원치 않았다. 하되, 배고픈 이는 우선 분량 많은 빈대떡 두 개를 쪼이기로 하고 추어탕을 한 그릇 청하였다. 주린 창자는 음식맛을 보더니 더욱더욱 비어지며 자꾸자꾸 들이라들이라 하였다. 순식간에 두부와 미꾸리 든 국 한 그릇을 그냥 물같이 들이켜고 말았다. 셋째 그릇을 받아들었을 제 덥히던 막걸리 **꼬바기** 두 잔이 더 왔다. 치삼이와 같이 마시자 **원원이** 비었던 속이라 찌르르 하고 창자에 퍼지며 얼굴이 화끈하였다. 눌러 꼬바기 한 잔을 또 마셨다.

김 첨지의 눈은 벌써 **개개** 풀리기 시작하였다. 석쇠에 얹힌 떡 두 개를 **숭덩숭덩** 썰어서 볼을 불룩거리며 또 꼬바기 두 잔을 부어라 하였다.

치삼은 의아한 듯이 김 첨지를 보며,

"여보게 또 붓다니, 벌써 우리가 넉 잔씩 먹었네. 돈이 사십 전일세"라고 주의시켰다.

"아따 이놈아, 사십 전이 그리 끔찍하냐? 오늘 내가 돈을 막 벌었어. 참 오늘 운수가 좋았느니."

"그래 얼마를 벌었단 말인가?"

"❷삼십 원을 벌었어, 삼십 원을! 이런 젠장맞을, 술을 왜 안 부어…… 괜찮다, 괜찮아. 막 먹어도 상관이 없어. 오늘 돈 산더미같이 벌었는데."

"어, 이 사람 취했군. 고만두세."

- 빨리다 : 마시게 해 주다
- 보던 맡에 : 보는 순간에(맡 = 어떤 일을 하는 바로 그 순간)
- 먹음먹이 : 먹음직한 음식들
- 꼬바기 : '곱빼기'의 방언
- 원원이 : 어떤 사물이 전하여 내려온 그 처음부터. 또는 본디부터
- 개개 : '게게'의 잘못. 눈이나 몸에 기운이 없어 축 늘어진 모양
- 숭덩숭덩 : 연한 물건을 큼직하게 써는 모양

창의적 읽기

**❶의 '너부안 굴이'가 뭐야?**

'너비아니 구이'다. 얇게 저민 쇠고기를 양념한 뒤 석쇠에 구워 잣가루를 뿌린 것이다. 너붓너붓 썰었다고 하여 너비아니라고 한다. 쉬운 말로 '불고기'다.

**❷를 어떻게 이해해야 해?**

30원을 벌었다는 것은 거짓말이다. 이날 김 첨지가 번 돈은 2원 90전이다.

"이놈아, 그걸 먹고 취할 내냐? 어서 더 먹어."
하고는 치삼의 귀를 잡아치며 취한 이는 부르짖었다. 그리고 술을 붓는 열대여섯 살 됨직한 **중대가리**에게로 달겨들며

"이놈, 오라질 놈, 왜 술을 붓지 않아."
라고 야단을 쳤다. 중대가리는 희희 웃고 치삼이를 보며 문의하는 듯이 눈짓을 하였다. 주정꾼이 이 눈치를 알아보자 화를 버럭내며,

"**네미를 붙을** 이 오라질 놈들 같으니, 이놈 내가 돈이 없을 줄 알고."
하자마자 허리춤을 **훔척훔척**하더니 일 원짜리 한 장을 꺼내어 중대가리 앞에 펄쩍 집어 던졌다. 그 **사품에** 몇 푼 은전이 잘그랑 하며 떨어진다.

"여보게 돈 떨어졌네. 왜 돈을 막 끼얹나."

이런 말을 하며 치삼은 **일변** 돈을 줍는다. 김 첨지는 취한 중에도 돈의 거처를 살피려는 듯이 눈을 크게 떠서 땅을 내려다보다가 **불시에** 제 하는 짓이 너무 더럽다는 듯이 고개를 **소스라치자** 더욱 성을 내며,

"봐라 봐! 이 더러운 놈들아! 내가 돈이 없나. 다리 뼉다구를 꺾어 놓을 놈들 같으니."
하고 치삼이 주워주는 돈을 받아,

"❶이 원수엣 돈! 이 **육시**를 할 돈!"
하면서 **풀매질**을 친다. 벽에 맞아 떨어진 돈은 다시 술 끓이는 양푼에 떨어지며 ❷정당한 매를 받는다는 듯이 쨍하고 울었다.

꼬바기 두 잔은 또 부어질 겨를도 없이 말려 가고 말았다. 김 첨지는 입술과 수염에 붙은 술을 빨아들이고 나서 매우 만족한 듯이 그 솔잎 송이 수염을 쓰다듬으며,

"또 부어, 또 부어."
라고 외쳤다.

❸또 한 잔 먹고 나서 김 첨지는 치삼의 어깨를 치며 문득 껄껄 웃는다.

- 중대가리 : 중처럼 빡빡 깎은 머리 또는 그렇게 머리를 깎은 사람을 놀림조로 이르는 말
- 네미를 붙을 : 남을 경멸하거나 저주할 때 쓰는 아주 심한 욕
- 훔척훔척 : 보이지 아니하는 데 있는 것을 찾으려고 자꾸 이리저리 더듬어 뒤지는 모양
- 사품에 : 어떤 동작이나 일이 진행되는 겨를
- 일변 : 한편
- 불시에 : 갑자기
- 소스라치다 : 깜짝 놀라 갑자기 떠는 듯이 움직이다
- 육시 : 이미 죽은 사람의 시체에 다시 목을 베는 형벌을 가함
- 풀매질 : '팔매질'의 방언

**창의적 읽기**

### ❶에서 무엇을 읽어야 하지?

돈에 대한 김 첨지의 태도다.

### ❷를 어떻게 읽어야 해?

'매를 받는다'는 '매를 맞는다'란 뜻이다. 여기에는 두 가지 의미가 담겨 있다.

- 돈에다 화풀이하는 자신의 행위가 정당하다는 김 첨지의 심리가 나타나 있다.
- '돈'을 의인화한 표현이다.

### ❸에서 무엇을 읽어야 해?

김 첨지의 허장성세다.

그 웃음소리가 어떻게 컸던지 술집에 있는 이의 눈은 모두 김 첨지에게로 몰리었다. 웃는 이는 더욱 웃으며,

"여보게 치삼이, 내 ❶우스운 이야기 하나 할까. 오늘 손을 태우고 정거장에까지 가지 않았겠나."

"그래서."

"갔다가 그저 오기가 안됐데그려. 그래 전차 정류장에서 **어름어름**하며 손님 하나를 태울 **궁리**를 하지 않았나. 거기 마침 ❷마마님이신지 여학생님이신지(요새야 어디 **논다니**와 아가씨를 구별할 수가 있던가) 망토를 **잡수시고** 비를 맞고 서 있겠지. 슬근슬근 가까이 가서 인력거를 타시랍시요 하고 손가방을 받으랴니까 내 손을 탁 뿌리치고 홱 돌아서더니만 '왜 남을 이렇게 귀찮게 굴어!' 그 소리야말로 꾀꼬리 소리지, 허허!"

김 첨지는 교묘하게도 정말 꾀꼬리 같은 소리를 내었다. 모든 사람은 일시에 웃었다.

"빌어먹을 깍쟁이 같은 년, 누가 저를 어쩌나, '왜 남을 귀찮게 굴어!' 어이구 소리가 **체신**도 없지, 허허."

- 어름어름 : 말이나 행동을 똑똑하게 분명히 하지 못하고 자꾸 우물쭈물하는 모양
- 궁리 : 생각
- 논다니 : 웃음과 몸을 파는 여자를 속되게 이르는 말
- 잡수시고 : '입고'를 조롱하는 표현
- 체신 : '처신'을 낮잡아 이르는 말

창의적 읽기

### ❶은 앞에 나온 사건인데 왜 반복되고 있지?

여자의 말과 태도에서 김 첨지가 심한 모욕감을 느꼈기 때문이다.

### ❷의 괄호를 어떻게 읽어야 할까?

괄호가 없을 때와 있을 때의 의미가 다르다.

### 어떻게 의미가 다른데?

괄호를 사용하여 아까 자신을 모욕한 여자를 조롱하고 있다.

- 괄호가 없을 때 : '마마님인지 여학생님인지' 구별되지 않는다는 뜻이다.
- 괄호가 있을 때 : '마마님인지 여학생님인지' 구별된다는 뜻이다.

### ❷에서 '여학생'을 왜 '여학생님'으로 부르는 거지?

조롱하기 위함이다. 김 첨지가 사용한 '–님'은 존대가 아닌 조롱이므로 자기를 멸시한 여자가 차림새는 '여학생'이지만 실제로는 '논다니'라고 조롱한 것이다.

### 김 첨지의 인력거가 움직인 경로는?

4대문 안 동소문 근처의 집 → 창경원역(전차) → 동광학교(명륜동) → 남대문 정거장 → 인사동 → 창경원 → 동소문 근처의 집이다.

### 인력거꾼의 한 달 수입은 얼마였을까?

운수 좋았다는 이날 김 첨지가 번 돈은 '30전+50전+1원 50전+60전=2원 90전'이다. 그러나 이런 수입은 예외다. 계절과 날씨에 따라 수입이 달랐고, 초겨울에는 이 소설의 김 첨지처럼 10일 정도 수입이 전혀 없을 때도 있다. 1925년 통계에 따르면 인력거꾼의 한 달 수입은 30원이었다.

웃음소리들은 높아졌다. 그러나 그 웃음소리들이 사라도지기 전에 ❶김 첨지는 훌쩍 훌쩍 울기 시작하였다.

치삼은 어이없이 **주정뱅이**를 바라보며,

"금방 웃고 지랄을 하더니 우는 건 또 무슨 일인가?"

김 첨지는 연해 코를 들여마시며,

❷"우리 마누라가 죽었다네."

"뭐, 마누라가 죽다니 언제?"

"이놈아 언제는, 오늘이지."

"예끼 미친놈, 거짓말 말아."

"거짓말은 왜, 참말로 죽었어 참말로……. ❸마누라 시체를 집에 **빼들쳐놓고** 내가 술을 먹다니, 내가 죽일 놈이야 죽일 놈이야."

하고 김 첨지는 엉엉 소리를 내어 운다.

치삼은 흥이 조금 깨어지는 얼굴로,

"원, 이 사람이 참말을 하나, 거짓말을 하나. 그러면 집으로 가세, 가."

하고 우는 이의 팔을 **잡아다리었다**.

치삼의 잡는 손을 뿌리치더니 김 첨지는 눈물이 **글썽글썽한** 눈으로 싱그레 웃는다.

"죽기는 누가 죽어" 하고 **득의양양**, "죽기는 왜 죽어, **생때같이** 살아만 있단다. 그 오라질 년이 **밥을 죽이지**. 인제 나한테 속았다" 하고 어린애 모양으로 손뼉을 치며 웃는다.

"이 사람이 정말 미쳤단 말인가. 나도 아주먼네가 앓는단 말은 들었는데."

하고 치삼이도 어떤 불안을 느끼는 듯이 김 첨지에게 또 돌아가라고 권하였다.

"안 죽었어, 안 죽었데도 그래."

김 첨지는 화증을 내며 확신있게 소리를 질렀으되 그 소리엔 안 죽은 것을 믿으려고 애쓰는 가락이 있었다. 기어이 일 원어치를 채워서 꼬바기를 한 잔씩 더 먹고 나왔다. ❹궂은 비는 의연히 추적추적 내린다.

• 주정뱅이 : 주정을 부리는 버릇이 있는 사람을 낮잡아 이르는 말
• 뻐들쳐놓고 : 뻐들게 해놓고('뻐들다'는 '흩트리다'의 방언 = 태도, 마음, 차림 따위를 바르게 하지 못하다)
• 잡아다리었다 : '잡아당기었다'의 방언
• 걸신걸신하다 : '글썽글썽하다'의 방언
• 득의양양 : 뜻한 바를 이루어 우쭐거리며 뽐냄
• 생때같이 : 아무 탈 없이 멀쩡하게
• 밥을 죽이지 : '밥만 허비하다'를 속되게 이르는 말

## 창의적 읽기

### ❶에서 김 첨지는 왜 울지?

❶의 울음이 김 첨지의 진짜 내면이다. 이 울음은 아내가 이미 죽었다고 생각되어서다. 그러므로 김 첨지가 웃고 떠드는 것은 허세다.

### ❷에서 무엇을 읽어야 하지?

아내 죽음은 귀가 후에 알게 된 충격 사실이 아니다. 김 첨지는 아내 걱정으로 인력거 노동 시간 내내 시달렸다.

### ❸에서 김 첨지는 왜 집에 가지를 않지?

아내가 이미 죽었다고 믿기 때문이다. 그러므로 김 첨지가 술 마시고 늦게 집에 들어갔기 때문에 아내의 임종을 보지 못한 것이 아니다. 아내가 죽었다고 믿고 있기 때문에 술 마시고 늦게 귀가하려고 한 것이다.

### ❹에서 무엇을 읽어야 하지?

김 첨지가 일을 나가면서 내리기 시작한 비는 일이 끝나 집에 돌아갈 때까지 계속 내리고 있었음을 보여준다. 이때 내리는 비를 '궂은 비' 라고 표현한 것에 주목할 필요가 있다. '궂은' 상태는 변화된 적이 없었던 것이다. '운수 좋은' 은 김 첨지의 믿음일 뿐 '운수 좋은' 은 없었다.

### ❹의 '의연히'는 무슨 뜻이야?

'전과 다름없이'라는 뜻으로 변화 없다는 것을 보여준다.

김 첨지는 **취중**에도 설렁탕을 사가지고 집에 다다랐다. ❶집이라 해도 물론 **셋집**이요, 또 집 전체를 세든 게 아니라 안과 뚝 떨어진 **행랑방** 한 **간**을 빌려든 것인데 물을 길어대고 한 달에 일 원씩 내는 터이다. ❷만일 김 첨지가 **주기**를 띠지 않았던들 한 발을 대문에 들여놓았을 제 그곳을 지배하는 무시무시한 **정적**(靜寂) ─ 폭풍우가 지나간 뒤의 바다 같은 정적에 다리가 떨렸으리라. 쿨룩거리는 기침 소리도 들을 수 없다. 그르렁거리는 숨소리조차 들을 수 없다. 다만 이 무덤 같은 침묵을 깨뜨리는 ─ 깨뜨린다느니보다 한층 더 침묵을 깊게 하고 불길하게 하는 빡빡 하는 그윽한 소리 ─ 어린애의 젖 빠는 소리가 날 뿐이다. 만일 청각이 예민한 이 같으면 그 빡빡 소리는 빨 따름이요, 꿀떡꿀떡하고 젖 넘어가는 소리가 없으니, 빈 젖을 빤다는 것도 짐작할는지 모르리라.

혹은 김 첨지도 이 불길한 침묵을 짐작했는지도 모른다. 그렇지 않으면 대문에 들어서자마자 ❸전에 없이,

"이 **난장**맞을 년, 남편이 들어오는데 나와 보지도 않아. 이 오라질 년."

이라고 고함을 친 게 수상하다. 이 고함이야말로 제 몸을 **엄습**해 오는 무시무시한 **증**을 쫓아 버리려는 **허장성세**(虛張聲勢)인 까닭이다.

- 취중 : 술에 취한 상태
- 셋집 : 세를 내고 빌려 사는 집
- 행랑방 : 대문에 붙어 있는 방, 행랑이라고도 함
- 간 : 칸
- 주기 : 술기운
- 정적 : 쓸쓸한 느낌이 들 정도로 아주 고요함
- 난장 : 신체의 부위를 가리지 아니하고 마구 매로 치던 고문
- 엄습 : 감정, 생각, 감각 따위가 갑작스럽게 들이닥치거나 덮침
- 증 : 증세
- 허장성세 : 실속은 없으면서 큰소리치거나 허세를 부림

창의적 읽기

### ❶의 '월세=1원'은 적당한가?

일제 강점기 경성에는 일자리를 찾아 지방에서 올라온 일가족이 전통 한옥의 행랑에 기거하는 경우가 많았다. 행랑 사용 대가로 1원이나 2원을 내는데 주인집과 멀리 떨어져 있는 우물에서 물을 길어다 주는 조건이 포함되어 있었다. 당시에는 수도가 없었다. 1920년대 도성 밖 빈민촌 방 한 칸 '월세=3원'이었으므로 전통 한옥의 행랑 월세 1원은 그리 높은 세는 아니다.

### ❷에서 무엇을 읽어야 하지?

3인칭 전지적 작가의 개입이다. 서술자의 논평이라고도 한다. 이러한 서술은 고전소설에 많이 사용되었다.

### ❸을 어떻게 이해해야 할까?

❸과 호응하는 어휘를 먼저 찾아야 한다. '이 난장~고함을 친 게 수상하다'이다. '고함'이 지시하는 내용은 두 가지다. 욕을 했다는 것과 '남편이 들어오는데 나와 보지도 않아'라는 말이 해당된다.

### ❸의 기능은 뭐지?

'고함'에 담긴 김 첨지의 심리를 짐작하게 한다는 점이다. 하나는 김 첨지가 '불길한 침묵' 또는 '제 몸을 엄습해 오는 무시무시한 증'을 내쫓고 싶어 한다는 것이다. 또 하나는 김 첨지가 '아내가 죽었다는 사실'을 인정하지 않으려 한다는 것이다.

### ❸과 같이 표현하면 어떤 효과가 있을까?

김 첨지의 진짜 심리, 곧 '김 첨지의 두려움'을 더욱 두드러지게 한다.

### 김 첨지가 사는 '전통 한옥'은 어디에 있었을까?

사대문 안 혜화문 근처다. 한양의 사대문 안이란 동서남북 4산 밑이다. 각각 동촌(낙산 밑)·서촌(인왕산 밑)·남촌(남산 밑)·북촌(북악산 밑)이라 불린다. '혜화문=동촌'이므로 김 첨지가 사는 전통 한옥의 위치는 낙산 밑 연건동일 가능성이 높다.

하여간 김 첨지는 방문을 왈칵 열었다. ❶구역을 나게 하는 **추기** — 떨어진 **삿자리** 밑에서 올라온 먼지내, 빨지 않은 기저귀에서 나는 똥내와 오줌내, 가지각색 때가 켜켜이 앉은 옷내, 병인의 땀 썩은 내가 섞인 추기가 무딘 김 첨지의 코를 찔렀다.

방 안에 들어서며 설렁탕을 한구석에 놓을 사이도 없이 주정꾼은 목청을 있는 대로 다 내어 호통을 쳤다.

"❷이런 오라질 년, **주야장천**(晝夜長川) 누워만 있으면 제일이야. 남편이 와도 일어나지를 못해."

라는 소리와 함께 발길로 누운 이의 다리를 몹시 찼다. 그러나 발길에 차이는 건 사람의 살이 아니고 **나뭇등걸**과 같은 느낌이 있었다. 이때에 빽빽 소리가 응아 소리로 변하였다. ❸개똥이가 물었던 젖을 빼어 놓고 운다. 운대도 온 얼굴을 찡그려 붙여서 운다는 표정을 할 뿐이다. 응아 소리도 입에서 나는 게 아니고, 마치 배 속에서 나는 듯하였다. 울다가 울다가 목도 잠겼고 또 울 기운조차 **시진**한 것 같다.

발로 차도 그 보람이 없는 걸 보자 남편은 아내의 머리맡으로 달겨들어 그야말로 까치집 같은 환자의 머리를 껴들어 흔들며,

"이년아, 말을 해, 말을! 입이 붙었어, 이 오라질 년!"

"……."

"으응, 이것 봐, 아무말이 없네."

"……."

"이년아, 죽었단 말이냐, 왜 말이 없어."

"……."

"으응, 또 대답이 없네, 정말 죽었나 보이."

• 구역 : 토할 듯 메스꺼운 느낌
• 추기 : 쾨쾨하고 역겨운 공기 또는 냄새
• 삿자리 : 갈대를 엮어서 만든 자리. 돗자리
• 주야장천 : 밤낮으로 쉬지 아니하고 연달아
• 나뭇등걸 : 나무를 베어 내고 남은 밑동
• 시진 : 기운이 빠져 없어짐

## 창의적 읽기

### ❶에서 무엇을 읽어야 하지?

감각적 묘사로 김 첨지에게 닥친 비극을 형상화하고 있다.

### ❷를 어떻게 읽어야 하지?

김 첨지의 문제 왜곡과 허장성세다. 아내가 '누워 있다'는 사실에 호통을 치는 것이 아니다. 사태를 직시하지 않으려는 김 첨지의 믿음이 반영된 표현이다.

### ❸을 어떻게 읽어야 하지?

'청각'을 사용한 비극성 심화다.

### ❸에서 무엇을 읽어야 하지?

'개똥이 울음'은 아내 죽음을 확인하게 해준다. 이 확인은 김 첨지 혼자 젖먹이 아이를 키워야 하는 사실도 확인시킨다. 그러므로 청각적 표지인 '울음'은 비극성을 심화시킨다.

### ❸의 '개똥이'가 죽는다고?

개똥이는 세 살이다. 엄마가 열흘을 굶었으니 개똥이 또한 굶주렸을 것이다. 이 사실을 아는 것은 김 첨지 아내다. 죽어 가면서도 개똥이 걱정으로 힘들었을 것이다. 김 첨지에게는 개똥이를 키울 양육 능력이 없었다.

이러다가 누운 이의 **흰 창**이 **검은 창**을 덮은, 위로 **치뜬** 눈을 알아보자마자,

❶"이 눈깔! 이 눈깔! 왜 나를 바루 보지 못하고 천정만 보느냐, 응."

하는 말끝엔 목이 메이었다. 그러자 산 사람의 눈에서 떨어진 닭똥 같은 눈물이 죽은 이의 뻣뻣한 얼굴을 **어룽어룽** 적신다. 문득 김 첨지는 미친 듯이 제 얼굴을 죽은 이의 얼굴에 한데 비비대며 중얼거렸다.

"❷설렁탕을 사다 놓았는데 왜 먹지를 못하니, 왜 먹지를 못하니…… 괴상하게도 오늘은 운수가 좋더니만……."

_<개벽>(1924년 6월호)

• 흰 창, 검은 창 : '흰자위', '검은자위'의 방언
• 치뜨다 : 눈을 위쪽으로 향해 뜨다
• 어룽어룽 : 여러 가지 빛깔의 큰 점이나 줄 따위가 고르고 촘촘하게 무늬를 이룬 모양

창의적 읽기

### ❶의 '나를 바루 보지 못하고'에서 무엇을 읽어야 하지?

'나를 바로 보지 못하고=사망 표지'다. 김 첨지가 일하러 나갈 때 이미 나타났던 증세다.

### ❷의 '오늘은 운수가 좋더니만'에서 무엇을 읽어야 하지?

이 소설의 제목은 '운수 좋은 날'이다. 그러나 '운수 좋은=귀가를 늦추는' 효과일 뿐, 귀가 후 맞딱뜨린 것은 '운수 나쁜=아내의 죽음'이다. 돈은 벌었지만 조금 더 벌려고 하다가 아내에게 설렁탕 국물도 못 먹이고, 아내가 죽는 것도 보지 못했다. 그러므로 '운수 좋은 날'이 아니라 '운수 더러운 날'이다. '운수 좋은 날 = 김 첨지에게 가장 비극적인 날'이다.

### 제목 '운수 좋은 날'의 의미를 다르게 해석할 수 있다고?

'운수 좋은 날'은 인력거꾼들의 은어였다. 손님을 많이 태웠고 삯도 잘 받았다는 뜻이다.

### '손님을 많이 태웠고 삯도 잘 받은' 실제 이유는 뭘까?

겨울비가 계속 내렸고, 살얼음길이라 다른 날보다 경쟁 인력거가 적었기 때문이다. 게다가 삯 흥정이 잘 안 되면 빨리 설렁탕을 사들고 집에 가면 된다는 생각에 자신 있게 가격 흥정할 수 있었기 때문이다.

### ❷의 '설렁탕'에서 무엇을 읽어야 하지?

'설렁탕=아내의 부재'를 의미한다. '부재 = 죽음'이므로 비극성을 심화시킨다.

### ❷의 '괴상하게도'에서 무엇을 읽어야 하지?

'운수 좋은 날=괴상한 날'이므로, 운수 좋은 날이 결코 있을 리 없다는 김 첨지의 내면을 짐작하게 하는 어휘다. '괴상하게도'는 반어다.

### 김 첨지 아내는 왜 죽은 걸까?

'결정적 요인=영양실조 또는 굶주림'이므로 가난 때문에 김 첨지 아내가 죽었다 할 수 있다. 그러나 김 첨지의 질병 방임 태도 역시 아내의 죽음을 가져온 결정적 요인이라 할 수 있다. '부차적 요인=폐결핵'이다. 죽음을 재촉한 결정적 요인은 급체다.

### 김 첨지는 무엇을 해야 했을까?

① 김 첨지 가족은 행랑채를 빌려쓰고 있었으므로 주인집에 알려 최소한의 도움을 청해볼 수 있었다.

② 종로구 옥인동에 있는 근대 의료 시설인 순화원에 입원시킬 수 있었다. 전염병 환자는 무료였다.

### 김 첨지는 이제 어떻게 될까?

「운수 좋은 날」은 1924년에 발표한 작품이다. 이때 이미 인력거꾼의 생활은 10일 동안 수입이 없을 정도로 궁핍했다. 그러나 이러한 현실은 김 첨지만의 문제가 아니다. 인력거꾼의 수입은 점점 더 나빠지게 된다. 1925년에는 택시 운행이 허가되고, 1928년에는 버스 운행이 허가되기 때문이다. 김 첨지는 아내가 죽고, 개똥이가 죽고, 일해도 수입이 형편없어 행랑채에서도 쫓겨나 결국 노숙자가 될 것이다.

## 깊이 이해하기

### 「운수 좋은 날」에서 엿보는 사회의 모습

#### 경성의 자전거·노면전차

1920년대 경성에는 교통수단이라 할 수 있는 모든 것이 있었다. 손수레·우마차·가마·자전거·인력거·전차·택시·버스다. 자전거를 처음 탄 사람들은 주로 일본인이었다. 1920년대 경성에는 자전거가 약 1000대 있었다. 근대적인 도로망이 생기기 전의 인력거는 인기 있는 교통수단이었다. 인력거는 가마를 대체했다. 최초 사용자는 일본인과 대한제국 관료였다. 노면전차도 운행되었다. 서대문·청량리 구간은 1898년부터, 왕십리 등 외곽선은 1910년 이후 운행되었다.

#### 인력거·택시·버스

인력거는 1인밖에 태우지 못하면서 삯이 비싸 대중 교통수단으로서는 처음부터 한계가 있었다. 인력거는 전차·택시·버스 등이 등장할 때마다 손님이 줄어들기 시작하는데, 결정적 요인은 택시였다. 1919년부터 다니기 시작한 택시는 1925년에 택시 요금이 인하되면서 인력거를 대체하는 새로운 교통수단으로 떠올랐다. 1928년 버스가 운행됨에 따라 인력거는 거의 사라지게 된다.

#### 김 첨지와 인력거꾼

「운수 좋은 날」은 1924년 발표한 작품이므로 김 첨지의 인력거는 이미 택시에 손님을 다수 빼앗기고 있었다. 당시 인력거꾼은 대개 농촌에서 더 이상 농사짓고 살 수 없어 일자리를 찾아 경성에 온 사람들이므로 돈도 집도 없었다. 인력거는 계절과 날씨에 매우 영향을 받는 교통수단이라 인력거꾼의 수입은 일정하지 않았다. 김 첨지처럼 10일 동안 돈을 전혀 벌지 못하는 때도 있었다. 일을 하더라도 인력거 임대료·월세를 내야 했기 때문에 먹고사는 것도 쉽지 않았다. 게다가 1920년대의 새로운 교통수단인 전차·택시·버스 등이 차례차례 나타날 때마다 인력거꾼의 돈벌이는 계속 힘겨워진다. 김 첨지처럼 밥은커녕 조밥조차 먹기 힘든 시간이 오는 것이다. 아내는 이미 죽었고 곧 아들도 죽을 것이다. 그리고 김 첨지는 자기 의지와 상관 없이 직업을 잃게 될 것이다. 김 첨지의 '운수 좋은 날'은 가장 운수 나쁜 날들의 시작이었다.

OX

## 사실 확인 다음 내용이 맞는지 틀린지 ○×로 표시하기

1 「운수 좋은 날」의 김 첨지가 사는 곳은 동소문동 근처다.

2 지금은 비록 인력거꾼이지만 한때 벼슬을 했기에 김 첨지라 불린다.

3 인력거는 가마를 대체한 교통수단이므로 수요층은 대개 여유 있는 사람들이다.

4 인력거꾼의 월 수입은 고정적이지 않다.

5 인력거 운행이 어려운 도로 사정이면 흥정으로 평소보다 더 많이 인력거 요금을 받을 수 있었다.

6 김 첨지는 '인사동 → 창경원' 구간과 '창경원 → 동소문동' 구간을 빈 인력거로 왔다.

7 김 첨지가 '운수 좋은 날'에 번 돈은 2원 90전이었다.

8 김 첨지의 아내가 마지막으로 먹고 싶어 한 것은 설렁탕 국물이었다.

9 김 첨지의 아내를 죽게 만든 요인은 결핵과 영양실조다.

10 김 첨지는 이날 인력거 끌면서 '운수 좋은 날'을 맞이했지만 아내가 죽을지 모른다는 강박에 시달렸다.

# 02 도시와 유령

이효석

## 이효석은
## 어떤 작가인가?

이효석(1907~1942)의 호는 가산(可山)이다. 강원도 평창이 고향이다. 경성제국대학 법문학부 영문과를 졸업했다. 1928년 〈조선지광〉에 단편소설 「도시와 유령」을 발표하면서 문단에 등단했다. 1934년 평양 숭실전문학교 교수가 된다. 작품 초기에는 동반작가라 불렸고, 구인회 회원으로 활동했다. 주요 단편소설로는 「돈 豚」·「수탉」·「산」·「들」·「장미 병들다」 등이 있고, 장편소설로는 「화분」·「벽공무한」 등이 있다.

## 02 도시와 유령

어슴푸레한 저녁, 몇 리를 걸어도 사람의 그림자 하나 찾아볼 수 없는 **무인지경**인 산골짝 비탈길, 여우의 밥이 다 되어 버린 해골덩이가 똘똘 구르는 무덤 옆, 혹은 비가 축축이 뿌리는 **버덩**의 다 쓰러져 가는 물레방앗간, 또 혹은 몇백 년이나 묵은 듯한 우중충한 늪가!

거기에는 흔히 도깨비나 귀신이 나타난다 한다. 그럴 것이다. 고요하고, 축축하고, 우중충하고. 그리고 그것이 **정칙**일 것이다. ❶그러나 나는 아직도 그런 곳에서 그런 것을 본 적은 없다. 따라서 그런 것에 관하어서는 아무 지식도 가지지 못하였다. 하나 나는 — 자랑이 아니라 — 더 놀라운 유령을 보았다. 그리고 그것이 적어도 문명의 도시인 서울이니 놀랍단 말이다. ❷나는 그래도 '문명'을 자랑하는 서울에서 유령을 **목격**하였다. 거짓말이라구? 아니다. 거짓말도 아니고 **환영**도 아니었다. ❸세상 사람이 말하여 '유령'이라는 것을 나는 이 두 눈을 가지고 확실히 보았다.

어떻든 길게 말할 것 없이 ❹다음 이야기를 읽으면 알 것이다.

• 무인지경 : 사람이 살고 있지 않는 외진 곳
• 버덩 : 높고 평평하며 나무는 없이 풀만 우거진 거친 들
• 정칙 : 바른 규칙이나 법칙
• 목격 : 눈으로 직접 봄
• 환영 : 눈앞에 없는 것이 있는 것처럼 보이는 것

창의적 읽기

**❶'나'는 시점을 알려주지?**

1인칭 소설임을 알려주는 표지다. 이 소설은 액자소설이므로 외화의 '나'는 내화의 사건을 회고하는 서술자다.

**❶'나'는 어떤 인물일까?**

유령·도깨비 등은 전근대적 표상이다. '나'는 이러한 존재를 믿지 않는 근대적 인물이다.

* 전근대적 : 근대 이전의 경향이나 성격에서 벗어나지 못한. 또는 그런 것

**❷를 어떻게 이해해야 하지?**

반어다. 「도시와 유령」의 주제는 도시 극빈자에 대한 연민이다. 그러므로 '문명을 자랑하는 서울'은 반어다. '나'는 극빈자가 많은 서울에 대해 부끄러워하고 있다.

**❸'세상 사람'과 '나'는 다르게 봐야 하지?**

대조된다. '세상 사람 = 풍문을 믿는 사람'이고, '나 = 풍문이 사실인지 확인하는 사람'이다. 확인 결과 '유령 = 도시 극빈자'다.

**❹에서 무얼 읽어야 하지?**

액자소설임을 읽어야 한다. ❹의 '다음 이야기'는 내화에 해당한다.

**액자소설이 뭐야?**

외화 – 내화 – 외화로 이루어진 소설을 말한다. '외화 = 프롤로그나 에필로그에 해당하는 이야기'이고, '내화 = 이야기 속 이야기'다. '외화 = 겉이야기', '내화 = 속이야기'라 한다.

❶동대문 밖에 상업학교가 **가제**(假題)될 무렵이었다. 나는 날마다 학교 집터에 '**미장이**'로 다니면서 일을 하였다. 남과 같이 버젓하게 일정한 노동을 못하고 밤낮 뜨내기 벌이꾼으로밖에는 돌아다니지 못하는 나에게는 그래도 몇 달 동안은 입에 **풀칠**을 할 수 있었다마는 그러나 과격한 노동이었다. 그러므로 하루라도 쉬어 본 일은커녕 한 번이라도 늦게 가본 적도 없었다. 원수같이 지글지글 타내리는 여름 태양 아래에서 이른 아침부터 저녁때까지 감독의 말 한마디 거스르는 법 없이 고분고분히 일을 하였다. 체로 모래를 처라, 불같은 태양 아래에 새까맣게 타는 석탄으로 '**노리**'를 끓여라, 시멘트에다 모래를 섞어라, 그것을 노리로 반죽하여라 하여 쉴 새 없는 기계같이 휘돌아쳤다. 그 열매인지 선물인지는 알 수 없으나 우리들이 다지는 시멘트가 몇백 간의 벌집 같은 방으로 변했고 친구들의 쟁쟁 울리는 끌소리가 여러 층의 웅장한 건축으로 변함을 볼 때에 **미상불** 우리의 위대한 힘을 또 한 번 자랑하지 않을 수 없었다. — 어리석은 미련둥이들이라 그것이 우리 피를 빨아먹고 나날이 자라나는 괴물인 줄은 꿈에도 생각지 못하고. 어떻든 콧구멍이 다 턱턱 막히는 시멘트 가루를 **전신**에 보얗게 뒤집어쓰고 **매캐한 노린 냄새**와 더구나 전신을 한바탕 쭉 씻어내리는 땀냄새를 맡으면서 온종일 **들볶아치고** 나면 **저녁물**에는 정말이지 전신이 나른하였다. 그래도 집안 식구들을 생각하고 끼닛거리를 생각하면 마지막 힘이 났다. 일을 마치고 정신을 가다듬어 가지고 **일인** 감독의 집으로 간다. **삯전**을 얻어 가지고 그 자리에서 바로 술집에 가서 **한잔 빨고** 나면 그제야 겨우 제 세상인 듯싶었던 것이다.

술! 사실 술처럼 고마운 것은 없었다. 버쩍버쩍 상하는 속, 말할 수 없는 피로를 잠시라도 잊게 하는 것은 그래도 술의 힘이었다.

그날도 나는 술김에 얼근하였었다. 다른 때와 같이 역시 맨 꽁무니에 떨어진 김 서방과 나는 삯전을 받아 들고 나서자마자 행길 옆 술집에서 **만판** 먹어댔다.

술집을 나와 보니 벌써 밤은 꽤 저물었었다. 잠을 자도 한잠 너그러지게 잤을 판이었다. 잠이라니 말이지 종일 피곤하였던 판에 **주기**조차 돌아 놓으니 사실이지 글자대로 눈이 스르르 내리감겼다. 김 서방과 나는 즉시 잠자리로 향하였다.

- 가제(假題) : 임시로 붙인 이름
- 미장이 : 벽이나 천장, 바닥 등에 시멘트를 바르는 일을 직업으로 하는 사람
- 풀칠 : 겨우 끼니를 이어 가는 일
- 노리 : '풀'을 뜻하는 일본말(풀을 끓여서 회반죽에 섞으면 부착이 잘되고 균열을 방지한다고 함)
- 미상불 : 과연
- 전신 : 온몸
- 매캐한 : 연기나 곰팡이 따위의 냄새가 약간 맵고 싸한
- 노린 냄새 : 짐승의 고기에서 나는 기름기 냄새나, 고기 또는 털 따위의 단백질이 타는 냄새처럼 역겨운 냄새
- 들볶아치다 : 들볶다(=떠들며 소란하고 부산하게 굴다)+치다(동작이나 모양을 강조하는 어미)
- 저녁물 : 저녁 무렵
- 일인 : 일본인
- 삯전 : 삯돈. 삯으로 받는 돈
- 한잔 빨다 : 한 잔 마시다
- 만판 : 마음껏 넉넉하고 흐뭇하게
- 주기 : 술에 취한 기운. 술기운

창의적 읽기

### ❶이 왜 중요할까?

내화가 시작되는 첫문장이다.

### ❶의 '상업학교'는 어딜까?

'경성고등상업학교'다. 서울 종로구 숭인동에 있었다.

### ❶의 '상업학교가 가제될 무렵'은 언제이지?

서울 종로구 숭인동에 '상업학교' 건물이 완공된 것은 1919년 5월이지만 학교 이름이 확정된 것은 1920년 5월이다. '가제'란 '가칭=임시 이름'을 뜻한다. 학교 이름이 '경성고등상업학교'로 확정된 것은 1920년 5월이었으므로 이전의 명칭은 임시 이름이다.

### ❶에서 이 소설의 시간적 배경을 알 수 있지?

❶은 이 소설의 시간적 배경을 간접적으로 보여준다. 그러나 이 소설의 당대 독자는 어려움 없이 1919년임을 알았을 것이다. 동대문 근처에 세워진 '경성고등상업학교'는 경성 최초의 상업학교였기 때문이다.

❶잠자리라니 보들보들한 아름다운 계집이 기다리고 있는 분홍 모기장 속 두툼한 요위인 줄은 알지 말아라. 그렇다고 어두침침한 **행랑방**으로 알라는 것도 아니다. 비록 **빈대**에는 뜯길망정 어두침침한 행랑방 하나 나에게는 없었다. 단지 내 몸뚱이 하나인 나는 서울 안을 못 돌아다닐 데 없이 돌아다니면서 **노숙**(露宿)을 하였던 것이다. (그래도 그것이 여름이었으니 말이지 겨울이었던들 꼼짝없이 얼어 죽었을 것이다.) 따라서 세상에 못 볼 것을 다 보고 겪어 왔었다. 참말이지 별별 야릇하고 말 못할 일이 많았다. 여기에 쓰는 이야기 같은 것은 말하자면 그중에서 가장 온당한 이야기의 하나에 지나지 못한다.

어떻든 김 서방—도 이미 늦었으니 ❷행랑 구석에 가서 빈대에게 뜯기는 것보다는 오히려 노숙하기를 좋아하였다—과 나는 **도수장**(屠獸場)**께**를 지나서 **동묘** 앞까지 갔었다.

어느 결엔지 가는 비가 보슬보슬 뿌리기 시작하였다. 축축한 어둠 속에 칙칙한 동묘가 그 윤곽을 감추고 있었다. 사방은 고요하였다.

• 행랑방 : 대문간에 붙어 있는 방
• 빈대 : 빈대과의 곤충
• 노숙 : 한데(=집채의 바깥)에서 자는 잠
• 도수장께 : 도살장 근처(도살장 = 고기를 얻기 위하여 소나 돼지 따위의 가축을 잡아 죽이는 곳)
• 동묘 : '동관왕묘'의 줄임말로 동관이라고도 함. 관우를 모시는 서울 동대문 밖에 있는 사당

창의적 읽기

### ❶은 누구에게 하는 말이지?

서술자가 독자에게 직접 말하고 있다.

### ❷의 '행랑방'은 지저분한가 봐?

전통 한옥은 안채·사랑채·행랑채로 구성되어 있다. 전통 한옥의 위생 문제가 제기된 것은 일제 강점기였다. 1920년 이후 건축된 개량 한옥은 부엌과 변소를 분리시키고, 행랑은 만들지 않는 것으로 이 문제를 해결했다.

### '위생' 때문에 생기는 문제는 뭘까?

일제 강점기 경성에서는 콜레라와 장티푸스 등과 같은 전염병 사망자가 많았다. 그 원인은 우물물의 오염이었다. 부엌과 변소가 분리되지 않았으므로 콜레라 환자 1명만 나와도 우물물을 식수로 사용하는 경성 주민에게는 치명적이었다. 콜레라균은 보균자의 똥·오줌을 통해 전파되는데, 오늘날과 같은 상·하수도 처리가 없는 경성은 지하수 오염을 피할 수 없었다.

❶"이놈들, 게 있거라!"

별안간에 땅에서 솟은 듯이 이런 음성이 들렸다. ❷나는 깜짝 놀라는 대신에 빙긋 웃었다.

"이래보여두 한여름 동안을 이런 데루 댕기면서 잠자는 놈이다. 그렇게 쉽게 놀라겠니." 하는 **담찬** 소리를 남겨 놓고 동묘 대문께로 갔다. 예견한 바와 다름없이 거기에는 벌써 우리 따위의 친구들이 잠자리를 차지하고 있었다. 그래도 꽤 넓은 **대문간**이지만 그 속에 그득하게 고기새끼 모양으로 오그르르 차 있었다. 이리로 눕고 저리로 눕고 허리를 **베고 발치**에 코를 박고 드르렁드르렁 코를 골고.

❸"이놈들, 게 있거라!"

"아이구, 그년……."

"이런 **경칠** 자식 보게."

엎치락뒤치락 **연해연방** 잠꼬대 소리가 뒤를 이었다. 그러면 이쪽에서는,

"술맛 좋다!"

하고 입맛을 쩍쩍 다시는 사람도 있었다. 그 바람에 나도 끌려서 어느 결에 쩍쩍 다시려던 입을 꾹 다물어 버리고 어이가 없어 웃으면서 김 서방을 돌아보았다.

"어떡할려나?"

"가세!"

"가다니?"

"아, 아무 데라두 가 자야지."

김 서방 역시 웃으면서 두 손으로 풀린 눈을 비볐다.

"이 세상에선 빠른 게 첫째야. ❹이 잠자리두 이젠 세가 나네그려, 허허허."

하면서 발꿈치를 돌리려 할 때이다. 나는 의례히 닫혀 있어야 할 동묘 안으로 통한 문이 어쩐 일인지 반쯤 열려 있는 것을 발견하였다. 나는 앞선 김 서방의 어깨를 탁 쳤다.

"여보게, 저리로 들어가세."

"어데로 말인가?"

김 서방은 시원치 않은 듯이 역시 눈만 비볐다.

"저 안으로 말야. 지금 가면 어델 간단 말인가. 아무 데라두 쓰러져 **한잠** 자면 됐지."

"그래두."

- 담찬 : 겁이 없이 대담한
- 대문간 : 대문을 여닫기 위하여 대문의 안쪽에 있는 빈 곳
- 베다 : 누울 때 베개 따위를 머리 아래에 받치다
- 발치 : 발이 있는 쪽
- 경칠 : 경치다 (= 혹독하게 벌을 받다)
- 연해연방 : 끊임없이 잇따라 자꾸
- 한잠 : 잠시 자는 잠

창의적 읽기

### ❷처럼 여유 있게 반응할 수 있는 이유가 뭐지?

동묘는 『삼국지』에 등장하는 관우의 사당이다. 임진왜란 직후에 세워졌다. '동묘 = 왜군 퇴치'라는 의미를 갖는 것은 동묘를 세운 조선의 왕 선조의 뜻이 담겨 있기 때문이다. 그러므로 '❶ = 관우의 목소리'다. 암시적이지만 일본인 퇴치 소망이 담겨 있다.

### ❸의 '잠꼬대'가 왜 ❶과 똑같지?

「도시와 유령」은 일제 강점기 소설이다. 따라서 총독부의 검열을 의식하며 써야 한다. 총독부 정치 비판은 적절히 숨겨야 했다. '잠꼬대'로 처리한 이유는 바로 이 때문이다.

### '잠꼬대'는 더 있는데, 이것들도 총독부 비판인가?

'아이구, 그년'과 '이런 경칠 자식 보게'에도 암시적이지만 총독부 정치에 대한 반감이 담겨 있다.

### ❹가 무슨 뜻이야?

임자가 있다는 뜻이다.

"머, **고지기**한테 들킬까 봐 말인가? 상관있나. 그까짓 거, 낼 **식전**에 일찍이 달아나면 그만이지."

그래도 시원치 않은 듯이 머리를 긁는 김 서방의 등을 밀치면서 나는 안으로 들어갔다. **중문** 턱까지 들어서니 더한층 고요하였다. 여러 해 동안 버려두었던 빈 집터같이 어둠 속으로 보아도 **길**이 넘는 잡풀이 숲속같이 우거져 있고 낮에 보아도 칙칙한 **단청**이 어둠에 물들어 더한층 우중충하고 게다가 비에 젖어서 말할 수 없이 구중중한 느낌을 주었다. 똑바른 말이지 **청** 안에 **안치**한 그림 속에서 무서운 장사가 뛰어 내닫지나 않을까 하고 생각할 때에 머리끝이 쭈뼛하여지는 것을 어찌할 수 없었다.

**거진** 옷을 적실 만하게 된 빗발을 피하여 앞뜰을 지나 넓은 처마 밑에 이르렀다. 그 자리에 그대로 푹 주저앉아 겨우 안심한 듯이 숨을 내쉬었다.

그때이었다.

"에그, 저게 뭔가, 이 사람!"

김 서방은 선뜻 나의 팔을 꽉 잡았다. 그가 가리키는 곳에 시선을 옮긴 나는 새삼스럽게 놀라지 않을 수 없었다. 별안간에 소름이 쭉 돋고 머리끝이 또다시 쭈뼛하였다.

불과 몇 간 안 되는 건너편 **정전**(正殿) 옆에 두어 개의 불덩어리가 번쩍번쩍하였다. 정신의 탓이었던지 파랗게 보이는 불덩이가 땅을 휘휘 기다가는 훌쩍 날고 날다가는 꺼져 버렸다. 어데선지 또 생겨서는 또 날다가 또 꺼졌다.

무서움 잘 타기로 유명한 왕눈이 김 서방은 숨을 죽이고 살려 달라는 듯이 나에게로 바짝 붙었다.

"하 하 하 하……."

나는 모든 것을 다 이해하였다는 듯이 **활연히** 웃고 땀을 **빠지지** 흘리고 있는 김 서방을 보았다.

"미쳤나, 이 사람!"

오히려 화가 버럭 난 김 서방은 말끝도 채 못 마쳤다.

"하하하, 속았네, 속았어."

"……."

"속았어, **개똥불**을 보고 속았단 말야. 하하하."

"머, 개똥불?"

김 서방은 그래도 **못 미덥다**는 듯이 그 큰 눈을 아직도 휘둥그렇게 뜨고 있었다.

"그래, 개똥불야. 어디 볼려나?"

하고 나는 손에 잡히는 작은 돌멩이를 하나 집어 들었다. 그리고 두어 걸음 저벅저벅 뜰 앞까지 나가서 역시 반짝거리는 개똥불을 겨누고 돌을 던졌다.

허나 나는 **짜장** 놀랐다. 돌을 던지면 헤쳐져야 할 개똥불이 헤쳐지긴커녕 이번에는 도리어 한군데 모여서 움직이지도 않고 그 무슨 정세를 살피는 듯이 고요히 이쪽을 노리고 있지 않은가!

나는 또 숨을 죽이고 그곳을 들여다보았다. 오— 그때에 나는 더 놀라운 것을 발견하였다! 꺼졌다 또 생긴 불에 비쳐 **협수룩한 산발**과 똑똑지 못한 희끄무레한 **자태**가 **완연히** 드러났다. 그제야 '홍, 홍' 하는 후렴 없는 신음 소리조차 들려오는 줄을 알았다.

"에그머니!"

- 고지기 : 관아의 창고를 보살피고 지키던 사람
- 식전 : 아침밥을 먹기 전이란 뜻으로, 이른 아침을 이르는 말
- 중문 : 대문 안에 또 세운 문
- 길 : 길이의 단위. 한 길은 3 미터 정도
- 단청 : 전통 한옥의 벽, 기둥, 천장 따위에 여러 가지 빛깔로 그림이나 무늬를 그림. 또는 그 그림이나 무늬
- 청 : 한옥에서, 몸채의 방과 방 사이에 있는 큰 마루
- 안치 : 상(像), 사진, 위패, 시신 따위를 잘 모셔 둠
- 거진 : '거의'의 방언
- 정전 : 왕이 나와서 조회(朝會)를 하던 궁전. 또는 사당에서 조상들의 신주를 모신 건물
- 활연히 : 환하게 터져 시원하게
- 빠지지 : 작은 땀방울 따위가 조금씩 살갗으로 베어 나오는 모양
- 개똥불 : '반딧불'의 방언. 반딧불이의 꽁무니에서 나오는 빛
- 못 미덥다 : 믿음성이 없어 마음에 차지 않다
- 짜장 : 정말로
- 협수룩하다 : 머리털이나 수염이 자라서 텁수룩하다
- 산발 : 머리를 풀어 헤침
- 자태 : 어떤 모습이나 모양
- 완연히 : 눈에 보이는 것처럼 아주 뚜렷하게

나는 순식간에 달팽이같이 오므라졌다. ❶그리고 또 부끄러운 말이지만 겨우 정신을 차렸을 때에 나는 동묘 밖 버드나무 밑에 쓰러져 있는 나 자신을 발견하였었다. 사실 꿈에서나 깨어난 듯하였다. 곁에는 보나 안 보나 파랗게 질린 김 서방이 **신장대** 모양으로 벌벌 떨고 있었다.

밤이 이슥하였는데 집으로 돌아가기도 무엇하니 나머지 밤을 동대문께 가서 새우자고 김 서방이 **제언**하였다.

비는 여전히 뿌리고 있었다. 뒤에서 무어가 쫓아오는 듯하여 연해연방 뒤를 돌아보면서 큰 행길에 나섰을 때에는 파출소 붉은 전등만 보아도 산 듯싶었다.

허둥허둥 동대문 담 옆까지 갔었다.

고요한 담 밑에는 아무것도 없었다. 모든 것을 집어삼킨 캄캄한 어둠밖에는—물론 파란 도깨비불도 없다.

"애초에 이리로 왔더라면 아무 일두 없었을걸."

후회 비슷하게 탄식하고 어디가 어디인지 분간할 수 없어서 "에라 아무 데나" 하고 그 자리에 푹 주저앉았다. 하자—

나는 놀라기 전에 간이 싸늘해졌다. 도톨도톨한 조약돌이나 그렇지 않으면 축축한 흙이 깔려 있어야만 할 엉덩이 밑에—하나님 맙소사!—나는 부드럽고도 **물큰한 촉감**을 받았다.

뿐이 아니다. **버들껑하는** 동작과 함께 날카로운 소리가 독살스런 **땡삐**같이 나의 귀를 툭 쏘았다.

"어떤 놈야, 이게!"

나는 고무공같이 벌떡 뛰었다. 그리고는 쏜살같이—그 꼴이야말로 필연코 미친놈 모양이었을 것이다—**줄행랑**을 놓았다.

김 서방도 내 뒤에서 헐레벌떡거렸다.

"제발 사람을 죽이지 마라."

김 서방은 거의 울음 겨운 목소리로 부르짖었다.

❷'이놈의 서울이 사람 사는 곳이 아니구 도깨비굴이었던가.'

나 역시 나중에는 맡길 데 없는 **분기**가 솟아올랐다.

그러나 또 한편으로는 한없이 어리석고 못생긴 우리의 꼴들을 비웃고도 싶었다. 잘 알지는 못하지만 세상에 원 도깨비나 귀신치고 몸뚱어리가 보들보들하고 물큰물큰하고—아니 그건 그렇다고 해두더라도 "어떤 놈야 이게!" 하고 땡삐 소리를 치다니 그게 원…… 하고 의심하여 볼 때에는 더구나 단단치 못하게 겁을 집어먹은 것이 **짝없이** 어리석게 생각되었다. 그렇다고 그 자리에서 또 발을 돌려 그 정체를 **탐지**하러 갈 용기가 있었느냐 하면 그렇지도 못하였다.

- 신장대 : 무당이 신장(神將, 사방의 잡귀나 악신을 물리치는 장수신)을 내릴 때에 쓰는 막대기나 나뭇가지
- 제언 : 의견이나 생각을 내놓음
- 물큰한 : 연하고 부드러운 느낌이 날 정도로 물렁한
- 촉감 : 감촉. 만졌을 때의 느낌
- 버들껑하다 : 퍼들껑하다(= 새나 물고기가 날개나 꼬리를 한 번 치는 소리를 내다)
- 땡삐 : '땅벌'의 방언
- 줄행랑 : '도망'을 속되게 이르는 말
- 분기 : 분한 생각이나 기운
- 짝없이 : 비교할 대상이 없을 만큼 대단하거나 심하게
- 탐지 : 드러나지 않은 사실이나 물건 따위를 더듬어 찾아 알아냄

창의적 읽기

**❶에서 읽어야 하는 게 뭐지?**

시간 경과다. ❶은 앞 문장과 달리 사건 진행 속도가 빠르다.

**❷를 어떻게 이해해야 할까?**

한 번 크게 놀랐기 때문에 자꾸 놀라게 된다는 뜻이다. 속담으로 "자라 보고 놀란 가슴 솥뚜껑 보고도 놀란다"가 있다.

**❷의 '도깨비'는 누구야?**

도시 극빈자들이다. 당시 노숙자들이 많았음을 보여준다.

하는 수 없이 보슬비를 맞으면서 **시구문** 밖 김 서방네 행랑방까지 가지 않으면 안 되었다. **가제나** 득실득실 끓는 식구 틈에 끼여서 하룻밤의 폐를 끼쳤다—고 하여도 불과 두어 시간의 폐일 것이다—막 한잠 자려고 드러누웠을 때에는 벌써 날이 훤히 새었었으니까.

이렇게 하여 나는 원 무엇이 씌었던지 하룻밤에 두 번씩이나 도깨비인지 귀신한테 혼이 났었다. 사실 몇 해 **수는 감하였**을 것이다. ❶그러나 대체 누구를 원망하면 좋았으리요? 술 먹고 **늑장**을 댄 나 자신일까, 노숙하지 않으면 아니 된 나의 운명일까, 혹은 도깨비나 귀신 그것일까, ❷그렇지 않으면 그 외의 무엇일까……. ❸나는 이제야 겨우 이 중의 어느 것을 원망하는 것이 마땅하다는 것을 똑똑히 깨달았다.

어떻든 유령 이야기는 이만이다. 하나 참이야기는 이로부터다.

잠 못 자 **곤한** 것도 무릅쓰고 나는 열심으로 일을 하였다. 비는 어느 결에 개 버렸던지 또 푹푹 내리쬐는 태양 아래에서 시멘트 가루를 보얗게 뒤집어쓰고 줄줄 흐르는 땀에 젖어 가면서. 그러는 동안에도 나는 전날 밤에 당한 무서운 경험을 머릿속으로 되풀이하여 보지 않을 수 없었다. 도깨비면 도깨빈가 보다 하고만 생각하여 두면 그만이었지마는 그래도 그것을 그렇게 단순하게 썩 닦아 버릴 수는 없었다.

'대체 원 도깨비가…….'

하고 요리조리로 무한히 생각하였다. 하나 아무리 생각한다 하더라도 결국 나에게는 풀지 못할 수수께끼에 지나지 못하였다.

하는 수 없이 나는 점심시간을 타서 친구들에게 그 이야기를 하였다. 모두들 적지 않은 흥미를 가지고 들었다.

"머 도깨비?"

이층 꼭대기에 시멘트를 갖다 주고 내려온 맹꽁이 유 서방은 등에 메었던 통을 내려놓기도 전에 눈을 휘둥그렇게 떴다.

"내가 있었더라면 그까짓 걸 그저 ……."

**벤또**를 박박 긁던 덜렁이 최 서방은 이렇게 뽐냈다.

그러나 가장 침착하게 담배를 푹푹 피우던 대머리 박 서방만은 그다지 신통치 않은 듯이,

- 시구문 : 시체를 내가는 문. 광희문을 가리킴
- 가제나 : '가뜩이나'의 방언 (= 그러지 않아도 매우)
- 수 : 목숨 또는 수명
- 감하다 : 줄다
- 늑장 : 느릿느릿 꾸물거리는 태도
- 곤하다 : 기운이 없이 나른하다
- 벤또 : 벤토. '도시락'의 일본말

창의적 읽기

**❶의 질문에 대한 '나'의 답은 무엇일까?**

'그 외의 무엇'이다.

**❷는 왜 '그 외의 무엇'이라고 막연하게 쓰고 있나?**

일제의 검열을 의식하여 구체적으로 밝히지 않고 '그 외의 무엇'이라고 막연하게 쓰고 있다. '그 외의 무엇'은 제국주의 일본을 비판하는 내용이다.

**❷의 '그 외의 무엇'이 갖는 기능은 뭘까?**

독자로 하여금 적극적으로 작품 읽기에 참여하게 이끌고 있다.

**❷의 '그 외의 무엇'에 해당하는 내용은 뭘까?**

'도시의 유령'이 많이 생겨나는 이유이므로 당대 사회가 '그 외의 무엇'에 해당한다. 이 당시 사회란 제국주의 일본이다.

**❸을 어떻게 이해해야 할까?**

이 소설의 유령 이야기는 '나'의 깨달음에 관한 것이다.

"그래 그것한테 그렇게 혼이 났단 말인가…… **딴은** 왕눈이 따위니까."

하면서 밉지 않게 싱글싱글 웃으면서 김 서방과 나를 **등분**으로 건너보았다. 그리고,

"도깨비 도깨비 해두 나같이 밤마다야 보겠나."

하고 빨던 담배를 툭툭 털더니 이야기를 꺼냈다.

"바로 우리집 옆에 빈집이 하나 있네. ❶지금 있는 행랑에 든 지가 몇 달 안 되어 모르긴 모르겠으나 어떻게 된 놈의 집이 원 사람이 들었던 집인지 안 들었던 집인지 벽은 다 떨어지구 문짝 하나 없단 말야. 그런데 그 빈집에 말일세."

여기서 박 서방은 소리를 한층 높였다.

"저녁을 먹구 인제 **골목쟁이**를 거닐지 않겠나. 그러면 그때일세. 별안간 고요하던 빈집에 불이 하나씩 둘씩 꺼졌다 켜졌다 하겠지. 그것이 진 서방(나를 가리켜 하는 말이다) 말마따나 무엇을 찾는 듯이 슬슬 기다 꺼지고 꺼졌단 또 생긴단 말야. 그런데 그런 불이 차차 늘어 가겠지. 그리곤 무언지 지껄지껄하는 소리가 나자 한쪽에서는 돈을 세는지 은방망이로 장난을 하는지 절걱절걱하다간 또 무엇을 먹는지 쭉쭉 하는 소리까지 들리데. 그나 그뿐인가. 어떤 날은 저희끼리 싸움을 하는지 씨름을 하는지 후당탕하면서 욕지거리, 웃음 소리 참 야단이지. 그러다가두 밤중만 되면 고요해지지만 그때면 또 별 **괴괴망칙**한 소리가 다 들려오데."

박 서방은 여기서 말을 문득 끊더니,

"어때, 재미들 있나?"

하고 좌중을 둘러보면서 싱글싱글 웃었다.

"정말이유, 그게?"

웅크리고 앉았던 털렁이 최 서방은 겨우 숨을 크게 쉬면서 눈을 **까불까불하였다**.

"그럼, 정말 아니구. 내가 그래 자네들 데리구 실없는 소리를 하겠나."

하면서 박 서방은 말을 이었다.

"하나 너무 속지들은 말게. ❷그런 도깨비는 비단 그 빈집에나 진 서방이 혼난 데만

있는 것이 아닐세. **위선** 밤에 **동관**이나 혹은 **종묘**께만 가보게. **시글시글할** 테니."

나의 도깨비 이야기를 하여 의심을 풀려던 나는 박 서방의 도깨비 이야기로 하여 그 의심을 더한층 높였을 따름이었다. 더구나 뼈 있는 그의 말과 뜻 있는 듯한 그의 웃음은 더한층 알지 못할 수수께끼였다.

"그럼 대체 그 도깨비가 무엇이란 말유?"

"내가 이 자리에서 기다랗게 말할 것 없이 자네가 오늘 저녁에 또 한 번 가서 찬찬히 살펴보게. 그러면 모든 것이 얼음장같이……."

할 때에 ❸박 서방의 곁에 시커먼 것이 나타났다.

- 딴은 : 남의 행동이나 말에 긍정하여 그럴 듯도 하다는 뜻
- 등분 : 분량을 똑같이 나눔. 또는 똑같은 분량
- 골목쟁이 : 골목에서 좀 더 깊숙이 들어간 좁은 곳
- 괴괴망칙 : '괴괴망측'의 잘못. 말할 수 없을 만큼 이상야릇함
- 까불까불하다 : 가볍게 흔들려 자꾸 움직이다
- 위선 : 우선
- 동관 : '동관 대궐'로 예전에 '창덕궁'을 가리키는 말
- 종묘 : 서울시 종로구 훈정동에 있는 조선 시대 역대 왕과 왕비의 위패를 모시고 제사를 지내는 사당
- 시글시글하다 : 짐승이나 사람이 많이 모여 우글우글 시끄럽다

창의적 읽기

**❶을 어떻게 이해해야 하지?**

두 가지를 알 수 있다.
- 행랑에 사는 사람은 도시 빈민층이다.
- 행랑의 위생 문제가 심각하다.

**❷를 어떻게 이해해야 해?**

극빈자가 많다.

**❸은 무엇을 뜻하지?**

일본인 감독이 갑자기 나타났다는 뜻이다. 작업장에서도 일본인의 조선인 감시가 있었음을 간접적으로 나타낸 것이다.

"무슨 애기했소?"

일인 감독의 일할 시간이 왔다는 것을 고하는 듯한 소리였다.

"오소 오소 일이나 해야지."

모두들 툭툭 털고 일어났다. 나도 하는 수 없이 박 서방에게 더 캐묻지도 못하고 자리를 일어나서 나 맡은 일터로 갔다.

그날 저녁이다.

결국 나는 또 한번 거기를 가 보기로 작정하였다. 물론 김 서방은 빼소니를 치고 나 혼자다. 뻔히 도깨비가 있는 줄 알면서 또 가기는 사실 속이 켕겼다. ❶하나 또 모든 의심을 풀어 버리고 그 진상을 알려 하는 나의 욕망은 그보다 크면 컸지 결코 작지는 않았다. 나는 장차 닥쳐올 모험에 가슴을 벌떡이면서 발에다 용기를 주었다.

'그까짓거 **여차직하면** 이걸로.'

하고 손에 든 몽둥이 — 나는 만일의 경우를 염려하여 몽둥이 하나를 준비하였던 것이다 — 를 번쩍 들 때에 나는 저절로 흘러나오는 미소를 금할 수 없었다. 도깨비를 정복하러 가는 유령 장군같이도 생각되어서 사실 한다 하는 ×자 놈들이면 몰라도 무엇을 못 먹겠다고 하필 가난뱅이 노숙자들을 못살게 굴고 위협과 불안을 주는 유령을 정복하여 버리는 것은 사실 뜻 있고도 용맹스런 사업일 것이다 — 고 나는 생각하였다.

어떻든 장차 닥쳐올 모험에 가슴을 벌떡이면서 발에다 용기를 주었다.

어두워 가는 황혼 속에 음침한 동묘는 여전히 우중충하였다.

좀 이르다고 생각하였으나 나오기를 기다리면 되지 하고 제멋대로 후둑후둑 뛰는 가슴을 가라앉히고 아직도 열려 있는 대문을 서슴지 않고 들어섰다.

중문에 들어서 정전 앞으로 몇 발짝 걸어갔을 때이다.

전날 밤에 나타났던 정전 옆 바로 그 자리에 헙수룩하게 산발한 두 개의 그림자가 있었다. 그러나 나는 벌써 어리석은 전날 밤의 나는 아니었다.

"원 요런 놈의 도깨비가……."

몽둥이를 번쩍 들고 사실 장군다운 **담**을 가지고 나는 그 자리까지 달려갔다.

허나!

나의 손에서는 **만신**의 힘이 맺혔던 몽둥이가 힘없이 굴러 떨어졌다—유령 장군이 금시에 미치광이 광대새끼로 변하여 버렸던 것이다.

'원 이런 놈의…….'

틀림없는 도깨비가 순식간에 두 모자의 거지로 변하다니! 이런 기막힌 일이 어데 있단 말인가.

다음 순간 그 무엇을 번쩍 돌려 생각한 나는 또다시 몽둥이를 번쩍 들었다.

"요게 정말 도깨비 장난이란 거야."

허나 도깨비란 소리에 영문을 모르는 두 모자는 손을 모으고 싹싹 빌었다.

"아이구, 왜 이럽니까?"

이건 틀림없는 사람의 목소리였다.

"나가라면 그저 나가라든지 그래 이 병신을 죽이시렵니까. 감히 못 들어올 덴 줄은 알면서도 헐 수 헐 수 없이……."

- 여차직하면 : '여차하면'의 강조로, 일이 뜻대로 되지 아니하면
- 담 : 담력. 겁이 없고 용감한 기운
- 만신 : 온몸

창의적 읽기

**❶을 어떻게 이해해야 하지?**

인물의 성격을 알려준다. '나'는 의문에 대해 탐구하려 하는 성향이 있다.

눈물겨운 목소리로 이렇게 **사죄**를 하면서 여인네는 일어나려고 **무한히** 애를 썼다. 어린애는 울면서 그를 붙들었다.

❶역시 광대에 지나지 못한 나는 너무도 경솔한 나의 행동을 꾸짖고 겨우 입을 열었다.

"아니우, 앉아 계시우. 나는 고지기두 아무것두 아니니."

"네?"

모자는 안심한 듯한 동시에 감사에 넘치는 눈으로 나를 쳐다보았다.

"어젯밤에 여기에 아무것도 나오지 않았소?"

무어가 무언지 분간할 수 없는 나는 이렇게 물었다.

"네? 나오다니요? 아무것두 나오지는 않았습니다. 그리구 단지 우리 모자밖에는 여기 아무것두 없었습니다."

여인네는 **어사무사하여서** 이렇게 대답하였다.

'그럼 대체 그 불은?'

나는 그래도 속으로 의심하면서 주위로 눈을 휘둘렀다.

"무슨 일이나 생겼습니까? 정말 저희들밖에는 아무것두 없었습니다. 그리구 저희는 저지른 것두 없습니다. 밤중이 돼서 다리가 하두 아프길래 약을 바르려고 찾으니 **생전** 있어야지유. 그래 그것을 찾느라구 성냥 한 갑을 다 그어 내버린 일밖에는 아무것도 없었습니다."

하고 여인네는 한쪽 다리를 훌떡 걷었다. 그리고 눈물이 그 다리 위에 뚝뚝 떨어지기 시작하였다.

나는 모든 것을 얼음장 풀리듯이 **해득**하기는 하였으나 여기서 또한 참혹한 그림을 보지 않으면 안 되었다. 그의 훌떡 걷은 한편 다리! 그야말로 눈으로는 차마 보지 못할 것이었다. 발목은 끊어져 달아났고 장딴지는 **나뭇개비**같이 마르고 채 아물지 않은 자리가 시퍼렇게 질려 있었다.

"그놈의 원수의 자동차…… 그나마 얻어먹지도 못하게 이렇게 병신을 맨들어 놓고……."

여인네는 울음을 **느끼기** 시작하였다.

"자동차에요?"

"네, 공원 앞에서 그놈의 자동차에……."

❷나는 문득 **어슴푸레한** 나의 기억의 한 귀퉁이를 번개같이 되풀이하였다.

**달포** 전, 어느 날 밤이었다.

그날도 나는 이유 없이—가 아니라 바로 말하면 바람 쏘이러—밤 **장안**을 헤매고 있었다. 장안의 여름밤은 아름다웠다.

- 사죄 : 지은 죄나 잘못에 대하여 용서를 빎
- 무한히 : 무던히. 정도가 어지간히
- 어사무사하다 : 생각이 날 듯 말 듯하다
- 생전 : 살아 있는 동안 또는 예전에 경험한 적이 없음을 나타내거나 자신의 표현 의도를 강조하는 말이지만, 여기서는 '도무지'라는 뜻
- 해득 : 뜻을 깨쳐 앎
- 나뭇개비 : 가늘고 길게 쪼개진 나뭇조각
- 느끼다 : 서럽거나 감격에 겨워 울다
- 어슴푸레하다 : 기억이나 의식이 분명하지 못하고 희미하다
- 달포 : 한 달이 조금 넘는 기간
- 장안 : 수도라는 뜻으로 '서울'을 일컫는 말

창의적 읽기

**❶을 어떻게 이해해야 해?**

유령이 나타났다고 믿었기 때문에 벌어진 일이다. 문제를 이성적으로 접근하지 않으면 경솔한 판단을 하게 된다는 사실을 깨닫고 있다.

**❷를 어떻게 이해해야 해?**

'나'가 여인의 자동차 사고를 목격했다는 것은 개연성이 부족하다. 우연적 요소다.

**영화에서도 ❷와 같은 방법을 쓰잖아?**

플래시백(flash back), 곧 과거 회상을 보여주는 장면에 해당하는 기법이다.

낮 동안에 이글이글 타는 해에 익은 몸뚱어리에 여름밤은 둘 없이 고마운 선물이었다. 여름의 장안 백성들에게는 욱신욱신한 거리를 고무풍선같이 떠다니는 **파라솔**이 있고, 땀을 들여 주는 선풍기가 있고, 타는 목을 식혀 주는 맥주 거품이 있고, 은접시에 담긴 아이스크림이 있다. 그리고 또 산 차고 물 맑은 피서지 **삼방**이 있고, **석왕사**가 있고, ❶인천이 있고, 원산이 있다.

그러나 ❷그런 것은 꿈에도 못 보는 나에게는 머루알 빛 같은 밤하늘만 쳐다보아도 차디찬 얼음 냄새가 흘러오는 듯하였다. 이것만 하더라도 밤 장안을 헤매는 것은 무의미한 일은 아니었다. 게다가 무엇보다도 거리 위에 낮거미새끼같이 흩어진 계집의 **얼굴은새려** 분 냄새만 맡을 수 있는 것만 하여도 사실 밤 장안을 헤매는 값은 훌륭히 될 것이었다.

그러나 장안의 여름밤을 아름다운 꿈으로만 생각하는 것은 큰 실수이다. 거기에는 생활의 무거운 짐이 있다. 잔칫집 마당같이 들볶아치는 **야시**에는 하루면 스물네 시간의 끊임없는 생활의 지긋지긋한 그림이 벌어져 있었다. 거기에는 낮과 다름없이 역시 부르짖음이 있고 싸움이 있고 땀이 있었다. 그러나 아무튼지 간에 가슴을 씻어 주는 시원한 맛은 싫은 것이 아니었다.

여름밤은 아름다웠다. 그런고로 나는 공원 앞 큰 행길 옆에 사람이 파도를 일으키면서 요란히 **수물거리는** 것은 구태여 볼 것 없이 술김에 얼근한 **주객**이나 그렇지 않으면 야시의 음악가 **깽깽이** 타는 친구를 둘러싸고 있는 것이려니 생각하고, '흥 여름밤이니까!' 혼자 중얼거리면서 무심코 그곳을 지나려 하였다.

그러나 사람들의 수물거리는 품이 주정꾼이나 혹은 깽깽이꾼의 경우와는 달랐다. 그리고 무엇보다도,

노자 노자

젊어 노자

먹구 마시구

만판 노자

하는 주객의 노래는 안 들렸다. 그렇다고 **만** 사람을 취하게 하는 '아름다운' 깽깽이 노래도 들려 오지는 않았다.

'그러문 대체…….'

나의 발길은 **부지중에** 그리로 향하였다.

"머? 겨우 요술꾼 약장수야?"

- 파라솔 : 주로 해수욕장 따위에서 햇볕을 가리기 위하여 쳐 놓는 큰 양산
- 삼방 : 함경남도 안변군 신고산면 삼방리에 있는 폭포 근처를 가리킴
- 석왕사 : 강원도 고산군 설봉리에 있는 조선시대의 사찰
- 얼굴은새려 : '얼굴은 못 보더라도'의 뜻
- 야시 : 야시장. 밤에 벌이는 시장
- 수물거리는 : 사물거리는(= 물이 조금씩 일렁이면서 끓어오르는 모양), 또는 벌레가 간질이듯 기어가는 모양
- 주객 : 술을 먹는 사람
- 깽깽이 : 해금이나 바이올린을 속되게 이르는 말
- 만 : 많은 또는 모든
- 부지중에 : 알지 못하는 사이에

창의적 읽기

**①의 '인천'이 왜 피서지야?**

1923년 만철(철도시설 및 그에 부속된 지역을 관리하기 위해 설립된 일본의 국책회사로, 일본의 만주 식민 사업을 수행하는 핵심 기관 역할)에서 운영하는 '조탕 = 공동 목욕탕'이 설치됨에 따라 일본인과 돈 많은 사람들이 찾는 명소가 된다.

**②는 문장이 멋있는데?**

매우 감각적인 시적 문장이다. '차디찬 얼음 냄새가 흘러오는'은 공감각적 표현이다. '차디찬 얼음 냄새 = 후각의 촉각화'이고, '냄새가 흘러오는 = 후각의 시각화'다.

**②의 '그런 것'이 뭐야?**

더위를 식혀 주는 상품(선풍기 · 맥주 · 아이스크림)과 피서지(삼방 · 석왕사 · 인천 · 원산)를 뜻한다.

나는 거의 실망에 가까운 어조로 이렇게 중얼거리고 대수롭지 않은 듯이 발길을 **돌이키려** 할 때이다. 사람들의 수물거리는 틈으로 나는 ❶무서운 것을 보았다.

군중의 숲에 싸여서 안 보이는 한 대의 자동차와 그 밑에 깔린 여인네 하나를 보았다. 바퀴 밑에는 **선혈**이 **임리**하고 그 옆에는 거지 아이 하나가 목을 놓고 울면서 쓰러져 있었다. '자동차 안에는' 하고 보니 ❷아니나 다를까 불량배와 기생년들이 그득하였다.

"**오라질 연놈**들!"

"자동차를 타니 신이 나서 사람까지 치니."

"원, 끔찍도 해라."

이런 말마디를 주우면서 나는 어느 결에 그 자리에서 밀려져 나왔었다.

"그래 당신이 그……."

나는 되풀이하던 기억의 끝을 문득 돌려 이렇게 물었다.

"네, 그렇답니다. 달포 전에 그 원수의 자동차에 치여 가지구 병원엔지 무엔지를 끌구 가니 생전 저 어린것이 보구 싶어 견딜 수 있어야지유. 그래 한 달두 채 못 돼 도루 나오지 않았어요. 그랬더니 이놈의 다리가 또 아프기 시작해서 배길 수 있어야지유. 다리만 성하문야 그래두 돌아댕기면서 얻어먹을 수는 있지만……."

여인네는 차마 더 볼 수 없는 다리를 두 손으로 만지면서 울음을 느꼈다.

나는 그의 과거를 더 캐물으려고도 하지 않았다. 아니 묻지 않아도 그의 대답은 뻔한 것이었다.

'집이 원래 가난했습니다. 그런데다가 남편이 죽구 나니……'

비록 이런 대답은 안 할지라도 그 운명이 그 운명이지, 무슨 더 행복스런 과거를 찾아낼 수 있었으리요.

• 돌이키다 : 원래 향하고 있던 방향에서 반대쪽으로 돌리다
• 선혈 : 생생한 피
• 임리 : 피, 땀, 물 따위의 액체가 흘러 흥건한 모양
• 오라질 : 오라에 묶여 갈 만하다는 뜻으로, 미워하는 대상이나 못마땅한 일에 대하여 비난하거나 불평할 때 욕으로 하는 말
• 연놈 : 계집과 사내를 함께 낮잡아 이르는 말

창의적 읽기

### ①의 '무서운 것'이 뭐야?

자동차 사고를 말한다.

### ①의 자동차 사고가 난 곳은 어디지?

종로의 야시는 1916년에 시작되었다. 북촌 상업거리의 번성을 위한 목적으로 개설된 야시는 종로 네거리에서 파고다 공원 구간에 개설되었고 보통 오후 7시부터 12시까지 열렸다. 자동차 사고가 난 곳이 '야시가 열리는 공원 앞'이라 했으므로 파고다 공원 앞이다.

### 이 당시 자동차 사고는 많았나?

통계에 따르면 1926년 경성에서 일어난 교통사고 건수는 522건이었다. 그중 자동차 사고가 107건이었다.

### 당시 경성의 도시 풍경은 어땠을까?

1920년대 후반 경성에는 관청·은행·회사·학교와 같은 근대적 건축물이 들어섰다. 인력거가 다니고 있었지만, 인력거 이용자 중 다수는 자동차를 이용했다. 전신·전화와 같은 통신시설과 상·하수도·전기·위생시설 등을 차차 갖추면서 경성은 근대 도시가 되었다.

### ②의 '아니나 다를까'를 어떻게 읽어야 해?

예상대로라는 뜻이다. '나'는 이와 유사한 사태를 적지 않게 목격한 인물임을 알려준다.

### ②의 '불량배와 계집년'을 어떻게 읽어야 하지?

자동차 사고를 낸 남녀에 대한 '나'의 반감이 표현된 것이다.

나의 눈에는 어느 결엔지 눈물이 그득히 고였었다. '❶동정은 우월감의 반쪽'일는지 아닐는지는 모른다. 하나 나는 나도 모르는 동안에 주머니 속에 든 대로의 돈을 모두 옮겨서 뚝 떨어지는 눈물과 같이 그의 손에 쥐어 주었다. 그리고는 아무 말 없이 **부리나케** 그 자리를 뛰어나왔었다.

❷이야기는 이만이다.

독자여, 이만하면 유령의 정체를 똑똑히 알았겠지. 사실 나도 이제는 동대문이나 동관이나 종묘나 또 박 서방 말한 빈집 터에 더 가볼 것 없이 ❸박 서방의 뼈 있는 말과 뜻있는 웃음을 명백히 이해하였다.

그리고 나는 모두 나와 같은 운명을 가진 애매한 친구들을 유령으로 생각하고 어리석게 군 나를 실컷 웃어도 보고 뉘우쳐 보기도 하였다.

독자여, 뭐? 그래도 유령이라고? 그래 그럼 유령이라고 해두자. 그렇게 말하면 사실 유령일 것이다—살기는 살았어도 **기실** 죽어 있는 셈이니!

어떻든 유령이라고 해두고 독자여 생각하여 보아라. 이 서울 안에 그런 유령이 얼마나 많이 늘어 가는가를! 늘어 간다고 하면 말이다. 또 되풀이하는 것 같지만 첫 페이지로 돌아가서…….

• 부리나케 : 서둘러서 아주 급하게
• 기실 : 실제로는

**❶을 어떻게 이해해야 해?**

동정의 이면에는 우월감이 있다는 뜻이다. '동정 = 이타적인 마음'은 곧 '우월감 = 이기적인 마음'이다.

**❷는 누구에게 말하는 거야?**

서술자가 독자에게 직접 말하는 방식이다.

**❷와 같은 말하기의 효과가 뭐지?**

서술자와 독자의 거리가 가까워지는 효과다. 이 효과로 독자는 마치 눈앞의 이야기꾼에게 이야기를 직접 듣는 듯한 착각을 경험하게 된다.

**❷는 이 소설 구조를 파악하게 해주는 중요한 문장이지?**

내화가 끝난 뒤 외화가 시작된 첫문장이다. 내화와 외화의 '나'에 대한 이해도 중요하다. 내화의 '나'이든, 외화의 '나'이든 모두 '진 서방'이지만, 내화의 '나' 보다 외화의 '나'가 더 작가 이효석처럼 느껴진다.

**'나 = 작가'를 어떻게 이해해야 하지?**

외화의 '나'는 독자에게 직접 말하는 방식을 취하고 있으므로 작가와 일치한다. '나'는 당시 이효석의 생각을 대변하고 있으므로 '진 서방 = 작가의 허구적 대리인'이다.

**❸의 '뼈 있는 말'을 어떻게 이해해야 해?**

- 속담으로 이해하면 '말 속에 말 들었다 = 속뜻이 있다'다.
- 한자 성어로 이해하면 '언중유골'이다.

**이 당시 경성 극빈자 수는 어느 정도였을까?**

조선의 실업률은 1930년 12.2%, 1931년 15.0%다. 1930년 실업자는 10만 명이고, 1931년 실업자는 31만 5천 명이다. 하지만 이 통계는 반실업 상태에 있는 영세민·걸인을 포함하지 않았기 때문에 실제의 실업률은 조사보다 높다.

**위의 통계에서 '나'의 위치는 어딜까?**

"남과 같이 버젓하게 일정한 노동을 못하고 밤낮 뜨내기 벌이꾼으로밖에는 돌아다니지 못하는 나에게는 그래도 몇 달 동안은 입에 풀칠을 할 수 있었다"라는 문장으로 볼 때, '나 = 반실업 상태에 있는 영세민'이다.

어슴푸레한 저녁, 몇 리를 걸어도 사람의 그림자 하나 찾아볼 수 없는 무인지경인 산골짝 비탈길, 여우의 밥이 다 되어 버린 해골덩이가 똘똘 구르는 무덤 옆, 혹은 비가 축축이 뿌리는 버덩의 다 쓰러져 가는 물레방앗간, 또 혹은 몇백 년이나 묵은 듯한 우중충한 늪가!

거기에 흔히 나타나는 유령이 적어도 문명의 도시인 서울에 오히려 **꺼림 없이** 나타나고 또 ❶서울이 나날이 커 가고 번창하여 가면 갈수록 유령도 거기에 정비례하여 점점 늘어 가니 이게 무슨 **뼈저린** 현상이냐! 그리고 그 얼마나 비논리적, 마술적 알지 못할 사실이냐! **맹랑하고**도 기막힌 일이다. 두말할 것 없이 이런 비논리적 유령은 결코 있어서는 안 될 것이다.

그러면 어떻게 하면 이 유령을 늘어 가지 못하게 하고, 아니 근본적으로 생기지 못하게 할 것인가?

현명한 독자여! 무엇을 주저하는가. ❷이 **중하고**도 큰 문제는 독자의 자각과 지혜와 힘을 기다리고 있지 않은가!

_〈조선지광〉(1928년 7월호)

• 꺼림 없이 : 사물이나 일 따위가 자신에게 해가 될까 하여 피하거나 싫어함 없이
• 뼈저리다 : 어떤 감정이 골수에 사무치도록 정도가 깊다
• 맹랑하다 : 생각하던 바와 달리 허망하다
• 중하다 : 매우 소중하다

창의적 읽기

### ❶을 어떻게 이해해야 하지?

사회 구조적 모순으로서의 불평등이다.

### ❶에 대한 작가 이효석의 견해는 뭘까?

1920년대 조선의 지식인인 이효석은 가난을 사회 구조적인 관점에서 보았다. '소수의 부유한 일본인·조선인들=사치' 쪽에 있고, '대다수 도시 빈민=고통' 쪽에 있다고 보았다.

### ❷를 어떻게 이해해야 하지?

독자의 깨달음을 촉구하고 있다. '이 소설=계몽적'이다.

### ❷와 같은 촉구를 소설 미학적 측면에서는 어떻게 생각해야 해?

이 소설의 '나=미장 노동자'다. 따라서 ❷는 1920년대의 건축 노동자의 말이라기보다 작가 이효석의 말처럼 여겨진다. 이렇게 인물이 실제 작가를 연상시킬 뿐 인물로서의 정체성을 의심하게 되는 것을 미학적 거리 유지 실패라 한다.

### 무슨 행동을 촉구하는 거야?

극빈자 문제에 대한 자각·지혜·힘이다. '서울 발전과 서울 극빈자 증가는 비례 관계'라는 것이 자각이며, '극빈자 문제는 개인 문제가 아니라 사회 문제'라는 것도 자각이다. 총독부 정치가 문제의 원인이라는 것이다.

### '독자'는 누구를 가리킬까?

작가 이효석을 연상시키는 '나'에게 당대 사람들은 세 부류다. '유령=초현실적 존재이며 있다'고 말하는 사람들, '유령=초현실적 존재는 없다'고 말하는 사람들, '유령=현실적 존재이며 우리 곁에 있다'고 말하는 사람들이다. '나'는 이 중 '유령=현실적 존재이며 우리 곁에 있다'고 말하는 사람에 해당한다. '유령=도시 빈민'임을 깨달은 자다. 그러므로 이 소설에서 설정한 독자는 '유령=현실적 존재이며 우리 곁에 있다'는 사실을 이해하는 사람들이다.

## 깊이 이해하기

### 「도시와 유령」에서 엿보는 사회의 모습

「도시와 유령」의 배경은 1920년대의 대조적인 풍경이다. 당시 가장 번화가는 남촌의 을지로, 북촌의 종로였다. 신여성 또는 기생들을 자동차에 태워 이 거리를 누비며 즐기는 사람들이 있는가 하면, 육체 노동을 하는 사람들이 있고, 구걸하느라 자동차 사고로 다리를 잃은 사람도 있다.

#### 1920년대 경성 '남촌'인 지금의 을지로

경성 전차인 황금정선(을지로선)이 1912년에 운행되면서 금융·상업 지구가 이루어진다. 동양척식회사, 조선식산은행 등 대규모 은행 및 회사가 을지로에 들어섰다. 대규모 유흥공간인 황금유원(黃金遊園)도 생겼다. 1920년대 경성역에서 남대문을 거쳐 황금정에 이르는 길에는 백화점·의류점·모자점 등이 들어서면서 남촌은 더욱더 화려해진다. 가로등과 상점의 불빛이 가득한 남촌의 야간 경관은 새로운 볼거리여서 밤이면 사람들로 불야성을 이루었다.

#### 1920년대 경성 4대문 밖 사람들

1920년대 경성에는 지방에서 올라온 사람들이 많았다. 농사짓는 일로는 더 이상 먹고 살기 어려워진 사람들이다. 그런데 당시 경성의 가옥은 3만 9천 채로, 이때 필요한 가옥은 5만 4천 채였으니 가옥 1만 5천 채가 부족했다. 집 없는 사람들은 토막집·행랑채 등에서 살았다. 당시 토막집·행랑채는 위생 문제가 심각하여 벌레 때문에 잠자기 힘들어서 노숙을 하기도 했다. 이 소설의 주인공도 그런 사람이다. 「도시와 유령」은 당시 종묘·동묘·동대문 등에 얼마나 많은 노숙자가 있었는지를 사실적으로 보여준다.

OX

## 사실 확인 다음 내용이 맞는지 틀린지 ○×로 표시하기

1 「도시와 유령」은 액자소설이다.

2 동묘 정전에서 본 '유령'은 '모자 걸인'이었다는 것을 '나'는 나중에야 확인한다.

3 유령의 정체 확인을 위해 두 번째 동묘를 찾은 것은 '나'와 김 서방이다.

4 이 소설의 외화에 나오는 '나'와 내화에 나오는 '나'는 동일인으로 설정되어 있다.

5 '나'는 미장 노동을 하고 있지만, 반실업자일 때도 있다.

6 '나'보다 먼저 도시 경성 유령의 존재에 대해 알고 있었던 사람은 박 서방이다.

7 이 소설은 동대문·종묘·동묘 등이 1920년대에 걸인 숙소로 이용된 사실을 보여준다.

8 김 서방과 '나'가 동묘에서 목격한 도깨비불은 걸인 모자가 약을 찾기 위해 사용한 성냥불이었다.

9 동관묘는 관우를 모시는 사당으로 조선 선조 때 만들어졌다.

10 자동차 사고를 당했지만 모자 걸인은 보상금을 많이 받아 걸인 신세에서 벗어나게 되었다.

# 03 광염 소나타

김동인

## 김동인은 어떤 작가인가?

김동인(1900~1951)의 호는 금동이다. 평안남도 평양에서 출생했다. 1914년 일본 도쿄학원 중학부에 입학했으나 학교가 폐쇄되어 1915년 메이지 학원 중학부에 편입했다. 1919년 일본 도쿄에서 한국 최초의 순문예지 〈창조〉를 자기 돈으로 들여 간행하여 창간호에 「약한 자의 슬픔」을 발표했다. 3·1 운동 직후 귀국했는데 동생 김동평의 부탁으로 사람들에게 알리는 글을 작성했다가 구속되어 6월 16일에 풀려났다. 「태형」은 이때의 감옥 체험을 쓴 작품으로, 3·1운동 이후의 평양 감옥의 모습을 생생하게 보여주고 있다. 대표작으로 「배따라기」, 「감자」, 「광염소나타」, 「발가락이 닮았다」, 「붉은 산」, 「김연실전」 등이 있다.

## 03 광염 소나타

❶독자는 이제 내가 쓰려는 이야기를, 유럽의 어떤 곳에 생긴 일이라고 생각하여도 좋다. 혹은 사오십 년 뒤에 조선을 무대로 생겨날 이야기라고 생각하여도 좋다. 다만, 이 지구상의 어떠한 곳에 이러한 일이 있었는지도 모르겠다, 있는지도 모르겠다, 혹은 있을지도 모르겠다, ❷가능성뿐은 있다—이만치 알아두면 그만이다.

그런지라, 내가 여기 쓰려는 이야기의 주인공 되는 백성수(白性洙)를 혹은 알벨트라 생각하여도 좋을 것이요 **찜**이라 생각하여도 좋을 것이요 또는 **호모**(胡某)나 기무라모(木村某)로 생각하여도 괜찮다. 다만 사람이라 하는 동물을 주인공 삼아 가지고 사람의 세상에서 생겨난 일인 줄만 알면…….

이러한 **전제**로써, ❸자 그러면 내 이야기를 시작하자.

• 찜 : 영어 남자 이름 짐(Jim)
• 모(某) : '아무개'라는 뜻. 누구인지 확실하지 않거나 굳이 밝히려고 하지 않을 때 씀
• 전제 : 어떠한 사물이나 현상을 이루기 위하여 먼저 내세우는 것

창의적 읽기

### ❶의 '내가 쓰려는 이야기'는 무엇을 가리키지?

시공간을 초월하여 존재하는 이야기라는 뜻이므로 보편성에 해당한다.
• '유럽 또는 조선 또는 지구상의 어떤 곳'이어도 상관없다=공간을 초월하여 존재하는 이야기
• '과거의 유럽 또는 40~50년 후의 조선'이어도 상관없다=시간을 초월하여 존재하는 이야기

### '내가 쓰려는 이야기'는 일어난 사건일까, 상상한 사건일까?

이 작품은 실제 현실을 반영하고 있는 소설이 아니다. 일어난 사건이 아니라 상상한 사건이다.

### ❶의 '독자'는 어떻게 이해해야 할까?

'독자=청자'다. 서술자가 독자를 청자로 삼아 직접 이야기하면서 이야기 속으로 안내하고 있다.

### ❷의 '가능성'은 무슨 뜻일까?

개연성이다. 개연성이란 사건이 현실화될 수 있는 확실성의 정도 또는 가능성의 정도를 뜻한다.

### ❸에서 읽어야 하는 게 뭐야?

이 소설이 메타픽션이라는 것이다. 메타픽션이란 작품에 작가로 여겨지는 인물이 등장하는 소설이다.

"❶기회(찬스)라 하는 것이 사람을 망하게도 하고 흥하게도 하는 것을 아시오?"

"네, 새삼스러이 연구할 문제도 아닐걸요."

"자, 여기 어떤 상점이 있다 합시다. 그런데 마침 주인도 없고 **사환**도 없고 온통 비었을 적에 우연히 그 앞을 지나가던 ❷신사가—그 신사는 재산도 있고 **명망**도 있는 점잖은 사람인데—그 신사가 빈 상점을 들여다보고 혹은 이렇게 생각할 수도 있지 않아요? 통 비었으니깐 도적놈이라도 넉넉히 들어갈 게다, 들어가서 훔치면 아무도 모를 테다, 집을 왜 이렇게 비워둔담…… 이런 생각 끝에 혹은 그 그 뭐랄까 그 **돌발적 변태** 심리로써 조그만 물건 하나(변변치도 않고 욕심도 안 나는)를 집어서 주머니에 넣는 경우가 있을지도 모르지 않겠습니까?"

"글쎄요."

"있습니다, 있어요."

❸어떤 여름날 저녁이었었다. **도회**를 떠난 교외 어떤 강변에 두 노인이 앉아서 이런 이야기를 하고 있었다. 그 기회론을 주장하는 사람은 유명한 음악비평가 K씨였었다. 듣는 사람은 사회 교화자의 모씨였었다.

"글쎄 있을까요?"

"있어요. 좌우간 있다 가정하고 그러한 경우에는 그 책임은 어디 있습니까?"

"동양 속담말에 **외밭서는 신끈도 다시 매지 말랬으니** 그 신사가 책임을 질까요?"

"그래 버리면 그뿐이지만, 그 신사는 점잖은 사람으로서 그런 절대적 기묘한 찬스만 아니더라면 그런 마음은커녕 **염**도 내지도 않을 사람이라 생각하면 어찌 됩니까?"

"……."

"말하자면 죄는 '기회'에 있는데 '기회'라는 **무형물**은 벌은 할 수가 없으니깐 그 신사를 **가해자**로 인정할 수밖에는 지금은 없지요."

"그렇습니다."

- 사환 : 관청이나 회사, 가게 따위에서 잔심부름을 시키기 위하여 고용한 사람
- 명망 : 명성과 인덕
- 돌발적 : 뜻밖의 일이 갑자기 일어나는
- 변태 : 정상이 아닌 상태로 달라짐, 또는 그런 상태
- 도회 : 도회지, 도시
- 외밭 : 오이나 참외를 심는 밭
- 외밭에서는 신끈도 다시 매지 마라 : 의심 받을 짓은 하지 말라
- 염 : 생각
- 무형물 : 형체가 없는 사물
- 가해자 : 다른 사람의 생명이나 신체, 재산, 명예 따위에 해를 끼친 사람

창의적 읽기

### ❶의 '기회'는 무슨 뜻이야?

세 가지로 읽을 수 있다.

- '자신의 행동에 대한 결과를 책임질 필요가 없는 상황'을 가리킨다.
- 김동인은 환경결정론을 주장했다. 인간의 행동은 환경적 요인으로 설명할 수 있다는 견해다. 그러므로 '기회 = 환경적 요인'이다.
- 플라톤이 말하는 '기게스의 반지'에 해당한다.

* 기게스의 반지 : 자신의 행동에 대한 결과를 책임질 필요가 없는 상황을 비유

### ❷의 '신사'를 어떻게 이해해야 하지?

도덕적인 인물인데 완전범죄가 가능하다고 생각되는 우연한 기회가 오자 범죄 행위를 저지르는 인물이다.

### ❸을 어떻게 이해해야 해?

「광염 소나타」는 액자소설이다. ❸은 외화의 배경이다. '시간 = 여름 날 저녁'이고, '공간 = 교외 강변'이다.

"또 한 가지—사람의 천재라 하는 것도 경우에 따라서는 어떤 '기회'가 없으면 영구히 안 나타나고 마는 일이 있는데, ❶그 '기회'란 것이 어떤 사람에게서 그 사람의 '천재'와 '범죄 본능'을 한꺼번에 끌어내었다면 우리는 그 '기회'를 저주하여야겠습니까 축복하여야겠습니까?"

"글쎄요."

"선생은 백성수라는 사람을 아시오?"

"백성수? 자, 기억이 없는데요."

"작곡가로서 그—."

"네, 생각납니다. 유명한 「**광염**狂炎 소나타」의 작가 말씀이지요?"

"네, 그 사람이 지금 어디 있는지 아십니까?"

"모릅니다. 뭐 **발광**했단 말이 있었는데—."

"네, 지금 ××정신병원에 감금돼 있는데 그 사람의 일대기를 이야기할게 들으시고 사회 **교화자**로서의 의견을 말씀해 주십쇼."

내가 이제 이야기하려는 ❷백성수의 아버지도 또한 **천분** 많은 음악가였습니다. ❸나와는 동창생이었는데 학생 시대부터 벌써 그의 천분은 넉넉히 볼 수가 있었습니다. 그는 작곡과를 전공하였는데 때때로 스스로 작곡을 하여서는 밤중에 혼자서 피아노를 두드리고 하여서 우리들로 하여금 뜻하지 않고 일어나게 하고 하였습니다. 그리고 우리는 그 밤중에 울려오는 야성적 선율에 몸을 소스라치고 하였습니다.

그는 **야인**(野人)이었습니다. **광포**스런 야성은 때때로 **비위**에 틀리면 선생을 두들기기가 예사이며 우리 학교 근처의 술집이며 모든 상점 주인들은 그에게 매깨나 안 얻어맞은 사람이 없었습니다. 그러한 야성은 그의 음악 속에 풍부히 잠겨 있어서 오히려 그 야성적 힘이 그의 예술을 더 빛나게 하는 것이었습니다.

• 광염 : 미친 듯이 타오르는 불길 혹은 정열
• 발광 : 미친병의 증세가 밖으로 드러나 비정상적이고 격하게 행동함
• 교화자 : 가르치고 이끌어서 좋은 방향으로 나아가게 하는 사람
• 천분 : 타고난 재능
• 야인 : 아무 곳에도 소속되지 않은 채 지내는 사람
• 광포 : 미쳐 날뛰듯이 매우 거칠고 사나움
• 비위 : 기분

창의적 읽기

### ❶을 어떻게 이해해야 하지?

이 소설은 액자소설이다. ❶은 외화의 주제다.

### '어떤 사람 · 백성수'는 동일 인물인가?

그렇다. 단, '어떤 사람'은 '외화'에서의 표현이고 '백성수'는 '내화'에서의 표현'이다. '어떤 사람'은 '익명' 사용에 해당한다.

* 익명 : 이름을 숨김. 또는 숨긴 이름이나 그 대신 쓰는 이름

### ❷의 '백성수의 아버지'는 어떤 인물이야?

K의 견해에 의하면, '야인 = 야성 있는 인물'이며, '광포스런 야성 = 광기'를 가진 인물이다.

### ❷의 '천분'을 어떻게 이해해야 해?

'광포스런 야성'을 타고났다는 뜻이다.

### '광포스런 야성'을 어떻게 이해해야 하지?

위대함을 성취하지만 그 대가로 범죄성을 일으키는 특성을 가리킨다.

### ❸의 '나'는 누구야?

K다.

그러나 그가 학교를 졸업하고 난 뒤에는 그 야성은 다른 곳으로 발전되고 말았습니다. 술!술! 무서운 술이었습니다. 아침부터 저녁까지, 저녁부터 아침까지, 술잔이 그의 입에서 떠나지를 않았습니다. 그리고 술을 먹고는 여편네들에게 행패를 하고, 경찰서에 **구류**를 당하고, 나와서는 또 같은 일을 하고…….

작품? 작품이 다 무엇이외까. 술을 먹은 뒤에 **취흥**에 겨워 때때로 피아노에 앉아서 **즉흥**으로 **탄주**를 하고 하였는데 지금 생각하면 ❶그 **귀기**(鬼氣)가 사람을 **엄습**하는 힘과 야성 (베토벤 이래로 근대 음악가에서 발견할 수 없던) 그런 보물이라 하여도 좋을 것이 많았지만 우리들은 각각 제 길 닦기에 바쁜 사람이라 주정꾼의 즉흥악을 일일이 베껴 둔다든가 그런 일은 꿈에도 생각하지 않았습니다.

우리들은 그의 장래를 생각하여 때때로 술을 삼가기를 권고하였지만 그런 야인에게 친구의 권고가 무슨 소용이 있겠습니까.

"술? 술은 음악이다!"

하고는 하하하하 웃어 버리고 다시 술집으로 달아나고 합니다.

그러한 지 칠팔 년이 지난 뒤에 그는 아주 **폐인**이 되고 말았습니다. 술이 안 들어가면 그의 손은 떨렸습니다. 눈에는 눈곱이 꼈습니다. 그리고 술이 들어가면, 술이 들어가면 그는 그 광포성을 발휘하였습니다. 누구를 **물론하고** 붙잡고는 입에 술을 부어 넣어 주었습니다. 그러다가는 장소를 **불문하고** 아무 데나 누워서 잡니다.

- 구류 : 죄인을 1일 이상 30일 미만의 기간 동안 교도소나 경찰서 유치장에 가두어 자유를 속박하는 형벌
- 취흥 : 술에 취하여 일어나는 흥취
- 즉흥 : 그 자리에서 바로 일어나는 감흥
- 탄주 : 원래 가야금이나 바이올린 따위의 현악기를 연주한다는 뜻
- 귀기 : 귀신이 붙은 기색, 귀신이 나타날 것 같은 무시무시한 기운
- 엄습 : 감정, 생각, 감각 따위가 갑작스럽게 들이닥치거나 덮침
- 폐인 : 병 따위로 몸을 망친 사람
- 물론하고 : 말할 것도 없고
- 불문하고 : 가리지 아니하고

창의적 읽기

### ❶에 대한 '나'의 태도는 어때?

경탄하고 있다. '보물'이라는 비유에서 알 수 있다.

### 독자는 'K'를 어떻게 평가해야 할까?

위대함과 범죄성이 동시에 발현되는 인물인 백성수 아버지를 K는 '보물'이라 생각하고 있다. K는 위대함의 성취가 범죄성 발현이라는 문제 때문에 취소되어서는 안 된다는 영웅 중시 사고를 하고 있다.

사실 아까운 천재였습니다. 우리들 새에는 때때로 그의 천분을 생각하고 아깝게 여기는 한숨이 있었지만 세상에서는 그 '장래가 무서운 한 천재'가 있었다는 것은 몰랐었습니다.

그러는 동안에 ❶그는 어떤 **양가**의 처녀를 어떻게 관계를 맺어서 애까지 뱄습니다. 그러나 그 애의 출생을 보지 못하고 아깝게도 심장마비로 죽어 버리고 말았습니다.

그 **유복자**로 세상에 나온 것이 백성수였습니다.

그러나 우리는 백성수가 세상에 출생되었다는 **풍문**만 들었지, 그 애 아버지가 죽은 뒤부터는 그 애의 소식이며 그 애 어머니의 소식은 **일절** 몰랐습니다. 아니, 몰랐다는 것보다, 그 집안의 일은 우리의 머리에서 온전히 잊어버리고 말았습니다.

❷삼십 년이라는 세월이 흘렀습니다.

십 년이면 산천도 변한다 하는데 삼십 년 새의 변천을 어찌 이루 다 말하겠습니까. 좌우간 그동안에 나는 내 이름을 닦아 놓았습니다. 아시다시피 지금 K라 하면 이 나라에서 첫손가락을 꼽는 음악비평가가 아닙니까. **견실한** 지도적 비평가 K라면 이 나라의 음악계의 권위이며, 이 나의 한마디는 음악가의 가치를 결정하는 판결문이라 하여도 옳을 만치 되었습니다. 많은 음악가가 내 손 아래서 자랐으며 많은 음악가가 내 지도로써 이름을 날렸습니다.

재작년 이른 봄 어떤 날이었습니다.

그때 나는 조용한 밤중의 몇 시간씩을 ○○**예배당**에 가서 명상으로 시간을 보내는 것이 습관이 되어 있었습니다. 언덕 위에 홀로 서 있는 집으로서 조용한 밤중에 혼자 앉아 있노라면 때때로 **들보**에서 놀라 깬 비둘기의 날개 소리와 간간이 기둥에서 뚝뚝 하는 소리밖에는 아무 소리도 들리지 않는, 말하자면 나 같은 괴상한 성미를 가진 사람이 아니면 돈을 주면서 들어가래도 들어가지 않을 **음침한** 집이었습니다. 그러나 나 같은 명상을 즐기는 사람에게는 다른 데서 구하기 힘들도록 온갖 것을 가진 집이었습니다. **외따로** 고 조용하고 음침하며 간간이 알지 못할 신비한 소리까지 들리며 ❸멀리서는 때때로 놀란 듯한 **기적**(汽笛) 소리도 들리는…… 이것뿐으로도 상당한데, 게다가 이 예배당에는 피아노도 한 대 있었습니다. 예배당에는 오르간은 있을지나 피아노가 있는 곳은 쉽지 않은 것으로서 무슨 홍이나 날 때에는 피아노에 가서 한 곡조 두드리는 재미도 또한 괜찮았습니다.

- 양가 : 사회에서 차지하고 있는 신분이나 지위가 좋은 집안
- 유복자 : 태어나기 전에 아버지를 여읜 자식
- 풍문 : 바람처럼 떠도는 소문
- 일절 : 전혀
- 견실한 : 착실한
- 예배당 : '교회'를 가리키는 옛말
- 들보 : 집 지을 때 중심 되는 두 기둥을 가로질러 걸치는 나무
- 음침한 : 분위기가 어두컴컴하고 스산한
- 외따로 : 홀로 따로
- 기적 : 기차나 배 따위에서 증기를 내뿜는 힘으로 경적 소리를 내는 장치

창의적 읽기

### ❶의 '어떻게'는 뭐지?

'어떻게'는 이 소설의 시점을 알게 해주는 기능을 하고 있다. ❶의 서술자인 '나=K'는 '백성수의 아버지'에 대해 이야기하고 있지만, 그에 대해 알고 있는 지식이나 정보가 '제한적'임을 '어떻게'라는 표현으로 보여준다.

### ❷에서 무엇을 읽어야 하지?

두 가지다. 서술 방법은 서사다. 시간 압축 표현이므로 사건 전개 속도가 빠르다.

### ❸에서 무엇을 읽어야 하지?

'기적 소리'는 기차를 청각적으로 비유한 표현이다. 기차가 지나가는 소리가 들린다는 뜻이다. 이와 비슷한 표현으로는 '붓을 들다=글 쓰다'와 '붓을 꺾다=글쓰기를 포기하다' 등이 있다.

그날 밤도 (아마 두 시는 지났을걸요) 그 예배당에서 혼자서 눈을 감고 조용한 맛을 즐기고 있노라는데, 갑자기 저편 아래에서 **재재하는** 소리가 납디다. 그래서 눈을 번쩍 뜨니까 **화광**이 **충천**하였는데, 내다보니까 언덕 아래 어떤 집이 불이 붙으며 사람들이 왔다갔다 야단이었습니다.

❶이렇게 말하면 어떨지 모르지만 그다지 멀지 않은 곳에서 불붙는 것을 바라보는 맛도 괜찮은 것이었습니다. 일어서는 불길이며 퍼져 나가는 연기, 불씨의 날아나는 양, 그 가운데 **거뭇거뭇** 보이는 기둥, 집의 송장, 재재거리는 사람의 무리, 이런 것은 어떻게 생각하면 과연 시도 될지며 음악도 될 것이었습니다. ❷옛날에 네로가 로마의 불붙는 것을 바라보면서, 자기는 **비파**를 들고 노래를 하였다는 것도 음악가의 **견지**로 보면 그다지 나무랄 것이 아니었습니다.

나도 그때에 그 불을 보고 차차 홍이 났습니다.

……네로를 본받아서 나도 즉흥으로 한 곡조 두드려 볼까. 어렴풋이 이런 생각을 하며 나는 그 불을 정신없이 바라보고 있었습니다.

- 재재하는 : 좀 수다스럽게 재잘거리어 어지러운
- 화광 : 타는 불의 빛
- 충천 : 하늘을 찌를 듯이 공중으로 높이 솟아오름
- 거뭇거뭇 : 군데군데 거무스름한 모양
- 비파 : 동양 현악기의 하나. 몸체는 길이 60~90cm의 둥글고 긴 타원형이며, 자루는 곧고 짧음. 네로는 고대 현악기로 하프의 일종인 리라를 켰다고 알려짐
- 견지 : 어떤 사물을 판단하거나 관찰하는 입장

창의적 읽기

**❶과 ❷를 어떻게 이해해야 하지?**

K에게도 백성수와 같은 성향이 있음을 짐작할 수 있다.

**❷에 나오는 네로 황제와 로마 화재 사건을 역사는 어떻게 기록하고 있나?**

서기 64년 7월 로마에서 일어난 화재를 가리킨다. 이 화재를 목격한 9세 타키투스는 훗날 역사가가 되어 이 사건을 기록한다. 인구 200만 명이 집을 잃은 사건이었다는 것이다.

**❷의 로마 화재는 누가 저지른 거지?**

화재의 원인은 정확하지 않다. 그러나 로마 시민들은 네로 황제가 방화자라 믿었다.

**❷에서 K의 어떤 가치관을 읽을 수 있을까?**

K의 가치관은 편향되어 있다. '200만 명이 집을 잃은 사건'에 대해 몰랐다 해도 분명 화재 때문에 고통당한 사람이 있을 것인데 K는 화재가 예술 창작 동기가 되었다는 사실을 중요하게 여기고 있다.

**네로 황제와 로마 화재 사건에서 독자는 무엇을 읽어야 할까?**

백성수 이야기의 모델이 네로 황제일 수 있다는 암시다.

그때였습니다. 갑자기 덜컥덜컥하는 소리가 들리더니 예배당 문이 열리며 웬 젊은 사람이 하나 **낭패**한 듯이 뛰어 들어왔습니다. 그리고 무엇에 놀란 사람같이 두리번두리번 **사면**을 살피더니 그래도 내가 있는 것은 못 보았는지 저편에 있는 창 안에 가서 숨어 서서 아래서 붙는 불을 내다봅니다.

나도 꼼짝을 못 하였습니다. 좌우간 **심상스런** 사람은 아니요 **방화범**이나 도적으로밖에는 인정할 수 없지 않겠습니까? 그래서 꼼짝을 못 하고 서 있노라니까 그 사람은 한숨을 쉽니다. 그리고 맥없이 두 팔을 늘이고 도로 나가려고 발을 떼려다가 자기 곁에 피아노가 놓인 것을 보더니 **교의**를 끌어다 놓고 피아노 앞에 주저앉고 말겠지요. 나도 거기는 그만 직업적 흥미에 끌렸습니다. 그래서 무엇을 하나 보자 하고 있노라니까 뚜껑을 열더니 한 번 뚱 하고 시험을 해보아요. 그리고 조금 있더니 다시 뚱뚱 하고 시험을 해보겠지요.

이때부터 그의 숨소리가 차차 높아 가기 시작했습니다. 씩씩거리며 몹시 흥분된 사람같이 몸을 떨다가 벼락같이 양 손을 키 위에 갖다가 덮었습니다. 그다음 순간으로 C샤프 단음계의 **알레그로**가 시작되었습니다.

처음에는 다만 흥미로써 그의 모양을 엿보고 있던 나는 그 ❶<u>알레그로가 울려 나오는 순간 마음은 끝까지 긴장되고 흥분되었습니다.</u>

그것은 순전한 야성적 음향이었습니다. 음악이라 하기에는 너무 힘있고 **무기교**(無技巧)였습니다. 그러나 음악이 아니라기에는 거기는 너무 괴롭고도 무겁고 힘 있는 '감정'이 들어 있었습니다. 그것은 마치 **야반**의 종소리와도 같이 사람의 마음을 무겁고 음침하게 하는 음향인 동시에 맹수의 부르짖음과 같이 사람으로 하여금 소름 돋치게 하는 무서운 감정의 **발현**이었습니다. 아아, 그 야성적 힘과 남성적 부르짖음, 그 아래 감추어 있는 침통한 **주림**과 아픔, 순박하고도 아무 기교가 없는 그 표현!

- 낭패 : 계획한 일이 실패로 돌아가거나 기대에 어긋나 매우 딱하게 됨
- 사면 : 전후좌우의 모든 방면
- 심상스런 : 평범한, 예사로운
- 방화범 : 고의로 불을 놓아 건물이나 물건을 태움으로써 공공의 위험을 일으킨 사람
- 교의 : 의자
- 알레그로 : 악보에서, 빠르고 경쾌하게 연주하라는 말
- 무기교 : 기교가 없음
- 야반 : 밤중
- 발현 : 속에 있거나 숨은 것이 밖으로 나타나거나 그렇게 나타나게 함
- 주림 : 먹을 것을 제대로 먹지 못하여 허기짐

창의적 읽기

**❶에서 '긴장'은 왜 생긴 거야?**

'C샤프 단음계'로 시작하는 음악이기 때문이다. 단조는 음울·웅장·반항 등을 느끼게 하는 음조다.

나는 털썩 그 자리에 주저앉고 말았습니다. 그리고 음악가의 본능으로써 뜻하지 않고 주머니에서 **오선지**와 연필을 꺼내었습니다. 피아노의 울려 나아가는 소리에 따라서 나의 연필은 오선지 위에서 뛰놀았습니다.

❶좀 급속도로 시작된 빈곤, 거기 **연하여** 주림, 꺼져 가는 불꽃과 같은 목숨, 그러한 것을 지나서 ❷한참 연속되는 **완서조**(緩徐調)의 압축된 감정, ❸갑자기 튀어져 나오는 광포. 거기 **연한 쾌미**(快味) **홍소**(哄笑) ― 이리하여 ❹**주화조**(主和調)로서 탄주는 끝이 났습니다. 더구나 그 속에 나타나 있는 압축된 감정이며 주림 또는 맹렬한 불길 등이 사람의 마음에 주는 그 처참함이며 광포성은 나로 하여금 아직 '문명'이라 하는 것의 **은택**에 목욕하여 보지 못한 야인을 연상케 하였습니다.

탄주가 다 끝이 난 뒤에도 나는 정신을 못 차리고 **망연히** 앉아 있었습니다. 물론 조금이라도 음악의 **소양**이 있는 사람일 것 같으면 이제 그 소나타를 음악에 대하여 정통으로 아무러한 수양도 받지 못한 사람이 다만 자기의 천재적 즉흥뿐으로 탄주한 것임을 알 것입니다. 해결이 없이 ❺**감칠도 화현**(減七度和絃)이며 **증육도** 화현(增六度和絃)을 범벅으로 섞어 놓았으며 **금칙**(禁則)인 **병행 오팔도**(竝行五八度)까지 집어넣은 것으로서, 더구나 ❻**스케르초**는 온전히 뽑아 먹은, 대담하다면 대담하고 무식하다면 무식하달 수도 있는 **방분** 자유한 소나타였습니다.

- 오선지 : 악보를 그릴 수 있도록 다섯 선을 그은 종이
- 연하여·연한 : 이어지는
- 완서조 : 느린 곡조
- 쾌미 : 쾌감
- 홍소 : 입을 크게 벌리고 웃거나 떠들썩하게 웃음
- 주화조 : 본래의 흐름과 어울림. 곧 알레그로를 뜻함
- 은택 : 은혜와 도움
- 망연히 : 아무 생각이 없이 멍한 태도로
- 소양 : 교양
- 감칠도 : 두 음 중 위의 음을 반음 낮추거나, 아래 음을 반음 높여서 두 음의 폭이 반음 좁아진 것을 감음정이라고 하는데, 감7도는 그중 하나
- 화현 : 높이가 다른 둘 이상의 음이 함께 울릴 때 어울리는 소리. 어울림음, 안어울림음 따위
- 증육도 : 완전음정이나 장음정을 반음 더 넓힌 음정을 증음정이라 하는데, 증6도는 그중 하나
- 금칙 : 원칙적으로 피해야 하는 부분
- 병행 오팔도 : 병행 5도·병행 8도를 가리킴. 음악의 금칙에 속하는 음
- 스케르초 : 소나타, 교향곡 등의 제 3 악장에 사용되는 3 박자의 쾌활한 곡
- 방분 : 제멋대로 나아가 거침이 없음

창의적 읽기

### ❶은 어떤 거야?

알레그로다. 소나타의 제1악장은 알레그로로 시작한다.

### ❷는 어떤 거지?

아다지오다. 소나타의 제2악장은 아다지오다.

### ❸은 어떤 거야?

알레그로다. 소나타의 제3악장은 알레그로다.

### ❹는 무슨 뜻이지?

백성수의 첫 작품이 「광염 소나타」인데, 3악장 형식의 소나타라는 것이다.

### ❺는 무슨 뜻이야?

정통 소나타 또는 모범 소나타는 '감칠도·증육도·병행 오팔도'의 음을 사용하지 않는다는 뜻이다.

### ❻은 무슨 뜻이지?

정통 소나타 또는 모범 소나타에는 스케르초를 사용하는데 백성수는 사용하지 않았다는 것이다.

### 백성수의 음악은 어떤 거야?

K에 따르면, 백성수의 음악은 '야성·무기교·천재·즉흥·자유분방·귀기·광포·흥분·힘·정열·열성' 등과 같은 어휘로 표현할 수 있는 성격이다. 베토벤의 음악 같은 것이다.

### 백성수의 음악과 대조되는 음악은 어떤 거지?

K에 따르면, 백성수의 음악과 대조되는 음악은 '정통·법칙·규칙·규범·계통·기계화·나약·훈련' 등과 같은 어휘로 표현할 수 있는 성격의 것이다. 베토벤 이후의 음악 곧 근대 음악이다.

이때에 문득 내 머리에 떠오른 것은 삼십 년 전에 심장마비로 죽은 백○○였습니다. ❶그의 음악으로서 만약 정통적 훈련만 뽑고 거기다가 야성을 더 집어넣으면 지금 내 눈앞에 있는 그 음악가의 것과 같은 것이 될 것이었습니다. 귀기가 사람을 엄습하는 듯한 그 힘과 방분스런 표현과 야성—이것은 근대 음악가에게 구하기 힘든 보물이었습니다.

그 **소나타**에 취하여 한참 정신이 어리둥절히 앉았던 나는 **고즈넉이** 일어서서, 그 피아노 앞에 서서 그의 어깨에 가만히 손을 얹었습니다. 한 곡조를 타고 나서 아주 곤한 듯이 정신이 없이 앉아 있던 그는 펄떡 놀라며 일어서서 내 얼굴을 보았습니다.

"자네 몇 살 났나?"

나는 그에게 이렇게 첫말을 물었습니다. 가슴이 답답한 나로서는 이런 말밖에는 갑자기 다른 말이 생각 안 났습니다. 그는 높은 창에서 들어오는 달빛을 받고 있는 내 얼굴을 한순간 쳐다보고 머리를 **돌이키고** 말았습니다.

"배고프나?"

나는 두 번째 그에게 물었습니다.

그는 시끄러운 듯이 벌떡 일어섰습니다. 그리고 달빛이 비친 내 얼굴을 정면으로 바라보다가,

"아, K선생님 아니세요?"

하면서 나를 붙들었습니다. 그래서 그렇노라고 하니깐,

"사진으로는 늘 뵀습니다마는……."

하면서 다시 맥없이 나를 놓으며 머리를 돌렸습니다.

그 순간, 그가 머리를 돌이키는 순간 달빛에 얼핏, 나는 그의 얼굴을 처음으로 보았습니다. 그리고 나는 거기서 뜻밖에 삼십 년 전에 죽은 백○○의 모습을 발견하였습니다.

"❷자, 자네 이름이 뭐인가?"

"백성수……."

"백성수? 그 백○○의 아들이 아닌가. 삼십 년 전에, 자네가 나오기 전에 세상 떠

난…….”

그는 머리를 번쩍 들었습니다.

“네? 선생님 어떻게 아세요?”

“백○○의 아들인가? 같이두 생겼다. 내가 자네의 아버지와 동창이네. ❸아아, 역시 그 애비의 아들이다.”

그는 한숨을 길게 쉬며 머리를 수그려 버렸습니다.

• 소나타 : 16세기 중기 바로크 초기 이후에 발달한 악곡의 형식. 기악을 위한 독주곡 또는 실내악으로 순수 예술적 감상이나 오락을 목적으로 하며, 비교적 대규모 구성인 몇 개의 악장으로 이루어짐

• 고즈넉이 : 말없이 다소곳하거나 잠잠하게

• 돌이키다 : 원래 향하고 있던 방향에서 반대쪽으로 돌리다

창의적 읽기

**❶은 무슨 뜻이야?**

젊은이의 음악이 30년 전 죽은 백○○의 음악보다 기법의 정통성은 부족하지만 야성적 경향은 강하다는 뜻이다.

**❷에서 읽어야 하는 것은 뭐지?**

K의 당황스러운 심리가 말을 더듬는 행위로 표현된 것이다.

**❸은 무슨 뜻이야?**

‘부전자전’을 말하고 있으므로 백성수 음악의 야성적 경향이 유전적 효과라는 뜻이다.

나는 그날 밤 그 백성수를 데리고 집으로 돌아왔습니다. 그리고 비록 작곡상 온갖 법칙에는 어그러진다 하나 그만치 힘과 정열과 야성으로 찬 소나타를 **거저** 버리기가 아까워서 다시 한 번 피아노에 올라앉기를 명하였습니다. 아까 예배당에서 내가 베낀 것은 알레그로가 거의 끝난 곳부터였으므로 그 전 것을 베끼기 위해서였습니다.

그는 피아노를 향하여 앉아서 머리를 기울였습니다. 몇 번 손으로 키를 두드려 보다가는 다시 머리를 기울이고 생각하고 하였습니다. 그러나 다섯 번 여섯 번을 다시 해보았으나 아무 효과도 없었습니다. 피아노에서 울려 나오는 음향은 규칙 없고 되지 않은 한낱 **소음**(騷音)에 지나지 못하였습니다. 야성? 힘? 귀기? 그런 것은 없었습니다. 감정의 **재**빠이 있었습니다.

"선생님 잘 안 됩니다."

그는 부끄러운 듯이 연하여 고개를 기울이며 이렇게 말하였습니다.

"두 시간도 못 되어서 벌써 잊어버린담?"

나는 그를 밀어놓고 내가 대신하여 피아노 앞에 앉아서 아까 베낀 그 **음보**를 펴놓았습니다. 그리고 내가 베낀 곳부터 다시 시작하였습니다.

**화염**! 화염! 빈곤, 주림, 야성적 힘, 기괴한 감금당한 감정! 음보를 보면서 타던 나는 스스로 흥분이 되었습니다. **미상불** 그때는 내 눈은 미친 사람같이 번득였으며 얼굴은 홍분으로 새빨갛게 되었을 것이었습니다.

즉 그때에 그가 갑자기 달려들더니 나를 떠밀쳐 버렸습니다. 그리고 자기가 대신하여 앉았습니다.

의자에서 떨어진 나는 너무 홍분되어 다시 일어날 힘도 없이 그 자리에 앉은 대로 그의 양을 쳐다보았습니다. 그는 나를 밀쳐 버린 다음에 그 음보를 들고서 읽기 시작하였습니다. 아아 그의 얼굴! 그의 숨소리가 차차 높아지면서 눈은 미친 사람과 같이 빛을 내기 시작하였습니다. 그러더니 그 음보를 홱 내어던지며 문득 벼락같이 그의 두 손은 피아노 위에 덧업혔습니다.

❶'C샤프 **단음계**'의 광포스런 '소나타'는 다시 시작되었습니다. 폭풍우같이 또는 무서운 물결같이 사람으로 하여금 숨막히게 하는 그 힘, 그것은 ❷베토벤 이래로 근대 음악가에서 보지 못하던 광포스런 야성이었습니다. 무섭고도 참담스런 주림, 빈곤, 압축된 감정, 거기서 튀어져 나온 **맹염**(猛炎), 공포, 홍소—아아 나는 너무 숨이 답답하여 뜻하지 않고 두 손을 홰홰 내저었습니다.

- 거저 : 아무런 노력이나 대가 없이. 또는 아무 일도 함이 없이
- 소음 : 불규칙하게 뒤섞여 불쾌하고 시끄러운 소리
- 재 : 쓸 만하거나 값어치가 있는 것을 골라낸 나머지(=찌꺼기)
- 음보 : 음악의 곡조를 일정한 기호를 써서 기록한 것
- 화염 : 타는 불에서 일어나는 붉은빛의 기운
- 미상불 : 아닌 게 아니라 과연
- 단음계 : 장음계에 대응되는 음계로 3종류(자연 단음계·화성 단음계·가락 단음계)가 있음
- 맹염 : 세차게 타오르는 불꽃

창의적 읽기

**❶과 같은 음악을 어떻게 이해해야 해?**

베토벤 음악과 유사하다.

**❶과 같은 음악의 아름다움은 어떤 거야?**

칸트가 말하는 숭고미에 가깝다. 숭고함은 아름다움과 달리 위대함 또는 거대함과 관련된다. 가령 어마어마하게 큰 폭포를 볼 때 우리가 느끼는 감정은 단순히 아름다움이 아닌 그 이상의 무엇인데, 이것이 숭고미다. 칸트에 따르면, 우리가 '압도됨'에 사로잡히는 것은 우리가 그 대상을 결코 완전히 파악할 수 없다는 불가능함, 즉 나의 무능력에서 비롯된다. 숭고미의 반대편에는 우아미가 있다.

**❷의 '야성'은 어떤 거야?**

백성수 음악의 반문명적 성격을 가리킨다. '백성수 음악≠문명·이성·정신'이며, '백성수 음악=야만·감정·육체'다.

그날 밤이 새도록, 그는 흥분이 되어서 자기의 과거를 일일이 다 이야기하였습니다. ❶그 이야기에 의지하면 대략 그의 경력이 이러하였습니다.

❷그의 어머니는 그를 밴 뒤에 곧 자기의 친정에서 쫓겨 나왔습니다.

그때부터 그의 가난함은 시작되었습니다.

❸그러나 교양이 있고 어진 그의 어머니는 품팔이를 할지언정 성수는 곱게 길렀습니다. 변변치는 않으나마 오르간 하나를 준비해 두고, 그가 잠자려 할 때에는 슈베르트의 「자장가」로써 그의 잠을 도왔으며 아침에 깨일 때는 하루 종일 유쾌히 지내게 하기 위하여 도 랜드의 「세컨드 왈츠」로써 그의 원기를 돋우었습니다.

그는 세 살 났을 적에 어머니의 품에 안겨서 오르간을 장난하여 보았습니다. 이 오르간을 장난하는 것을 본 어머니는 **근근이** 돈을 모아서 그가 여섯 살 나는 해에 피아노를 하나 샀습니다.

아침에는 새소리, 바람에 버석거리는 포플러잎, 어머니의 사랑, 부엌에서 국 끓는 소리, 이러한 모든 것이 이 소년에게는 신비스럽고도 다정스러워 그는 피아노에 향하여 앉아서 생각나는 대로 키를 두드리고 하였습니다.

이러한 가운데 **고이 소학**과 중학도 마쳤습니다. 그러는 동안에 음악에 대한 **동경**은 그의 가슴에 터질 듯이 쌓였습니다.

중학을 졸업한 뒤에는 인젠 어머니를 위하여 그는 학업을 중지하지 않을 수가 없었습니다. 그는 어떤 공장의 직공이 되었습니다. 그러나 어진 어머니의 교육 아래서 길러난 그는 비록 직공은 되었다 하나 아주 **온량한** 사람이었습니다.

그리고 음악에 대한 집착은 조금도 줄지 않았습니다. 비록 돈이 없어서 정식으로 음악 교육은 못 받을망정 거리에서 손님을 끄느라고 틀어 놓은 **유성기** 앞이며 또는 일요일날 예배당에서 찬양대의 노래에 젊은 가슴을 뛰놀리던 그였습니다. 집에서는 피아노 앞을 떠나 본 일이 없었습니다.

때때로 **비상한** 감흥으로 오선지를 내놓고 음보를 그려 본 적도 한두 번이 아니었습니다. 그러나 이상한 것은 그만치 뛰놀던 열정과 터질 듯한 감격도 음보로 그려 놓으면 아무 긴장도 없는 싱거운 음계가 되어 버리고 하였습니다. 왜? 그만치 천분이 있고 그만치 열정이 있던 그에게서 왜 그런 재와 같은 음악만 나왔느냐고 물으실 테지요. ❹거기 대하여서는 이따가 설명하리다.

- 근근이 : 어렵사리 겨우
- 고이 : 편안하고 순탄하게
- 소학 : 초등학교
- 동경 : 어떤 것을 간절히 그리워하여 그것만을 생각함
- 온량한 : 성품이 온화하고 무던한
- 유성기 : 축음기
- 비상한 : 예사롭지 않은

## 창의적 읽기

### ❶과 같은 서술을 어떻게 이해해야 해?

백성수의 일생에 대한 요약적 제시가 시작된다는 표지다.

### ❷의 결과는 뭐지?

가난이다.

### ❷의 원인은 뭐지?

소설에 제시되어 있지 않으므로 독자가 적극적으로 추리해야 한다. 앞서 백성수의 어머니는 결혼하지 않은 상태에서 임신을 했으므로 집안의 반대를 무릅쓰고 백성수를 출산한 것으로 보인다.

### ❸을 어떻게 이해해야 할까?

리얼리티 부족이다. 1~3세 아이를 키우는 어머니의 '품팔이'란 가능하지 않다. 설사 했다 해도 노동의 대가인 품삯이란 사회 최저 금액이다. '품팔이'로 방을 마련한다든가 오르간·피아노를 산다든가 하는 등등의 소비는 불가능하다.

### ❹를 어떻게 이해해야 해?

지연 효과다. 소설은 독자의 관심을 계속 붙잡고 있기 위해 주요 내용을 지연시킨다.

감격과 불만, 열정과 재, 비상한 흥분과 그 흥분에 대한 반비례되는 시원치 않은 결과 이러한 불만의 십 년이 지났습니다.

그의 어머니는 문득 몹쓸 병에 걸렸습니다.

**자양**과 약값, 그의 몇 해를 근근이 모았던 돈은 차차 줄기 시작하였습니다. 조금이라도 안락한 생활이 되기만 하면 정식으로 음악에 대한 교육을 받으려고 모아 두었던 저금은 그의 어머니의 병에 다 들어갔습니다. 그러나 그의 어머니의 병은 **차도**가 보이지 않았습니다.

그리하여, 그와 내가 그 예배당에서 만나기 전 해 여름 어떤 날, 그의 어머니는 도저히 회복할 가망이 없는 **중태**에까지 빠지게 되었습니다. 그러나 그때는 벌써 그에게는 돈이라고는 다 떨어진 때였습니다.

그날 아침, 그는 위독한 어머니를 버려두고 역시 공장에를 갔습니다. 그러나 아무리 하여도 마음이 놓이지 않아서 일을 중도에 그만두고 집으로 돌아왔습니다. 그때는 어머니는 벌써 **혼수상태**에 빠져 있었습니다. 가슴이 덜컥 내려앉은 그는 황급히 다시 뛰어나갔습니다. 그러나 어디로? 무얼 하러? 뜻 없이 뛰어나와서 한참 달음박질하다가, 그는 문득 정신을 차리고 의사라도 청할 양으로 **히끈** 돌아섰습니다.

그때였습니다. 아까 내가 말한 바 '기회'라는 것이 그때에 그의 앞에 나타났습니다. 그것은 조그만 담뱃가게 앞이었는데 가게와 안방과의 새의 문은 닫혀 있고 안에는 미상불 사람이 있을지나 가게를 보는 사람은 눈에 안 띄었습니다. 그리고 그 담배 상자 위에는 오십 전짜리 은전 한 닢과 동전 몇 닢이 놓여 있었습니다.

그는 자기로도 무엇을 하는지 몰랐습니다. 의사를 청하여 오려면, 다만 몇십 전이라도 돈이 있어야겠단 어렴풋한 생각만 가지고 있던 그는, 한번 사면을 살핀 뒤에 벼락같이 그 돈을 쥐고 달아났습니다.

그러나 그는 이십 **간**도 뛰지 못하여 따라오는 그 집 사람에게 붙들렸습니다.

그는 몇 번을 사정하였습니다. 마지막에는 자기의 어머니가 **명재경각**이니, 한 시간 만 놓아 주면 의사를 어머니에게 보내고 다시 오마고까지 해보았습니다. 그러나 그런 말은 모두 헛소리로 돌아가고, 그는 마침내 경찰서로 가게 되었습니다.

경찰서에서 재판소로 재판소에서 감옥으로—이러한 여섯 달 동안에 그는 이를 갈면서 분해하였습니다. 자기 어머니의 **운명**이 어찌 되었나, 그는 손과 발을 동동 구르면서 안타까워했습니다. 만약 세상을 떠났다 하면 떠나는 순간에 얼마나 자기를 찾았겠습니까. **임종**에도 물 한 잔 떠 넣어 줄 사람이 없는 어머니였습니다. 애타하는 그 모양, 목말라하는 그 모양을 생각하고는 그 어머니에게 지지 않게 자기도 애타하고 목말라했습니다.

반 년 뒤에 겨우 **광명한 세상에 나와서** 자기의 오막살이를 찾아가매 거기는 벌써 다른 사람이 들어 있었으며 그의 어머니는 반 년 전에 아들을 찾으며 길에까지 기어 나와서 죽었다 합니다.

공동묘지를 가 보았으나 **분묘**조차 발견할 수가 없었습니다.

이리하여 갈 곳이 없이 헤매던 그는 그날도 역시 잘 곳을 찾으러 헤매다가 그 예배당(나하고 만난)까지 뛰쳐 들어온 것이었습니다.

- 자양 : 몸의 영양을 좋게 함
- 차도 : 병이 조금씩 나아가는 정도
- 중태 : 병이 심하여 위험한 상태. 위독
- 혼수상태 : 의식을 잃고 인사불성이 된 상태
- 히끈 : 얼른
- 간 : 길이의 단위 . 한 간은 여섯 자로, 1.81818미터에 해당
- 명재경각 : 거의 죽게 되어 곧 숨이 끊어질 지경에 이름
- 운명 : 목숨이나 처지
- 임종 : 부모가 돌아가실 때 그 곁을 지킴
- 광명한 : 밝고 환한
- 광명한 세상에 나와서 : 교도소에서 형을 마치고 석방되어 나옴, 곧 '출소'를 뜻함
- 분묘 : 무덤

여기까지 이야기해 오던 K씨는 문득 말을 끊었다. 그리고 **마도로스** 파이프를 꺼내어 담배를 피워 가지고 빨면서 모씨에게 향하였다.

"선생은 이제 내가 이야기한 가운데 모순된 점을 발견 못 하셨습니까?"

"글쎄요."

"그럼 내가 대신 물으리다. 백성수는 그만치 천분이 많은 음악가였었는데 왜 그 「광염 소나타」(그날 밤의 소나타를 「광염 소나타」라고 그랬습니다)를 짓기 전에는 그만치 흥분되고 긴장되었다가도 일단 음보로 만들어 놓으면 아주 힘없는 것이 되어 버리고 했겠습니까?"

"그게야 미상불 그때의 흥분이 「광염 소나타」를 지을 때의 흥분만 못한 **연고**겠지요."

"그렇게 해석하세요? 듣고 보니 그것은 한 해석이 되기는 합니다. 그러나 나는 그렇게 해석 안 하는데요."

"그럼 K씨는 어떻게 해석하십니까?"

"❶나는, 아니, 내 해석을 말하는 것보다 그 백성수한테서 내게로 온 편지가 한 장 있는데, 그것을 보여 드리리다. 선생은 오늘 바쁘시지 않으세요?"

"일은 없습니다."

"그러면 우리 집까지 잠깐 같이 가 보실까요?"

"가지요."

두 노인은 일어섰다.

도회와 **교외**의 경계에 달린 K씨의 집에까지 두 노인이 이른 때는 오후 너덧 시가 된 때였었다.

두 노인은 K씨의 서재에 마주앉았다.

"이것이 이삼 일 전에 백성수한테서 내게로 온 편지인데 읽어 보세요."

K씨는 서랍에서 기다란 편지 뭉치를 꺼내어 모씨에게 주었다. 모씨는 받아서 폈다.

"가만, 여기서부터 보세요. 그 전에는 쓸데없는 인사이니까."

……(중략) 그리하여 그날도 또한 이제 밤을 지낼 집을 구하느라고 돌아다니던 저는 우연히 그 집, (제가 전에 돈 오십여 전을 훔친 집) 앞에까지 이르렀습니다. 깊은 밤 사면은 고요한데 그 집 앞에서 잘 곳을 구하느라고 헤매던 저는 문득 마음속에 무서운 복수의 생각이 일어났습니다. 이 집만 아니었더면, 이 집 주인이 조금만 인정이라는 것을 알았더면, 저는 그 불쌍한 제 어머니로서 길에까지 기어 나와서 세상을 떠나게 하지는 않았겠습니다. 분묘가 어디인지조차 알지 못하여 꽃 한 번 갖다가 꽂아 보지 못한 이러한 불효도 이 집 때문이외다. 이러한 생각에 참지를 못하여, 그 집 앞에 가려 있는 볏짚에다가 불을 놓았습니다. 그리고 거기 서서 불이 집으로 옮아가는 것을 다 본 뒤에 갑자기 무서운 생각이 나서 달아났습니다.

좀 달아나다 보매 아래서는 벌써 사람이 **꾀어들기** 시작한 모양인데 이때에 저의 머리에 타오르는 생각은 통쾌하다는 생각과 달아나려는 생각뿐이었습니다. 그리하여 저는 몸을 숨기기 위하여 앞에 보이는 예배당 안으로 뛰어 들어갔습니다.

거기서 불이 다 꺼지도록 구경을 한 뒤에 나오려다가 피아노를 보고…….

- 마도로스 : 외항선의 선원을 이르는 말
- 연고 : 까닭
- 교외 : 도시의 주변 지역
- 전 : 우리나라의 옛 화폐 단위. 1전은 1원(圓) 이나 1환(圜)의 100분의 1
- 꾀어들기 : 모여들기

창의적 읽기

**❶에서 무엇을 읽어야 하지?**

소설에 사용된 지연 효과다. 모씨의 질문에 대한 답을 지연시키는 효과를 갖는다.

"이 보세요."

K씨는 편지를 보는 모씨를 찾았다.

"비상한 열정과 감격은 있어두 그것이 그대로 표현 안 된 것이 그것 때문이었습니다. 즉 성수의 어머니는 몹시 어진 사람으로서 어렸을 때부터 성수의 교육을 몹시 힘을 들여서 착한 사람이 되도록, 이렇게 길렀습니다그려. 그 어진 교육 때문에 그가 하늘에서 타고난 광포성과 야성이 표면상에 나타나지를 못하였습니다. ❶그 타오르는 야성적 열정과 힘이 음보로 그려 놓으면 아주 힘없는, 말하자면 김빠진 술과 같이 되고 하는 것이 모두 그 때문이었습니다그려. 점잖고 어진 교훈이, 그의 천분을 못 발휘하게 한 셈이지요."

"흠."

"그것이, 그 사람—성수가, 감옥 생활을 할 동안에 한 번 씻기기는 하였으나, 그러나 사람의 교양이라 하는 것은 온전히 씻지는 못하는 것이외다.

그러다가, 그 '원수'의 집 앞에서 갑자기, 말하자면 **돌발적**으로 야성과 광포성이 나타나서 불을 놓고 예배당 안에 숨어 서서 그 야성적 광포적 쾌미를 한껏 즐긴 다음에, 그에게서 폭발하여 나온 것이 그 「광염 소나타」였구려.

일어서는 불길, 사람의 비명, 온갖 것을 무시하고 퍼져 나가는 불의 세력—이런 것은 사실 야성적 쾌미 가운데 으뜸이 되는 것이니깐요."

"……."

"아셨습니까. 그러면 그다음에 그 편지의 여기부터 또 보세요."

……(중략) 저는, 그날의 일이 아직 눈앞에 어리는 듯하외다. 선생님이 저를 세상에 소개하시기 위하여 늙으신 몸이 몸소 피아노에 앉으셔서 초대한 여러 음악가들 앞에서 제 「광염 소나타」를 탄주하시던 그 광경은 지금 생각하여도 제 눈에서 눈물이 나오려 합니다. 그때에 그 손님 가운데 부인 손님 두 분이 기절을 한 것은 결코 「광염 소나타」의 힘뿐이 아니고 선생님의 그 탄주의 힘이 많이 섞인 것을

뉘라서 부인하겠습니까. 그 뒤에 여러 사람 앞에 저를 내세우고,

"이 사람이 「광염 소나타」의 작자이며 삼십 년 전에 우리를 버려두고 혼자 간 **일대**의 **귀재** 백○○의 아들이외다."

고 소개를 하여 주신 그 때의 그 감격은 제 일생에 어찌 잊사오리까.

그 뒤에 선생님께서 저를 위하여 꾸며 주신 방도 또한 제 마음에 가장 맞는 방이었습니다. 널따란 북향 방에 동남쪽 **귀**에 든든한 참나무 침대가 하나, 서북쪽 귀에 아무 장식 없는 참나무 책상과 의자, 피아노가 하나씩, 그 밖에는 방 안에 장식이라고는 서남쪽 벽에 커다란 거울이 하나 있을 뿐, **덩더렇게** 넓은 방은 사실 밤에 전등 아래 앉아 있노라면 저절로 소름이 끼치도록 무시무시한 방이었습니다. 게다가 방 안은 모두 꺼먼 칠을 하고, 창 밖에는 늙은 **홰나무**의 고목이 한 그루 서 있는 것도 과연 귀기(鬼氣)가 돌았습니다. 이러한 가운데서 선생님은 저로 하여금 방분스러운 음악을 낳도록 애써 주셨습니다.

- 돌발적 : 뜻밖의 일이 갑자기 일어나는
- 일대 : 한 시대나 한 세대 전체
- 귀재 : 세상에서 보기 드물게 뛰어난 재능. 또는 그런 재능을 가진 사람
- 귀 : 귀퉁이
- 덩더렇게 : 덩그렇게(= 넓은 공간이 텅 비어 쓸쓸하게)
- 홰나무 : 회화나무. 악귀를 물리치는 나무로 알려져 있으며 8월에 흰색 꽃이 핌

**창의적 읽기**

**❶의 '음보화' 과정에서 어떤 일이 일어났다는 거지?**

교육 효과 때문에 '야성' 또는 '광기'가 걸러졌다는 것이다.

**'야성 · 광기'가 왜 교육으로 걸러질까?**

교육이 강조하는 것은 '정통 · 모범'이므로 '이단 · 금기 실험'과 같은 요소가 제외되기 때문이다.

저도 그런 환경 아래서 좋은 음악을 낳아 보려고 얼마나 애를 썼겠습니까. 어떤 날 선생님께 작곡에 대한 계통적 훈련을 원할 때에 선생님은 이렇게 대답하셨습니다—

'자네에게는 그러한 교육이 필요가 없어. 마음대로 나오는 대로 하게. 자네 같은 사람에게 계통적 훈련이 들어가면 자네의 음악은 기계화해 버리고 말아. 마음대로 온갖 **규칙**과 **규범**을 무시하고 가슴에서 터져 나오는 대로…….'

저는 이 말씀의 뜻을 똑똑히는 몰랐습니다. 그러나 대략한 의미뿐은 통하였습니다. 그리하여 저는 마음대로 한껏 자유스러운 음악의 **경지**를 개척하려 하였습니다.

그러나 그동안에 제가 **산출**한 음악은 모두 이상히도 저의 이전(제 어머니가 아직 살아 계실 때)의 것과 마찬가지로 아무러한 힘도 없는 음향의 **유희**에 지나지 못하였습니다.

저는 얼마나 초조하였겠습니까. 때때로 선생님께서 **채근** 비슷이 하시는 말씀은 저로 하여금 더욱 초조하게 하였습니다. 그리고 마음이 초조하면 초조할수록 제게서 생겨나는 음악은 더욱 나약한 것이 되었습니다.

저는 때때로 그 불붙던 광경을 생각하여 보았습니다. 그리고 그때에 통쾌하던 감정을 되풀이하여 보려 하였습니다. 그러나 그것 역시 실패에 돌아갔습니다.

때때로 비상한 열정으로 음보를 그려 놓은 뒤에 몇 시간을 지나서 다시 한 번 읽어 보면 거기는 아무 힘이 없는 개념만 있고 하였습니다.

저의 마음은 차차 무거워지기 시작하였습니다. 그리고 큰 기대를 가지고 계신 선생님께도 미안하기가 짝이 없었습니다.

'음악은 공예품과 달라서 마음대로 만들고 싶은 때에 되는 것이 아니니 마음놓고 천천히 감흥이 생긴 때에…….'

이러한 선생님의 위로의 말씀이 듣기가 제 살을 깎아먹는 듯하였습니다. 그러나 제 마음상은 인제는 제게서 다시 힘있는 음악이 나올 기회가 없는 것같이만 생각되었습니다.

이러는 동안에, **무위**의 석 달이 지났습니다.

어떤 날 밤중, 가슴이 너무 무겁고 가슴속에 무엇이 가득 찬 것같이 거북하여서, 저는 산보를 나갔습니다. 무거운 머리와 무거운 가슴과 무거운 다리를 **지향** 없이 옮기면서 돌아다니던 저는, 어떤 곳에서 커다란 볏짚 **낟가리**를 발견하였습니다.

이때의 저의 심리를 어떻게 **형용**하였으면 좋을지, 저는 모르겠습니다. 저는 무슨 무서운 적(敵)을 만난 것같이 긴장되고 흥분되었습니다. 저는 사면을 한번 살펴보고, 그 낟가리에 달려가서 불을 그어서 놓았습니다. 그리고 갑자기 무서움증이 생겨서 돌아서서 달아나다가, **멀찌가니**까지 달아나서 돌아서서 보니까, 불길은 벌써 하늘을 찌를 듯이 일어났습니다. 왁, 왁, 꺄, 꺄, 사람들이 부르짖는 소리도 들렸습니다. 저는 다시 그곳까지 가서, 그 무서운 불길에 날아 올라가는 볏짚이며, 그 낟가리에 연달아 있는 집을 헐어 내는 광경을 구경하다가 문득 흥분되어서 집으로 돌아왔습니다.

그날 밤에 된 것이 「성난 파도」이었습니다.

그 뒤에 이 도회에서 일어난, 알지 못할 몇 가지의 불은, 모두 제가 질러 놓은 것이었습니다. 그리고, 불이 있은 날 밤마다 저는 한 가지의 음악을 얻었습니다.

- 규칙 : 여러 사람이 다 같이 지키기로 작정한 법칙. 또는 제정된 질서
- 규범 : 인간이 행동하거나 판단할 때에 마땅히 따르고 지켜야 할 가치 판단의 기준
- 경지 : 학문, 예술, 인품 따위에서 일정한 특성과 체계를 갖춘 독자적인 범주나 부분
- 산출 : 물건을 생산하여 내거나 인물·사상 따위를 냄
- 유희 : 즐겁게 놀며 장난함. 또는 그런 행위
- 채근 : 재촉
- 무위 : 아무것도 하는 일이 없음
- 지향 : 작정하거나 지정한 방향으로 나아감. 또는 그 방향
- 낟가리 : 나무, 풀, 짚 따위를 쌓은 더미
- 형용 : 말이나 글, 몸짓 따위로 사물이나 사람의 모양을 나타냄
- 멀찌가니 : 멀찌감치

며칠을 연하여 가슴이 몹시 무겁다가 그것이 마침내 **식체**와 같이 거북하고 답답하게 되는 때는 저는 뜻없이 거리로 나갑니다. 그리고 그러한 날은 한 가지의 **방화** 사건이 생겨나며 그날 밤에는 한 곡의 음악이 생겨났습니다.

그러나 그것도 **번수**가 차차 많아 갈 동안, 저는, 그 불에 대한 흥분은 반비례로 줄어졌습니다. 온갖 것을 용서하지 않는 불꽃의 잔혹함도, 그다지 제 마음을 긴장시키지 못하였습니다.

"차차, 힘이 적어져 가네."

선생님께서 제 음악을 보시고 이렇게 말씀하신 것이 그러한 때였습니다.

그러나, 저는 **게서** 더할 도리가 없었습니다. 하는 수 없이 저는 한동안 음악을 온전히 잊어버린 듯이 내버려두었습니다.

모씨가 성수의 마지막 편지를 여기까지 읽었을 때에, K씨가 찾았다.

"재작년 봄에서 가을에 걸쳐서, 원인 모를 불이 많지 않았습니까. 그것이 **죄** 성수의 장난이었습니다그려."

"K씨는 그것을 온전히 모르셨습니까?"

"나요? 몰랐지요. 그런데— 그 어떤 날 밤이구려. 성수는 기대에 반해서, 우리집으로 온 지 석 달이 됐지만, 한 번도 힘있는 것을 지어 본 일이 없겠지요. 그래서, 저 사람에게 무슨 흥분될 재료를 줄 수가 없나 하고 혼자 생각하며 있더랬는데, 그때에 저—편—."

K씨는 손을 들어 남편 쪽 창을 가리켰다.

"저—편 꽤 멀리서, 불붙는 것이 눈에 뜨입디다그려. 그래, 저것을 성수에게 보이면, 혹 그때의 감정(그때는, 나는 그 담배 장수네 집에 불이 일어난 것도 성수의 장난인 줄은 꿈에도 생각 안 했구려) 그때의 감정을 부활시킬지도 모르겠다, 이렇게 생각하구 성수의 방으로 올라가려는데, 문득 성수의 방에서 피아노 소리가 울려 나옵디다그려. 나는 올라가려던 발을 뜻하지 않고 멈추고 말았지요. 역시 C샤프 단음계로서, ❶제일곡은 뽑아 먹고, **'아다지오'** 에서 시작되는데, 고요하고 잔잔한 바다, 수평선 위로 넘어가려는 저녁 해, 이러한 온화한 것이 차차 '스케르초'로 들어가서는 소낙비, 풍랑, 번개질, 무서운 바람 소리, **우뢰질**, **전복**되는 배, 곤해서 물에 떨어지는 갈매기, 한번 뒤집어지면서 **해일**에 쓸려 나가는 **동리**, 사람의 부르짖음—홍분에서 홍분, 광포에서 광포, 야성에서 야성, 온갖 공포와 포학한 광경이 눈앞에 어릿거리는데, 이 늙은 내가 그만 홍분에 못 견디어, 뜻하지 않고 '그만 두어 달라'고 고함친 것만으로도 짐작하시겠지요.

그리고 올라가서 보니깐, 그는 탄주를 끝내고 피곤한 듯이 피아노에 기대고 앉아 있고, 이제 탄주한 것은 벌써「성난 파도」라는 이름 아래 음보로 되어 있습디다."

- 식체 : 음식이 체함
- 방화 : 일부러 불을 지름
- 번수 : 횟수
- 게서 : 거기에서
- 죄 : 남김없이 모조리
- 아다지오 : '매우 느리게'의 뜻. 여기서는 '느리게 연주하는 악장'을 가리킴
- 우뢰질 : 우레가 치는 일, 우레질
- 전복 : 차나 배 따위가 뒤집힘
- 해일 : 해저의 지각 변동이나 해상의 기상 변화로 갑자기 바닷물이 크게 일어 육지로 넘쳐 들어오는 것이나 그런 현상
- 동리 : 주로 시골에서, 여러 집이 모여 사는 곳

창의적 읽기

**❶이 무슨 뜻이지?**

정통 소나타 1악장은 알레그로로 시작하는데 그렇게 하지 않았다는 뜻이다.

"그러면 성수는 불을 두 번 놓고, 두 음악을 얻었다는 말씀이지요?"

"그렇지요. 그러고, 그 뒤부터는 한 십여 일 건너서는 하나씩 지었는데, 그것이 지금 보면, 한 가지의 방화사건이 생길 때마다 생겨난 것이었습니다. 그러나, 그의 편지마따나, 얼마 지나서부터는 차차 그 힘과 야성이 적어지기 시작했어요. 그래서—."

"가만계십쇼. 그 사람이 그다음에도 「피의 **선율**」이나 그 밖에 유명한 곡조를 여러 개 만들지 않았습니까?"

"글쎄 말이외다. 거기 대한 설명은 그 편지를 또 보십쇼—여기서부터 또 보시면 알리다."

—(중략) ××다리 아래로서 나오려는데, 무엇이 발길에 차이는 것이 있었습니다. 성냥을 그어 가지고 보니깐, 그것은 웬 늙은이의 송장이었습니다. 저는 그것이 무서워서 달아나려다가, 돌아서려던 발을 다시 돌이켰습니다. 그리고—

선생님은 이제 제가 쓰는 일을 이해하셔 주실는지요. 그것은 너무도 기괴한 일이라 저로서도 믿어지지 않는 일이었습니다. 저는, 그 송장을 타고 앉았습니다. 그리고 그 송장의 옷을 모두 찢어서 사면으로 내어던진 뒤에, 그 벌거벗은 송장을, (제 힘이라 생각되지 않는) 무서운 힘으로써 높이 쳐들어서, 저편으로 내어던졌습니다. 그런 뒤에는, 마치 고양이가 알을 가지고 놀듯, 다시 뛰어가서 그 송장을 들어서, 도로 이편으로 던졌습니다. 이렇게 몇 번을 하여 머리가 깨어지고, 배가 터지고—그 송장은 보기에도 참혹스러이 되었습니다. 그리하여 그 송장을 다시 만질 곳이 없이 된 뒤에, 저는 그만 곤하여 그 자리에 앉아서 쉬려다가 갑자기 마음이 긴장되고 흥분되어서, 집으로 달려왔습니다.

그날 밤에 된 것이 「피의 선율」이었습니다.

"선생은 이러한 심리를 아시겠습니까?"

"글쎄요."

"아마, 모르실걸요, 그러나 예술가로서는 능히 머리를 끄덕일 수 있는 심리외다. 그리고 또 여기를 읽어 보십시오."

—(중략) 그 여자가 죽었다는 것은, 제게는 사실 뜻밖이었습니다.

저는, 그날 밤 혼자 몰래 그 여자의 무덤을 찾아갔습니다. 그리고 칠팔 시간 전에 덮어 놓은 그의 무덤의 흙을 다시 파서 그의 시체를 꺼내어 놓았습니다.

푸르른 달빛 아래 누워 있는 아름다운 그의 모양은 과연 선녀와 같았습니다. 가볍게 눈을 닫고 있는 창백한 얼굴, 곧은 콧날, 풀어헤친 검은 머리—아무 표정도 없는 고요한 얼굴은 더욱 **처염함**을 도왔습니다. 이것을 정신이 없이 들여다보고 있던 저는 갑자기 흥분이 되어—아아 선생님, 저는 이 아래를 쓸 용기가 없습니다. 재판소의 **조서**를 보시면 저절로 아실 것이올시다.

그날 밤에 된 것이 「**사령**(死靈)」이었습니다.

"어떻습니까?"

"……."

"네?"

"……."

"**언어도단**이에요? 선생의 눈으로는 그렇게 뵈시리다. 또 여기를 읽어 보십쇼."

• 선율 : 소리의 높낮이가 길이나 리듬과 어울려 나타나는 음의 흐름
• 처염함 : 마음이 구슬퍼질 정도로 아름다움
• 조서 : 조사한 사실을 적은 문서
• 사령 : 죽은 사람의 넋
• 언어도단 : 말할 길이 끊어졌다는 뜻으로, 어이가 없어서 말하려 해도 말할 수 없음을 이르는 말

—(중략) 이리하여 저는 마침내 사람을 죽인다 하는 경우에까지 이르렀습니다. 그리고 ❶한 사람이 죽을 때마다 한 개의 음악이 생겨났습니다. 그 뒤부터 제가 지은 그 모든 것은 모두 다 한 사람씩의 생명을 대표하는 것이었습니다.

"**인전** 더 보실 것이 없습니다. 그런데 그만큼 보셨으면 성수에 대한 **대략한** 일은 아셨을 터인데, 거기 대한 의견이 어떻습니까?"

"……."

"네?"

"어떤 의견 말씀이오니까?"

"❷어떤 '기회'라는 것이 어떤 사람에게서, 그 사람의 가지고 있는 천재와 함께, 범죄 본능까지 끌어내었다 하면, 우리는 그 '기회'를 저주하여야겠습니까 혹은 축복하여야겠습니까? 이 성수의 일로 말하자면 방화, **사체** 모욕, **시간**, 살인, 온갖 죄를 다 범했어요. 우리 예술가협회에서 **별로** 수단을 다 써서 정부에 **탄원**하고 재판소에 탄원하고 해서 겨우 성수를 정신병자라 하는 **명목** 아래 정신병원에 감금했지, 그렇지 않으면 당장에 사형이 아닙니까. 그런데 이제 그 편지를 보셔도 짐작하시겠지만 **통상시**에는 그 사람은 아주 명민하고 점잖고 온화한 청년입니다. 그러나 때때로 그, 뭐랄까, 그 흥분 때문에 눈이 아득하여져서 무서운 죄를 범하고 그 죄를 범한 다음에는 훌륭한 예술을 하나씩 산출합니다. 그런데 이런 경우에 우리는 그 죄를 밉게 보아야 합니까, 혹은 ❸그 죄 때문에 생겨난 예술을 보아서 죄를 용서하여야 합니까?"

"그거야 죄를 범치 않고 예술을 만들어 냈으면 더 좋지 않습니까?"

"물론이지요. 그러나 이 성수 같은 사람도 있는 것이니깐 이런 경우에는 어떻게 해석하십니까?"

"죄를 벌해야지요. 죄악이 **성하는** 것을 그냥 볼 수는 없습니다."

- 인전 : '인제'의 방언. 바로 이때
- 대략한 : 대강의 줄거리에 해당하는
- 사체 : 사람 또는 동물 따위의 죽은 몸뚱이(사체＝시체＝시신＝송장)
- 시간 : 시체를 간음함
- 별로 : 따로 별나게. 또는 따로 특별히
- 탄원 : 사정을 하소연하여 도와주기를 간절히 바람
- 명목 : 구실이나 이유
- 통상시 : 평상시
- 성하는 : 세력이 한창 일어나는

창의적 읽기

**❶을 어떻게 이해해야 하지?**

백성수의 음악 창작이 상상력에 바탕한 것이 아니라 실제 범죄에 기초하고 있다는 것이다.

**❷의 '기회'는 무슨 뜻일까?**

위대한 업적을 이루었으나 그 대가로 치러야 하는 것이 범죄성 발휘라는 갈등 상황의 순간을 가리킨다.

**❷의 '기회'를 사용하여 완성한 '백성수 음악'을 K는 어떻게 평가하지?**

위대함과 범죄성 중 위대함 쪽만 바라보는 K는 긍정적으로 평가하고 있다.

**❷의 '기회'를 사용하여 완성한 예술에는 어떤 것이 있나?**

악마주의, 퇴폐주의, 유미주의 등등의 그로테스크 예술이다. 이 예술에서 '그로테스크＝끔찍함·공포스러움·추악함'은 단지 '악' 또는 '추'가 되는 것이 아니다. '악의 미' 또는 '추의 미'가 된다.

**'악마주의 · 퇴폐주의 · 유미주의'의 관점에서 '백성수 음악'은 어떻게 해석될까?**

'악의 미' 또는 '추의 미'를 표현한 그로테스크 음악이다.

**❷의 '기회'를 법은 어떻게 판단할까?**

'기회' 요인은 죄의 크기를 줄여줄 수 있는 정상 참작의 근거이지, 무죄 판결의 근거는 될 수 없다.

**❸에 대한 K의 의견은 뭘까?**

용서하자는 것이다.

K씨는 머리를 끄덕였다.

"그렇겠습니다. 그러나 우리 예술가의 견지로는 또 이렇게 볼 수도 있습니다. ❶베토벤 이후로는 음악이라 하는 것이 차차 힘이 빠져 가서 꽃이나 계집이나 **찬미**할 줄 알고 연애나 칭송할 줄 알아서 선이 굵은 것은 볼 수가 없이 되었습니다. ❷게다가 **엄정한** 작곡법이 있어서 그것은 마치 수학의 방정식과 같이 작곡에 대한 온갖 자유스런 경지를 제한해 놓았으니깐 이후에 생겨나는 음악은 새로운 길을 개척하기 전에는 한 기술이 될 것이지 예술이 될 수는 없습니다. 예술가에게는 이것이 쓸쓸해요. 힘있는 예술, 선이 굵은 예술, 야성으로 **충일**된 예술—우리는 이것을 기다린 지 오랬습니다. 그런데 백성수가 나타났습니다. 사실 말이지 백성수의 그새의 예술은 그 하나하나가 모두 우리의 문화를 영구히 빛낼 보물입니다. 우리의 문화의 기념탑입니다. ❸방화? 살인? 변변치 않은 집개, 변변치 않은 사람개는, 그의 예술의 하나가 출생되는 데 희생하라면 결코 아깝지 않습니다. 천 년에 한 번, 만 년에 한 번 날지 못 날지 모르는 큰 천재를, 몇 개의 변변치 않은 범죄를 구실로 이 세상에서 없이하여 버린다 하는 것은 더 큰 죄악이 아닐까요. 적어도 우리 예술가에게는 그렇게 생각됩니다."

K씨는, 마주앉은 노인에게서 편지를 받아서 서랍에 집어넣었다. 새빨간 저녁 해에 비치어서 그의 늙은 눈에는 눈물이 **반득였다**.

_〈중외일보〉(1930년 1월 1일~12일 연재)

• 찬미 : 아름답고 훌륭한 것 등을 높여 말하며 칭찬함
• 엄정한 : 엄격하고 공정한
• 충일 : 가득 차서 넘침
• 반득이다 : 물체 따위에 반사된 작은 빛이 잠깐씩 나타나다

### ❶의 '베토벤 이후의 음악'이 중시하는 가치는 뭘까?

우아미다.

* 우아미 : 꽃·여성·연애 등의 주제로 아름다움을 추구할 때 감상자가 느끼는 아름다운 감정, 느낌

### ❷의 '엄정한 작곡법'을 K는 어떻게 이해하고 있지?

'작곡법=공식'이므로, 학습에 따라 가능하다. 예술이 아닌 기술로 보고 있다.

### ❸과 같은 견해는 어떻게 이해해야 할까?

위대한 창조력을 발휘하느라 일으킨 범죄이므로 그의 악행을 예외적으로 눈감아 줘야 한다는 견해다. 유미주의자가 아닌 사람들은 K의 견해를 과격하고 극단적인 주장이라 이해할 것이다.

### ❸의 '희생'을 K는 어떻게 이해하고 있지?

천재적인 음악이 주는 이익은 전체로 확산되지만, 그에 따른 희생은 개별에 한정된 것이므로, 이 희생을 감수해야 한다고 믿고 있다. 이와 같은 윤리는 공리주의·효용론적 관점·목적론적 관점 등에서 나타난다.

### '백성수 사건'에 대한 K와 모씨의 견해는 어떻게 다르지?

'백성수 사건'에 있는 것은 위대함과 범죄성이다. 모씨는 범죄성을 보느라 위대함을 보지 않았고, K는 위대함을 보느라 범죄성을 보지 않고 있다.

### K와 모씨의 견해 차이를 어떻게 이해해야 할까?

세계관의 차이로 설명할 수 있다.

- 모씨 : 계몽주의자. 백성수가 저지른 방화·살인 등은 '악'이므로 범죄라 생각한다.
- K씨 : 유미주의자. 유미주의자는 천재성과 '예술을 위한 예술'을 옹호한다. '악의 미'이므로 예술이라 생각한다.

* 계몽주의자 : 사회 또는 대중을 교육시켜야 한다고 믿는 사람. 계몽주의자=사회교화자
* 유미주의자 : 아름다움을 최고의 가치나 목적으로 삼은 예술적 경향을 믿고 따르는 사람. 유미주의자 = 심미주의자 = 탐미주의자

### 모씨의 견해는 짧은데 K씨의 견해는 길다. 어떻게 이해해야 하지?

모씨와 K씨의 논쟁이지만, 모씨와 K씨는 소설적 기능이 다르다.
'모씨 : K씨=소설 속 청자: 허구적 대리인'이다. 김동인은 소설 속 K씨를 통해 자신의 예술론인 예술지상주의를 옹호하려 하므로 K씨의 견해가 길게 서술되었다.

## 깊이 이해하기

### 「광염 소나타」에서 엿보는 사회의 모습

이 소설은 사실적인 소설이 아니어서 특정 사회의 모습을 찾기 어렵다.

**「광염소나타」에는 세 종류의 '나'가 나온다**

- 외화·내화 A에 나오는 나: 허구적 대리인으로서의 나
- 내화 B에 나오는 나: K
- 내화 B 속 내화 C에 나오는 나: 백성수(내화 C = 백성수의 편지)

**「광염소나타」는 액자소설·액자 속 액자가 있는 소설이다**

- 액자소설이란 '외화+내화=미장아빔'으로 구성된 소설이다.
- 액자 속 액자가 있는 소설이란 미장아빔(mise en abyme)의 연속 형식으로 구성된 소설이다.

「광염소나타」에는 외화 속에 내화 A, 내화 A 속에 내화 B, 내화 B 속에 내화 C가 있으므로 미장아빔의 연속 형식이다. 미장아빔의 연속 형식으로 유명한 영화는 크리스토퍼 놀란 감독의 「인셉션」이다.

**액자 형식과 미장아빔은 같은 말이다**

소설에서 내화와 외화라고 하는 액자 형식을 영화에서는 미장아빔이라 한다.

OX

## 사실 확인 다음 내용이 맞는지 틀린지 ○×로 표시하기

1 「광염 소나타」는 액자소설이며, 액자 속 액자가 있는 소설이다.

2 '광염'은 '광기'를 말하는데, 이 광기가 표현된 백성수의 「광염 소나타」는 K에게 숭고미를 느끼게 한다.

3 액자소설의 '외화'에 나오는 K와 모씨의 대화는 예술론에 해당한다.

4 K는 '천재론'을 옹호하고, 모씨는 '예술을 위한 예술'을 옹호한다.

5 백성수와 백성수 아버지는 모두 당대의 정통 작곡법을 엄격하게 지키면서 창작한다.

6 백성수가 첫 번째 방화를 저지른 뒤 창작한 음악이 바로 「광염 소나타」다.

7 그로테스크함은 추함·끔찍함·공포스러움 등과 같은 느낌을 이끌어낸다.

8 백성수 어머니는 아들이 왜 집에 들어오지 않는지 그 이유를 알지 못한 채 죽었다.

9 범죄 행위로 감옥에 들어간 백성수의 선처를 호소하기 위해 K는 탄원서를 제출했다.

10 천재가 위대한 창작을 하느라 저지른 불법 행위에 대해 선처가 필요하다고 K는 믿고 있다.

# 04 화랑의 후예

김동리

## 김동리는 어떤 작가인가?

김동리(1913~1995)의 본명은 창귀(昌貴)이다. 경상북도 경주 출생이다. 1929년 서울 경신중학 4년에 중퇴한 뒤 소설 창작에 전념하였다. 박목월·김달진·서정주 등과 교유하였다. 1935년 〈조선중앙일보〉 신춘문예에 「화랑의 후예」('김시종'이라는 필명을 썼음)로 등단했다. 1955년 서라벌예술대학 교수, 1969년 한국문인협회 이사장, 1972년 중앙대학 예술대학장 등을 역임하였다. 1981년 예술원 회장이 되었다. 특히 그는 한국 전통의 세계, 종교의 세계, 민속의 세계에 가장 깊이 관심을 기울인 작가로 평가받기도 한다. 대표 단편소설로 「무녀도」·「역마」·「황토기」·「등신불」 등이 있고, 대표 장편소설로 「사반의 십자가」가 있다.

## 04 화랑의 후예

❶황 **진사**(黃進士)를 처음 알게 된 것은 지난 해 가을이었다.

아침을 먹고 등산을 할 양으로 신발을 신노라니 윗방에서 숙부님이 부르셨다.

"오늘 너 날 따라가 볼래?"

숙부님은 방문을 열고 툇마루에 나오시며 이렇게 물었다.

"어디요?"

"저 지리산에서 **도인**이 나와 **사주**와 **관상**을 보는데 아주 재미난단다."

"싫어요, 숙부님께서나 가슈."

❷나는 단번에 거절하였다.

"왜, 싫긴?"

"난 등산할 참인데……."

"것두 좋긴 하지만…… 오늘은 특별히 한번 따라와 봐……. 무슨 사주 관상 보이는 게 재미나단 말이 아니라, ❸그런 데서도 배울 게 있느니……. 더구나 거기 **뫼드는** 인물들이란 그대로 조선의 심볼들이야."

"조선의 심볼이요?"

나는 반쯤 웃는 얼굴로 이렇게 물은즉, 숙부님도 따라 웃으며,

"그렇지, 심볼이지."

하였다.

❹이리하여 '조선의 심볼'이란 말에 마음이 솔깃해진 나는 등산하려던 신발을 끄르기 시작하였다.

- 진사 : 조선 시대 시험인 소과(小科)의 복시에 합격한 사람에게 준 칭호
- 도인 : 도사
- 사주 : 사람이 태어난 연월일시의 네 간지(干支). 또는 이에 근거하여 사람의 길흉화복을 알아보는 점
- 관상 : 사람의 얼굴을 보고 그의 운명, 성격, 수명 따위를 판단하는 일
- 뫼들다 : '모여들다'의 방언

창의적 읽기

**❶에서 무엇을 읽어야 하지?**

세 가지다. 화자는 소설에 나오는 인물이며, 초점화 대상은 황 진사이며, 회상 방식으로 전개된다는 점이다.

**❷에서 무엇을 읽어야 할까?**

두 가지다. 1인칭 관찰자 시점이며, '사주'와 '관상'에 대한 '나'의 태도다. '단호한 거절=매우 부정적인 태도'다.

**❸을 어떻게 이해해야 하지?**

'숙부님'이 '나'의 동행을 권유한 것은 '나'에게 가르쳐주고 싶은 것이 있어서였다. '그런 데=나쁜 사례'에서도 배우는 것이므로 '타산지석'에 해당한다.

* 타산지석 : 다른 산의 돌이라는 뜻으로, 나쁜 돌도 숫돌로 쓰면 옥을 갈 수가 있으므로, 다른 사람의 하찮은 언행도 자기의 덕을 닦는 데 도움이 됨을 비유함

**❹에서 무엇을 읽어야 할까?**

생각을 바꾸게 된 이유다. '조선의 심볼'이라는 어휘에 대한 '나'의 호기심은 곧 독자의 호기심이 된다.

❶파고다 공원에서 뒷문으로 빠지면 서울 중앙 지점하고는 의외로 번거롭지도 않은 넓은 거리가 두 갈래로 갈려져 있고, 바로 그 두 갈래로 갈려지는 길목에 '중앙 여관'이란 간판을 걸고 동남쪽으로 대문이 난 여관이 있고, ❷이 여관에 소란한 **차마**(車馬) 소리와, 사람의 아우성과, 입김과 먼지와, 기계의 **비명**이 주야로 쉬지 않는 도시의 심장 속에 ― **접신**(接神), **통령**(通靈)의 간판을 내걸고 손님을 기다리고 있는 '도인'이 있다.

- 차마 : 자동차, 자전거 등의 도로를 오가는 온갖 운송 수단
- 비명 : 크게 놀라거나 매우 괴로울 때 내는 소리
- 접신 : 사람에게 신이 내려서 서로 영혼(靈魂)이 통함
- 통령 : 정신이 신령과 서로 통함

창의적 읽기

**❶은 어디지?**

서울특별시 종로 2가에 있다.

### ❶소설에 나오는 장소 이름을 어떻게 이해해야 하지?

세 가지다.

- 실제 장소와 소설 장소 이름이 일치하는 경우
- 실제 장소와 무관한 장소 이름인 경우
- 실제 장소를 바꾸어 사용하는 장소 이름 경우

### '파고다 공원'은 세 가지 중 어디에 해당할까?

실제 장소와 소설 장소 이름이 일치하는 경우다.

### 소설에서 장소 이름을 '파고다 공원'처럼 쓸 때의 효과가 뭐야?

독자로 하여금 소설 속 장소를 실제 세계에 있는 공간으로 인식하게 함으로써 '허구 세계 = 실제' 인 효과가 발생한다. 곧, 사실성을 높인다.

### 장소 이름 '파고다 공원'이 갖는 효과는 무얼까?

두 가지다.

1) 총독부는 1919년 3·1운동 이후 10년 간 파고다 공원을 폐쇄했다. 「화랑의 후예」에서 숙부와 '나'는 '파고다 공원에서 뒷문으로 빠져' 나간다. '뒷문'이 폐쇄되어 있지 않은 것으로 보아 이 소설의 시대적 배경은 1929~1935년이라 할 수 있다. 1935년은 이 소설의 발표 연대다.

2) '중앙 여관'이 파고다 공원과 인접해 있다는 사실이 주는 상징성이다. 총독부가 파고다 공원을 폐쇄하지 않았다면 중앙 여관에 있는 '조선의 심벌들'은 파고다 공원에 있었을 것이다. 조선의 심벌들은 총독부 지배가 낳은 결과다.

### ❷는 무슨 뜻이지?

두 가지를 먼저 이해해야 한다.

- 근대 풍경 : 파고다 공원·소란한 차마 소리·기계의 비명·도시의 심장
- 전근대 풍경 : 접신·통령

그러므로 ❷는 '근대 속 전근대 풍경'이다.

* '기계의 비명'은 무생물을 생물처럼 표현한 것이므로 활유법이다.

### 이 소설의 배경인 '근대 속 전근대 풍경'이 갖는 의미는 뭐야?

이 소설의 주제가 '근대에 의한 전근대의 몰락'임을 나타낸다.

- 근대 = 일본
- 전근대 = 조선의 정체성

❶방 안에는 많은 사람이 있었다. 술이 묻고 때가 **전** 옷을 입고 눈에 핏줄들을 세우고, 볼에 살이 빠져 광대뼈들이 불거진 불우한 **정객** 불평 **지사**들이며, 문학가, 철학가, **실업가**, **저널리스트**, 은행원, 회사원 들이 무수히 출입하고, **금광쟁이**, **기미꾼** 들이 방구석에 뒹굴고 있었다.

❷나는 무슨 아편굴 속에나 들어온 것처럼 기분이 불쾌했다. 내가 얼굴을 붉히며 숙부님을 향해 얼른 다녀 나가자는 눈짓을 했을 때, ❸그러나 숙부님은 나의 눈짓에 응한다느니보다는 분명히 **묵살**을 하고 나를 **좌중**에 소개를 시키셨다. 바로 그때,

"아, 이분이 김 선생 조카 되시는 분이구랴."

하고, **거무추레**한 두루마기에 얼굴이 누르퉁퉁한, 나이 한 육십가량 된 영감 하나가 방구석에서 **육효**를 뽑다 말고 얼굴을 돌리며 **어눌한** 음성으로 이렇게 물었다. 그는, 하도 살아갈 **지모**(智謀)가 나지 않아 육효를 뽑아 보았노라 하면서 반가운 듯이 삼촌 곁으로 다가앉았다. 그의 까닭 없이 벗겨진 이마 밑의 두 눈엔 불그스름한 핏물 같은 것이 돌고 있었다. 내가 자리를 고치고 머리를 굽히려니까,

"괘, 괜찮우, 거, 거 자리에 앉우."

하고 손을 내저으며,

"나 황일재(黃逸齋)우. 이 와, 완장 선생과는 참 마, **막역지간**이우."

하는 것이었다.

- 전 : ( =절다) 땀이나 기름 따위의 더러운 물질이 묻거나 끼어 찌든
- 정객 : 정치인
- 지사 : 나라와 민족을 위하여 제 몸을 바쳐 일하려는 뜻을 가진 사람
- 실업가 : 비즈니스맨. 상공업이나 금융업 따위의 사업을 경영하는 사람
- 저널리스트 : 신문이나 잡지 일에 종사하는 사람
- 금광쟁이 : 금광을 경영하는 사람을 낮잡아 이르는 말
- 기미꾼 : 미두꾼. 현물 없이 쌀을 팔고 사는 일을 직업으로 하는 사람 (미두=시세 변동을 이용하여 현물 없이 거래하는 일종의 투기)
- 묵살 : 의견이나 제안 따위를 듣고도 못 들은 척함
- 좌중 : 여러 사람이 모인 자리
- 거무추레하다 : 거무스름하여 깨끗하지 못하다
- 육효 : 점. 주역에 의거하여 6개의 점으로 길흉을 판단하는 것
- 어눌한 : 말을 유창하게 하지 못하고 떠듬떠듬거림
- 지모 : 슬기로운 꾀
- 막역지간 : 허물이 없는 아주 친한 사이

### ❶의 '방 안'이 어디야?

관상소다. 중앙 여관 안에 있다.

### ❶의 '많은 사람'을 어떻게 이해해야 해?

두 가지다.

- '나'가 '직접 본 사람=뒹굴고 있는 사람'이다. 금광쟁이·기미꾼 등이 이에 해당한다.
- '나'가 '직접 본 것이 아닌 사람=출입하는 사람'이다. 정객·불평 지사·문학가·철학가·실업가·저널리스트·은행원·회사원 등이 이에 해당한다.

### ❷를 어떻게 이해해야 할까?

관상소에 대한 '나'의 부정적 입장이 표현된 문장이다. '불쾌했다=직접적 표현'이고, '아편굴=비유적 표현'이다.

### ❸을 어떻게 이해해야 하지?

숙부는 '많은 사람'을 부정적으로 보고 있지 않으며, 자신의 이러한 입장을 '나'에게 간접적으로 보여주고 있다.

### '관상소'에 드나든다는 사람들이 당시로서는 엘리트인데?

이 소설의 배경이 1930년대라는 사실을 고려할 때, '정객·불평 지사·문학가·철학가·실업가·저널리스트·은행원·회사원 등'이란 당대의 소수 엘리트라 할 수 있다.

### 엘리트들이 '관상소'엘 왜 드나드는 거지?

엘리트들이 드나든다는 사실을 고려할 때, '관상소'의 지위는 격상된다. '관상소'에 대한 '나'의 부정적 인식은 제대로 된 판단이 아닐 수 있다.

### 경성에 '아편굴'이 있었을까?

경성에는 특수촌이 있었다. 문화촌(동소문 밖 성북동), 공업촌(용산), 빈민촌(시구문 밖과 신당리), 일본인촌(충무로), 서양인촌(정동 일대), 중국인촌(서소문 근방), 노동촌(경성역·봉래동), 기생촌(다방골·서린동·청진동) 등이다. 아편굴은 중국인촌인 서소문 근방에 있었다.

좌중의 시선이 모두 나에게 집중된 듯하였다. 바로 그때였다. 나와 바로 마주 앉은 접신, 통령의 도인은 그 손톱자국과도 같이 생긴 조그마한 새빨간 눈으로 몇 번 나의 얼굴을 흘낏흘낏 보고 나더니,

"부모와는 일찍이 이별할 **상**이야."

불쑥 이렇게 외쳤다.

"형제도 많지 않고, **초년**은 퍽 고독해야."

하고, 또 ❶**인당**이 **명윤**하고 **미목**이 **수려**하니 학문에 이름이 있으리라 하고, **준두**와 **관골**이 **방정**해서 **중정**에 **왕운**이 있으리라 하고 끝으로 비록 부모가 없더라도 부모에 못하지 않은 삼촌이 계셔서 나의 **입신출세**에 큰 도움이 되리라 하였다.

나는 어쩐지 쑥스럽고 거북하여져서 얼굴을 붉히며 그만 자리를 일어나 버렸다. 내 뒤를 이어 숙부님이 일어나시고 숙부님을 따라 황일재 황 진사가 밖으로 나왔다.

파고다 공원 뒤에서 황 진사는 때 묻은 헝겊 조각 같은 모자를 벗어 쥐고 그저 몇 번이나 절을 하고 나서 공원으로 들어가 버렸다.

"어디루 가우?"

숙부님이 물으신즉,

"나 여기 공원에서 친구 좀 만나구……."

했다.

해는 **오정**에 가까웠다. 구름 한 점 없이 개인 하늘엔 북한산이 멀리 솟아 있었다. ❷안타까움에 내 몸은 봄날같이 피곤하였다.

- 상 : 얼굴
- 초년 : 젊은 시절
- 인당 : 양쪽 눈썹 사이
- 명윤 : 윤기가 나고 맑음
- 미목 : 눈썹과 눈
- 수려 : 빼어나게 아름다움
- 준두 : 코끝
- 관골 : 뺨의 튀어나온 부분
- 방정 : 모양이 네모지고 반듯함
- 중정 : 코와 관골 입술 위
- 왕운 : 왕성한 운수
- 입신출세 : 성공하여 세상에 이름을 떨침
- 오정 : 낮 열두 시

창의적 읽기

### ❶의 '관상'에서 무엇을 읽어야 하지?

'나'의 관상과 가족 관계 그리고 미래에 대한 예언이다. 이 예언은 작가인 김동리의 관상과 가족 관계 그리고 미래의 모습과 상당히 일치한다. 따라서 ❶ = 작가의 자전적 요소다.

### ❷의 '안타까움'은 뭐야?

이 소설은 중심인물인 황 진사에 대한 1년에 걸친 '나'의 관찰인데, 반복되는 형식이 있다. '에피소드 + 평가'다. '안타까움'은 이 에피소드에 대한 평가에 해당한다.

❶나뭇잎이 다 지고 그해 가을도 깊어졌을 때다. ❷삼촌은 금광에 분주하시느라고 외처에 계시고 없는 어느 날 아침 막 밥상을 받고 있으려니까, 문밖에서 ❸'에헴' '에헴' 연달아 헛기침 소리가 나더니,

"❹일 오너라—."

하고, 부르는 소리가 났다. 밥숟가락을 놓고 문밖으로 나가 보니, 어느 날 **관상소**에서 육효를 뽑고 있던 그 황 진사였다. ❺이날은 처음부터 그 '조선의 심볼'이란 생각을 머릿속에 가지지 않은 탓인지, 처음 보았을 때처럼 그렇게 불쾌하거나 우울하지도 않고, 그보다도 다시 보게 된 것이 나는 오히려 반갑기도 하였다.

"웬일로 이 추운 아침에 이렇게……."

인사를 한즉,

"괘, 괜찮우. 거 완장 어른 안 계슈?"

하는 소리는 전날보다 더 어눌하였다. ❻그 푸르죽죽하고 거무추레한 **고약때** 오른 **당목** 두루마기 깃 밖으로 누런 털실이 내다뵈는 것으로 보면 전날보다 재킷 한 벌은 더 입은 모양인데도 그렇게 몹시 추운 기색이었다.

"네, 숙부님 마침 **출타**하셨어요."

한즉,

"어디 출타하신 곳 모루, 예서 얼마나 머, 멀리 나갔엤슈?"

"네."

"언제쯤 도, 돌아오실 예, 예정……."

"글쎄올시다, 아마 수일 후라야……."

한즉, 갑자기 그는 실망한 듯이,

"아아 이."

• 관상소 : 관상 보는 곳. 점집
• 푸르죽죽하다 : 칙칙하고 고르지 않게 푸르스름하다
• 고약때 : 몸의 기름에 절어 끈끈하게 들러붙은 검은 때
• 당목 : 피륙. 광목보다 실이 하얗고 가늚
• 출타 : 집에 있지 아니하고 다른 곳에 나감

창의적 읽기

**❶에서 읽어야 하는 게 뭐지?**

시간의 경과다. 사건 전개의 속도가 빠르다.

**❷에서 '외처'가 뭐야?**

외처란 '본고장이 아닌 다른 곳'의 뜻이다. '나'는 숙부의 금광이 있는 곳이 어딘지 잘 알고 있으면서도 정확하게 표현하지 않고 있다.

**왜 '외처'라고 표현할까?**

이 소설의 결말에서 숙부는 일제 경찰에 체포된다. 따라서 '외처'는 당시 검열을 의식한 표현이라 할 수 있다.

**❸은 어떻게 이해해야 해?**

'에헴' 하는 헛기침은 우리나라에서 관습적으로 통용되는 인기척 방식이다.

**❹를 어떻게 이해해야 할까?**

두 가지다.

- ❸이 통하지 않아 ❹로 바꾼 것이다.
- 조선 시대 때 하인에게 문을 열라고 할 때 사용하는 관습적인 표현이다. 시대가 바뀌어 하인이 없는 데도 하인이 있는 것처럼 여전히 "이리 오너라"는 표현을 사용하고 있다.

**❺의 '반가움'을 어떻게 이해해야 하지?**

황 진사에 대한 '나'의 태도가 단일하지 않음을 보여준다. 한심하다 생각하면서도 반가움을 느끼고 있다.

**❻의 표현 방법은 뭐지?**

묘사다. '나'는 황 진사를 자세히 바라보고 있다.

하는 소리가 저 목구멍 속에서 육중한 신음과도 같이 들려왔다.

"어쩐 일로 오셨다가……. 춘데 잠깐 들어오시죠."

한즉, 그는 두루마기 속에 찌르고 있던 손을 빼어 모자를 쥐려다 말고 한참 동안 무엇을 망설거리며 내 눈치를 보곤 하더니, 모자를 잡으려던 손으로 콧물을 닦으며 왼편 손은 사뭇 두루마기 속에서 무엇을 더듬어 찾고 있었다.

"이거 대, 대, 댁에 잘 간수해두."

하며 종잇조각에 싼 것을 주는데 받아서 보니 이건 흙에다 **겨** 가루를 섞은 것 같아 보였다.

"……?"

내가 잠자코 의아한 낯빛으로 그를, 쳐다보려니까, 그는 어느덧 **오연**(傲然)한 태도를 가지며 위엄 있는 음성으로,

❶"거 쇠똥 위에 개똥 눈 겐데 아주 며, 며 **명약**이유."

한다. 나는 그의 말뜻을 바로 이해할 수 없어 어리둥절해 있으려니까,

"허어, 어떻게 귀중한 약인데그랴!"

하며, 그 물이 도는 두 눈에 **독기**를 띠고 나를 노려보았다. 내가 민망해서,

"대개 어떤 병에 쓰는 게죠?"

하고 물은즉,

"아, 거야 **만병**에 좋은걸 뭐."

하며, 나를 흘겨보고 나서,

"거 어떻게 소중한 약이라구……. 필요할 때는 대, **대갓집**에서두 못 구해서들 쩔쩔매는 겐데, 괜히……."

그는 목을 내두르며 무척 억울한 듯한 시늉을 하였다. 나는, 왜 그가 이렇게 공연히 **분개**하고 억울해 구는지를 알 수 없어, 한순간 내 자신을 좀 반성해 보고 있으려니까 그도 **실쭉**해서 잠자코 있더니, 갑자기

"괘엔히 모르고들 그랴."

또 한 번 고함을 질렀다.

내가 막 아침 밥상을 받았다 두고 나간 것을 언짢이 생각하고 몇 번이나 힐끔힐끔 밖을 내다보시고는 하던 숙모님이, 기다리다 못해,

"얘, 무얼 밖에서 그러니?"

하고, 어지간하거든 손님을 모시고 안으로 들어오라는 듯이 '밖에서'란 말에 힘을 주어 주의를 시킨다. 바로 그때였다.

"거, 아침밥 자시고 남았거든 좀……."

하며 입가에 비굴한 웃음을 띠고 고개질을 하고 애원하는 양은 조금 전에 흙가루를 내어놓고 호령할 때와는 딴판이었다.

- 겨 : 벼, 보리, 조 따위의 곡식을 찧어 벗겨 낸 껍질을 통틀어 이르는 말
- 오연 : 태도가 거만하거나 그렇게 보일 정도로 담담함
- 명약 : 효험이 좋아 이름난 약
- 독기 : 사납고 모진 기운이나 기색
- 만병 : 모든 병
- 대갓집 : 대대로 세력이 있고 번창한 집안
- 분개 : 몹시 분하게 여김
- 실쭉 : 어떤 감정을 나타내면서 입이나 눈이 한쪽으로 약간 실그러지게 움직이는 모양

창의적 읽기

### ❶ '황 진사'는 말더듬이인가?

이 소설의 다른 부분에서 황 진사는 말을 더듬지 않는다. 따라서 이 부분에서 일어난 황 진사의 말더듬기는 독자에게 궁금증을 준다.

### '황 진사'는 왜 말을 더듬지?

두 가지로 해석할 수 있다.

- '나'의 판단을 믿을 때 : '쇠똥 위에 개똥 눈 것 = 명약'이라는 것을 황 진사 자신도 믿지 않기 때문에 미안해서 말을 더듬는다.
- '나'의 판단을 믿지 않을 때 : 숙부를 찾아왔는데 없어서 당황해서이다.

나는 그를 방에 안내한 뒤 나의 점심밥을 차려 내오게 하였더니 그는 밥상을 받으며 진정 만족한 얼굴로,

"이거 미안하게 됐소구랴."

하였다.

그는 밥을 한입에 삼킬 듯이 부리나케 퍼먹고 찌개 그릇을 긁고 하더니, 숟가락을 놓기가 바쁘게 곧 모자를 쥐며 자리에서 일어났다. 몇 번이나 절을 하곤 했으나, ❶아까 하던 약 말은 아주 잊어버린 듯이 다시는 아무런 말도 없었다.

그 후, 사흘째 되던 날 아침에 또 황 진사가 찾아왔다. 이번에는 그의 친구라면서 그보다 키는 더 크고 흰 두루마기는 입었으되 그에 지지 않게 눈과 코와 입이 실룩거리는 **위인**이었다. 이 흰 두루마기 친구는 어깨에 먼지투성이 된 자그만 책상 하나를 메고 왔다. 황 진사는

"이거 댁에 사두."

하고 거의 명령하듯이 이렇게 말했다.

"글쎄올시다, 별루……."

"아아이, 값이 아주 **염하니** 염려 말구 사두."

"그래두 별루 소용이 없는 걸……."

"아아이 값이 아주 염하대두 그래."

"……."

"자, 오십 전 **인** 주."

황 진사는 그 누르퉁퉁하고 때가 묻은 손바닥을 내 앞에 펴 보였다.

"글쎄, 온, 소용이……."

"그럼, **제에길**, 이십 전만 내구 맡아두."

"……."

"것두 싫우?"

"……."

"그럼 꼭 십 전만 빌려주."

황 진사는 어느덧 콧구멍을 벌름거리며 애걸을 하였다.

"나 그날 댁에서 그렇게 **포식**한 이래, 여태 굶었우다. **여북 시장해서** 이 친구를 찾아 갔겠우? 아 그랬더니 이 친구도 사정이 딱했던지 사무 보는 이 책상을 내주는구랴."

그는 손으로 콧물을 닦아 가며 한참 신이 나서 떠들어댔다. 그의 친구란 사람은 **연방** 입을 실룩거리며 외면을 하고 서 있었다.

한 오 분 뒤, 내가 안에 들어가 돈 이십 전을 **주선해** 나와 그들에게 주었을 때, ❷그들 두 사람은 무수히 절을 하고 나서 책상을 도로 메고 가 버렸다.

- 위인 : 됨됨이로 본 그 사람
- 염하다 : 싸다
- 인 : '이리'의 방언
- 제에길 : 제길, 제기랄 (=마음에 들지 않거나 못마땅할 때 욕으로 하는 말)
- 포식 : 배부르게 먹음
- 여북 : 정도가 매우 심할 때 쓰는 말
- 시장하다 : 배가 고프다
- 연방 : 연속해서 자꾸
- 주선하다 : 일이 잘되도록 여러 가지 방법으로 힘쓰다

창의적 읽기

### ❶을 어떻게 이해해야 해?

황 진사가 '쇠똥 위에 개똥 눈 것'을 팔기 위해 온 것이 아닐 수 있다고 해석할 때 근거로 사용할 수 있다.

### ❷를 어떻게 이해해야 할까?

황 진사가 '먼지투성이 된 자그만 책상'을 팔기 위해 온 것이 아닐 수 있다고 해석할 때 근거로 사용할 수 있다.

### ❶과 ❷에 대해 '나'는 어떻게 생각할까?

❶과 ❷에 대해 '나'는 믿을 만한 판단을 하지 못한다. '나=황 진사에 대해 부분적으로 신빙성 없는 화자'다.

3

길바닥이 얼어붙고 먼 산에 눈이 **치고** 그해는 이른 겨울부터 몹시 추웠다. 그동안 숙부님은 몇 번이나 집에 다녀가시고 ❶관상소 출입도 더러 있는 듯하였다. 그러나 황 진사의 얼굴은 그 뒤로 뵈지 않았다. 다만 삼촌을 통해서 그의 시골이 충청도 어디란 것과, 그의 **문벌**이 놀라운 양반이란 것과, 그의 조상에는 정승 판서 따위가 많이 났다는 것과, 그 자신도 현재 진사 구실을 한다는 것과, 그의 머릿속은 자기 가벌에 대한 자존심으로 가득 차 있다는 것들이었다.

그런데 그 가운데 ❷한 가지 우스운 것은 그가 곧장 진사 노릇을 한다는 것이다. 그것도 처음 관상소에서 어느 장난꾼이 농담 삼아 그에게 『**서전**』과 『**춘추**』를 외게 하여 **강급제**를 주고 진사라 부르기 시작한 것인데 그 후로 만나는 사람마다 반 조롱으로 '황 진사' '황 진사' 부르게 되니, 그러나 '황 진사' 자신은 조금도 어색해하지 않고 오히려 그럴싸하게 여겨 이즘 와서는 아주 뽐내고 진사 행세를 한다는 것이다.

어느 몹시 추운 날이었다. 아궁에 불을 넣고 방구석에 숯불을 피우고 나는 온종일 책상에서 일을 하고 있었다. 낮이 **짐짓했을** 때다. 밖에서,

"일 오너라 —."

하는 소리가 마치 '사람 살리우' 하는 소리같이 바람결에 싸여 들어왔다. 나가 보니 황 진사가 연방 손으로 콧물을 닦고 서 있는 것이다. 나는 대체 얼어 죽지나 않았나 하고 궁금해하던 차라 ❸이렇게 다시 보게 된 것이 진정 반가웠다.

나는 곧 그를 나의 방에 안내한 뒤,

"그런데, 그동안 어떻게 지냈어요?"

한즉,

"거야 친구 집에서 지냈지요, 뭐. 흐흐……."

하며, 재미난 듯이 웃었다.

"아, 참, 완장 선생은 여태 안 왔슈?"

"수차 다녀가셨지요."

"아, **그렁거루** 난 여태 한 번두 못 뵈었으니 이거 죄송해서 흐흐……."

그는 숯불을 안고 앉아 또 히히거리고 웃었다.

- 치다 : 바람이 세차게 불거나 비, 눈 따위가 세차게 뿌리다
- 문벌 : 한 집안의 사회적 지위. 가벌
- 서전 :『서경』. 유교 경전의 하나
- 춘추 : 중국의 공자를 시조로 하는 전통적인 학문인 유교 경전 5경(五經)의 하나
- 강— : '억지스러운'의 뜻을 더하는 접두사
- 급제 : 과거에 합격함
- 짐짓하다 : 어떤 때가 지난 듯하다
- 그렁 거루 : '그런 것을'의 방언

창의적 읽기

**❶의 '관상소'를 숙부는 왜 가지?**

관상 보기 위함이나 점 보기 위함과는 다른 이유로 '관상소'를 출입하고 있다. 소설 결말부에 따르면 숙부는 일본 경찰에 체포되는데, '관상소' 출입 또한 체포 이유 중 하나일 것이다.

**'관상소'는 어떤 곳일까?**

숙부는 대종교 회원일 가능성이 있다. 그러므로 '관상소'는 대종교 회원들이 비밀리에 정보를 주고받는 장소일 수 있다.

**❷를 어떻게 이해해야 하지?**

'황 진사' 에 대한 희화화로, 두 가지 읽기가 가능하다.

- 황 진사가 비판 대상일 때 : 희화화다.
- 황 진사가 비판 대상이 아닐 때 : 총독부의 검열을 피하기 위한 방법이다.

* 희화화 : 대상을 웃음거리로 만들기

**❸의 '진정 반가웠다'를 어떻게 이해해야 해?**

황 진사에 대한 '나'의 태도가 일관적이지 않다.

흰떡을 사다 숯불에 구워서 그에게 대접을 하고 나는 아까 하다 둔 일을 마저 해치울 양으로 잠깐 책상에 앉아 있으려니까, 그는 언 것 구운 것도 가리지 않고 한참 부지런히 집어 먹더니 그동안 홍이 났는지 아주 목청을 뽑아서,

"❶관관저구는 재하지주로다. 요조숙녀는 군자호구로다."
하는 **대문**을 외곤 하였다.

나는 그동안 책상에 앉아 있느라고 모른 체하고 있으니까,

"아, **성인**께서도 실수가 있단 말야!"

그는 나를 바라보며 이렇게 소리를 질렀다.

"아, 공자님께서 **시전**에 **음문**을 두셨거든!"

그는 무슨 큰 문제나 발견한 듯이 나 있는 쪽을 곁눈질로 흘겨보며 마구 **기**를 뽑아 이렇게 외쳤다.

그래도 내가 모른 체하고 있으려니까 그는 **화로** 곁에서 일어서더니, 두루마기 자락을 뒤로 젖히고 저고리 섶을 위로 쳐들고 손을 넣어 무엇을 꺼내는 시늉을 하였다. 나는 속으로 옷의 이를 잡아내어 숯불에 넣으려는 겐가 하고 있는데 그는 또 한 번 나 있는 쪽을 흘겨보고 나서 배를 두르고 있던 때 묻은 **전대** 하나를 꺼내었다. 전대 속에서는 네 귀가 다 이지러지고 종잇빛까지 우중충하게 묵은 **모필** 사책 한 권과, 백지로 싸서 노끈으로 챙챙 감아 맨 솔잎 한 줌과, 휴지 조각 몇 장이 나왔다.

"거, 무슨 책이유?"

내가 이렇게 물은즉,

"아, **주역** 책이지그랴."
하고 **된소리**를 질렀다. 과연 그 이지러진 네 귀마다 넓적넓적한 **괘**가 그려져 있는 것으로 보아 주역 책임에 틀림은 없는 모양이었다. 그런데 주역 책은 왜 하필 전대에 넣어서 두르고 다니느냐고 물은즉,

"아, 공자님께서도 역은 **삼천독**을 하셨다는데그랴."

하고, 된소리를 질러 놓고 나서, 다시 조용히 음성을 낮추어,

"아, 여북해 **지략**의 **조종**이요, **조화**의 근본 아니오."

하였다.

- 관관저구 : 꾸룩꾸룩 징경이
- 재하지주 : 강 모래톱에 머무르고
- 요조숙녀 : 아름다운 아가씨는
- 군자호구 : 군자의 좋은 짝이로다
- 대문 : 대목. 글의 특정 부분
- 성인 : 지혜와 덕이 매우 뛰어나 길이 우러러 본받을 만한 사람
- 시전 : 『시경』의 내용을 알기 쉽게 풀이한 책
- 음문 : 음란한 문장
- 기 : 활동하는 힘, 기운
- 화로 : 숯불을 담아 놓는 그릇
- 전대 : 돈이나 물건을 넣어 허리에 매거나 어깨에 두기 편하도록 만든 자루
- 모필 : 짐승의 털로 만든 붓
- 주역 : 유학 5경의 하나
- 된소리 : 큰소리
- 괘 : 점괘
- 삼천독 : 삼천 번 읽음
- 지략 : 어떤 문제이든지 해결 대책을 세우는 뛰어난 슬기와 계략
- 조종(祖宗) : 가장 근본적이며 주요한 것을 비유적으로 이르는 말
- 조화 : 서로 잘 어울림

창의적 읽기

### ❶은 뭐지?

공자가 편찬했다고 전하는 『시경』에 실려 있는 작품이다. 번역에 따르면 '꾸룩꾸룩 징경이(물수리) / 강 모래톱에 머무르고 / 아름다운 아가씨 / 군자의 좋은 짝'이다.

### ❶에 황 진사의 의도가 있지?

황 진사는 '나'의 관심을 끌고자 한다.

나는 처음 관상소에서 그를 보았을 때부터 '하도 지모가 나지 않아 육효를 뽑아 보았노라' 한 것을 들은 일이 있어서 그가 평소 얼마나 이 '지략'과 '조화'를 부려 보고 싶어하는 위인인가를 짐작은 할 수 있었지만, 이와 같이 언제나 몸에 지닌 ❶솔잎 한 줌과 네 귀 이지러진 주역 속에서 우러난 **음양오행**의 지모 조화가 겨우 '❷쇠똥 위에 개똥 눈' 흙가루 약과, 친구의 책상을 들리고 다니는 것쯤인가 하고 생각할 때, ❸나 자신도 모르게 한숨이 새어 나왔다.

저녁때가 되어 그는 전대를 다시 배에 두르고 돌아갔다. 종종 오라고 한즉, **매양** 신세를 끼쳐서 미안하다고 하며 절을 몇 번이나 하였다.

❹그해 겨울 그는 내가 **성이 가시도록** 자주 나를, 아니 내 삼촌을 찾아왔다. 그는 언제나 나를 볼 때마다 오랫동안 삼촌께 못 뵈어 죄송하다고 하였다.

❺그는 나에게 한시를 지어 달라면서 **사오 차**나 **운자**를 가지고 왔다. 어디 쓰느냐고 물으면 친구의 환갑 잔치에 내놓으려고 한다. 친구가 누구냐고 물으면, 이 **참봉** 윤 **승지** 무슨 **참판** 어디 **남작** 하고 모조리 서울서도 **유수한 대가**와 부자들의 이름만 꼽지만, 거리에서 그가 어울려 다니는 것을 보나 가끔 친구라고 데리고 오는 것을 보면, 그의 말과는 딴판으로 황 진사 자신보다 별로 **유여**(有餘)**한 축**들도 아니었다.

- 음양 : 우주 만물의 서로 반대되는 두 가지 기운
- 오행 : 우주 만물을 이루는 다섯 가지 원소. 금, 수, 목, 화, 토를 가리킴
- 매양 : 매 때마다, 번번이
- 성이 가시도록 : 성가시도록(=자꾸 들볶거나 번거롭게 굴어 괴롭고 귀찮도록)
- 사오 차 : 네댓 번
- 운자 : 한시에서 운으로 다는 글자
- 참봉 : 조선 시대에, 여러 관아에 둔 종구품 벼슬
- 승지 : 조선 시대 정삼품 벼슬
- 참판 : 조선 시대 종이품 벼슬. 판서의 다음 서열
- 남작 : 다섯 등급으로 나눈 귀족의 작위 가운데 맨 마지막 작위. 자작의 아래
- 유수한 : 손꼽을 만큼 두드러지거나 훌륭한
- 대가 : 전문 분야에서 뛰어나 권위를 인정받는 사람
- 유여한 : 여유 있는
- 축 : 무리

### ❶은 왜 갖고 다니는 거야?

황 진사의 점술이 송엽 점임을 보여준다. 송엽 점은 솔잎을 뽑아 괘를 만들어 길흉을 판단한다. 육효점의 일종이다.

### 황 진사에 대한 '나'의 판단을 어떻게 이해해야 할까?

'나'는 황 진사를 제대로 판단할 수 있는 충분한 지식이나 정보를 갖고 있지 않다.

### ❷를 '나'는 어떻게 이해할까?

미개한 것 또는 미신이라 생각한다.

### ❷가 『동의보감』에 나온다고?

허준의 『동의보감』에 따르면, '토끼똥·개똥·돼지오줌' 등도 한약재다.

### '나'는 황 진사의 한약을 왜 한심한 것으로 판단하지?

'황 진사의 한약=한심한 것'으로 보는 까닭은 총독부의 낙인 때문이다. 총독부는 '한약=미개하고 미신이며 한심한 것'으로 규정했다.

### ❸의 '한숨'을 어떻게 이해해야 하지?

'한숨=한심함'이다. 황 진사에 대한 '나'의 부정적 태도이다.

### 이 소설에 나오는 '조선의 전통'에는 어떤 것들이 있지?

- 접신·통령 : 고대 사회의 민족 고유 정신
- 관상 : 신라 사회의 민족 고유 정신
- 주역 : 조선 사회의 민족 고유 정신

### ❹에서 무엇을 읽어야 할까?

세 가지다. 회상이라는 것, 빠른 전개라는 것, 삼촌의 부재이다.

### ❺에서 황 진사는 '나'가 한시를 쓸 수 있다는 것을 어떻게 알지?

직접 나와 있지는 않지만 짐작이 가능하다. '나'에 대한 정보를 황 진사는 숙부를 통해 알고 있다.

좋은 **규수**가 있으니 장가를 들지 않겠느냐고, 그는 여러 차례 나를 졸랐다. '좋은 규수'가 어디 있느냐고 물으면, 단번에 친구의 딸이라 하고, 어떤 친구냐고 하면 무슨 승지, 무슨 자작 하는 **예의** 대갓집 따위를 꼽았다. 색시 얼굴이 어떻게 생겼더냐고 하면 매양 자기의 누르퉁퉁하게 부은 얼굴을 가리키며 이렇게 아주 **유복**스레 생겼다고 한다. 내가 웃으며, 색시가 일재 선생 같아서야 좀 **재미적다**고 하면,

"아, 일등 규수라는데그랴."

하고, 화를 내었다.

"그렇지만 너무 **육중**해서야."

하면,

"아, 거기 **식록**이 들었는걸그랴. 아, 어북해 일등 규수라는데 그래도 못 믿어서그랴."

하고 기를 쓰곤 하였다.

4

눈에 고인 물이 눈물이라면 황 진사의 두 눈에는 언제나 눈물이 있었다. 그는 가끔 나에게 그가 **혈육** 없는 것을 한탄하였다. ❶'친구'집 **회갑** 잔치 같은 데서 떡국 그릇이나 배불리 얻어먹고 술기라도 얼근해서 돌아오는 날은,

"아, **명가 종손**으로 혈육 한 점이 없다니, **천도**가 무심하지그랴."

대개 이런 말을 했다.

"**혼담**은 사방 있지만, 어디 **천량**이 있어야지."

이런 말도 하였다.

언젠가 숙모님이, 그의 맘에 제일 드는 규수의 나이와 이름을 물었더니, 하나는 열아홉 살이고 하나는 갓 스물인데 열아홉짜리는 성이 오씨고 갓 스물짜리는 윤씨라 하였다.

"열아홉 살?"

듣던 사람이 놀라니,

"아, 자식을 봐야지유."

하였다.

숙모님이,

"좀 나이 **짐짓해두** 넉넉할걸 뭐."

하니,

"그야 그렇지유. 허지만 암만하면 젊은 규수를 당할라고."

하는 것이, 아무래도 그 열아홉 살인가 갓 스물인가 난 규수에게 마음이 많은 모양이었다.

- 규수 : 남의 집 처녀를 정중하게 이르는 말
- 예의 : 이미 잘 알고 있는 것을 가리킬 때 쓰는 말
- 유복 : 복이 있음
- 재미적다 : 마음에 걸리어 편하지 아니하다
- 육중 : 투박하고 무거움
- 식록 : '사주'에서 쓰이는 용어로, 평생 어디를 가나 먹을 것이 끊이지 않는다는 말에서 '먹을 복이 있다'는 뜻
- 혈육 : 부모, 자식, 형제 따위의 한 혈통으로 맺어진 육친
- 회갑 : 환갑
- 명가 : 명망이 높은 가문
- 종손 : 집안의 대를 이을 맏손자
- 천도 : 하늘이 낸 도리나 법
- 혼담 : 혼인에 대하여 오가는 말
- 천량 : 재산
- 짐짓하다 : 어떤 때가 지난 듯하다

창의적 읽기

**❶에서 읽어야 하는 게 뭐지?**

황 진사가 숙부 집을 찾아오는 이유가 배고파서만은 아님을 간접적으로 알려준다.

**❶에서 황 진사는 왜 왔을까?**

'나 = 황 진사를 비판하는 화자'인데, 그 이유를 설명하지 못한다. 그러므로 '나 = 황 진사에 대해 신빙성 없는 화자'다

**'신빙성 없는 화자'가 뭐야?**

화자가 하는 말을 믿기 어렵다는 뜻이다.

❶이런 일이 있은 지 며칠 뒤, 숙모님이 황 진사의 중매를 들게 되었다. 그즈음 황 진사는 거의 날마다 우리 집에 들르게 되어 그의 딱한 형편을 은근히 걱정하고 있던 숙모님은, 그때 마침 집에 돌아와 계시던 숙부님과 의논하고, 그를 건넛집 젊은 과부에게 장가를 들게 해 주자고 하였다. 나는 물론 그리 되기를 원했다. 숙부님도 웃는 얼굴로,

"몰라, 허기야 저도 과부지만 그렇게 늙은 사람과 잘 살라구 할는지."

하셨다. 그러나 숙모님이

"젊고 예쁜 홀아비가 어딨어요? 딸린 자식 없구 한 것만 해두……."

하고 자신 있게 말하는 것을 듣고 나도 **적이** 안심이 되었다.

그날 저녁때 황 진사가 온 것을 보고, 숙부님이,

"일재, 여기 젊고 돈 있는 색시가 있는데 장가 안 들라우?"

하고 물어본즉,

"아, 들면야 좋지만 선생도 아시다시피 천량이 있어야지."

하는 그의 얼굴에는 **완연히** 희색이 넘쳤다.

그의 얼굴에 **희색**이 넘침을 보신 숙모님은, 돈이 없어도 장가를 들 수 있다는 것과, 장가만 들게 되면 깨끗한 의복에 좋은 음식도 먹을 수 있으리라 하는 것을 일러 주신즉,

"아, 그럼야 여북 좋갔우, 규수 나인 몇 살이구…… 집안도 이름 있구……."

그는 연방 입이 벌어져 침을 흘리며 두 눈에 난데없는 **광채**를 띠고 숙모님께로 **대어**드는 판이었다.

• 적이 : 꽤 어지간한 정도로
• 완연히 : 눈에 보이는 것처럼 아주 뚜렷이
• 희색 : 기뻐하는 얼굴빛
• 광채 : 섬뜩할 정도로 날카로운 빛
• 대다 : 다른 사람과 신체의 일부분을 닿게 하다

창의적 읽기

**❶에서 읽어야 하는 게 뭐지?**

이 소설은 황 진사에 대해 이야기하면서 '시간 표시 + 에피소드 + 평가'의 형식을 취한다. ❶은 시간 표시다.

"과부래야 이름이 아깝지 뭐. 이제 나이 삼십 다 못 된걸……."

숙모님도 **신명**이 나는 모양으로 이렇게 자랑 삼아 말한즉, 황 진사는 갑자기 낯빛이 확 변해지며,

"아 규, 규수가, 시방 말씀한 그 규수가, 과, 과, 과부란 말씀유?"

이렇게 물었다.

"왜 그류."

한순간 침묵이 흘렀다. ❶황 진사의 닫힌 입가에 **미미한** 경련이 일어나며, 힘없이 두 무르팍 위에 놓인 그의 두 손은 불불불 떨리고 있었다. ❷벽에 걸린 시계 소리가 '뚝딱뚝딱' 하고 들리었다. 그는 조용히 고개질부터 좌우로 돌렸다.

"당찮은 말씀유…… 흥, 과, 과부라니 당하지 않은 말씀을……."

그는 곧 호령이라도 내릴 듯이 누렇게 부은 두 볼이 꿈적꿈적하며 **노기** 띤 눈을 **부라리곤** 하더니, 엄숙한 목소리로,

"황후암(黃厚庵) 육대 종손이유."

하고, 다시,

"황후암 육대 손이 그래 남의 가문에 **출가**했던 여자한테 장갈 들다니 ❸**당하기**나 한 소리요……. 선생도 너무나 **과도한** 말씀이유."

그는 분함을 누르느라고 목소리에 강한 굴곡이 울렸고, 낯에는 비통한 **오뇌**의 경련이 일어나 있었다.

"내일이래두 그럼 어린 규수 골라 혼인하시지요, 뭐……."

하고, 숙모님도 무안해서 일어났다.

숙부님도 딱했던지,

"일재, 일재 염려 말우. 농담했우. 그럼 일재 되구야 한번 **타문**에 출가했던 사람과 혼인을 하다니 될 말이유? 내가 어디 황후암을 모루, 황익당을 모루?"

한즉, 그때야 그도,

"아아무렴 그랴, 그렇지, 거 어디라구, 함부루 어림없이들…… 황후암이 누구며 황익당이 누군데그랴?"

얼굴을 펴고 이렇게 높은 소리로 외쳤다.

- 신명 : 흥겨운 신이나 멋
- 미미한 : 보잘것없이 아주 작은
- 노기 : 성난 얼굴빛. 또는 그런 기색이나 기세
- 부라리다 : 눈을 크게 뜨고 눈망울을 사납게 굴리다
- 출가 : 처녀가 시집을 감
- 당하다 : 사리에 마땅하거나 가능하다
- 과도한 : 정도에 지나친
- 오뇌 : 뉘우쳐 한탄하고 번뇌함
- 타문 : 자신이 속하지 않은 문중(門中)이나 집안

창의적 읽기

### ❶에서 무엇을 읽어야 하지?

두 가지다. 표현 방법은 묘사다. 황 진사의 내면 심리인 '분함'이 '입가·손'을 통해 간접적으로 드러난다.

### ❷에서 읽어야 하는 게 뭐지?

긴장감이다. 평상시에는 들리지 않던 '뚝딱뚝딱' 소리가 긴장감으로 들리게 된 것이다.

### ❸은 무슨 뜻이야?

'어불성설'에 해당한다. '사리에 어긋난 말'이라는 뜻이다.

### '황 진사 중매 실패'에서 읽어야 하는 게 뭐지?

두 가지 관점으로 읽을 수 있다.

- 황 진사를 부정적으로 볼 때 : 시대 변화에 적응하지 못하는 인물이다.
- 황 진사를 긍정적으로 볼 때 : 옛 가치인 유교적 가르침을 자신의 정체성으로 삼고 있는 인물이다.

해가 바뀌고 새해가 되었다.

숙부님은 **사뭇** 금광에 계시느라고 새해 맞임까지도 숙모님과 나와 단둘이서 쓸쓸히 하게 되었다. 섣달 중순 즈음에서 한 보름 동안 일절 얼굴을 뵈지 않던 황 진사가 정월 초하룻날 아침에 대문 밖에서

"일 오너라."

하고, 언제보다도 **호기** 있게 불렀다. 그 고약때가 전 두루마기를 빨아 입은 위에 **어이한** 색안경까지 시커먼 걸로 하나 쓰고는, 숙부님께 새해 인사를 드리러 왔노라고 하였다. 숙부님이 안 계신다고 하니, 그러면 숙모님이나 뵙고 가겠다고 하였다.

❶숙모님은 마침 있는 음식에 반갑게 구시며, 떡과 술상을 차려 내주셨다. 그는 몇 번이나 완장 선생을 못 뵈어 죄송스럽다고 유감의 뜻을 표하고는, 술을 몇 잔 들이켜고 나더니,

"**일배 일배 부일배**로 우리 군자 사람끼리 **설쇰**을 이렇게 해야지."

홍취에 못 배기겠다는 듯이 손으로 무르팍을 치곤 하였다.

숙모님이

"새해에는 장……."

하다가 말끝을 움츠러들어 버리자, 그는 그 말끝을 잡아서,

"금년 **신운**은 **청룡이 농주**랬지만 아 천량이 생겨야 장갈 들지."

하였다.

이튿날도 찾아왔다. 사흘째도 왔다. ❷이리하여 정월 한 달 동안을 거의 매일같이 숙부님께 새해 인사를 드려야 할 것이라면서 찾아왔다. 그러나 그는 결국 숙부님께 새해 인사를 드리지 못하고 말았다.

- 사뭇 : 내내 끝까지
- 호기 : 잘난 체하며 거만하게 구는 기운
- 어이한 : 어찌한(= 어떠한 이유로)
- 일배 일배 부일배 : 한 잔 한 잔 또 한 잔
- 설쇰 : 설을 맞이하여 지냄
- 신운 : 운수
- 청룡이 농주 : 청룡이 여의주를 물고 놀고 있으므로 혼인한다는 뜻

창의적 읽기

### ❶에서 숙모는 왜 황 진사를 '반갑게' 맞이할까?

'나'는 황 진사에 대해 충분한 정보를 갖고 있지 않기 때문에 그 이유를 설명하지 못한다. 황 진사에 대한 설명은 '나'이므로 독자는 ❶에 대한 답을 소설에서 얻을 수 없다.

### ❶에서 읽어야 하는 게 뭐지?

두 가지다. 빠른 사건 전개다. '정월 한 달 동안' 숙부는 행방불명 상태다.

### ❷에서 황 진사는 왜 '한 달 동안' 찾아왔을까?

이 질문에 대한 설명이 소설에는 없으므로 독자의 적극적인 해석이 필요하다. 가족이 숙부 소식을 알았다면 황 진사가 '한 달 동안 매일' 찾아올 필요가 없었을 것이다. 그러므로 황 진사는 생사를 알 수 없는 '숙부'가 걱정되어 찾아온 것이다.

그 뒤 한 **철** 동안을 그는 아주 우리 집에 발길을 끊고 나타나지 않았다. 검은 **둥치**에 새 움이 트고 버들가지에 물기가 흐르는 봄 한 철을 나는 궁금한 가운데 보냈다.

봄도 지나 여름이 되었다. 새는 녹음 속에 늙고, 물은 산골을 울리며 흘렀다.

❶그때 돌연히 숙부님이 어떤 사건으로 **피검**(被檢)이 되자, 나는 시골 어느 절간에 가 지내려던 피서 계획을 포기하고, 괴로운 여름 한 철을 서울서 나게 되었다. ❷물론, 숙부님의 사건이란 건 당시 나도 잘 몰랐는데, ❸세상에서 들리는 말로는 만주에서 발단된 '**대종교 사건**'의 연루라는 것으로 숙부님 검거, 금광 채굴 중지, 가택 수색, 이 세 가지를 한꺼번에 당하게 되었던 것이었다.

- 철 : 계절
- 둥치 : '줄기'의 방언
- 피검 : 수사 기관에 잡혀감
- 대종교 사건 : 일제 강점기에 대종교 교도가 일으킨 애국 의거

창의적 읽기

**❶의 '어떤 사건'이 뭐야?**

'대종교 사건'이다. 이 당시에는 '대종교 = 민족주의·독립운동'이었다. 만주를 무대로 무장투쟁을 하던 독립지사들은 김좌진·이동녕 등을 비롯해 거의 대부분 대종교의 신도였다.

### ❷의 숙부는 왜 피검되었지?

「화랑의 후예」에는 두 가지 텍스트가 있다. 하나는 〈조선중앙일보〉 신춘문예에 실린 소설이고, 다른 하나는 1953년 『김동리 단편집』(을유문화사)에 실린 「화랑의 후예」다. 여기에 실린 텍스트는 1953년 개작된 작품으로, 이에 따르면 '숙부 피검=대종교 사건' 때문일 뿐 자세하지 않다. 〈조선중앙일보〉에는 '숙부=대종교 회원=독립운동 자금 지원한 자'다. 숙부 피검은 이 때문이다.

> 그때 돌연히 숙부님이 어떤 사건으로 감옥에 들게 되자 나는 원산으로 해수욕을 가려다 말고 숙모님을 모시고 여름을 서울서 지나게 되었다. 물론 숙부님의 죄목은 나도 잘 몰랐다. 세상에 듣기는 그때 만주 ○○군 간부 몇 사람이 체포되어 각지에 망라한 그들의 비밀이 폭로되는 동시에 숙부님의 xx금광이 그들과 관련된 것을 알고 숙부님 검속, 금광 중지, 가택 수색 이 세 가지가 동시에 되었다고 한다.
>
> (「화랑의 후예」, 〈조선중앙일보〉, 1935. 1. 10)

### ❷와 ❸의 차이가 뭐지?

숙부가 몰래 해온 일에 관한 인지 여부다. 피검 당시인 ❷에서는 몰랐고, 이 소설을 쓸 당시인 ❸에서는 알게 된 것이다.

### ❷와 ❸의 차이에서 '나'의 변화를 읽을 수 있나?

있다. 역사의식이 없는 '나'에서 역사의식이 있는 '나'로의 변화다.

### '나'에게 역사의식이 생겼다는 것을 어떻게 알지?

검열 권력에 대한 인식 여부로 알 수 있다. 숙부 피검 전 '나'는 검열 권력에 대해 의식하지 않았다. 그러나 숙부 피검 이후 '나'는 검열 권력을 의식하고 있다.

### '나'의 '검열 권력 의식'에 해당하는 예시를 찾는다면?

❶의 '어떤'과 ❸의 '세상에서 들리는 말로는'이 이에 해당한다. '대종교 사건'은 검열 권력이 '적'으로 규정했으므로 화자는 자신이 이 사건에 연루되지 않도록 조심스럽게 시치미 떼듯 서술하고 있다.

### 숙부는 언제 돌아왔을까?

가족이 숙부 소식을 알게 된 것은 숙부 피검 이후다. 따라서 6개월 동안 숙부 소식을 가족은 알지 못했다고 추리할 수 있다.

어느 날은 서대문 밖에 숙부님을 면회하고 돌아오는 길 광화문 **통**을 지나오려니까,

"아, 이건 **노상 해후**로구랴!"

하는 소리가 났다. 고개를 들어 보니, 연녹색 **인조견** 조끼에 검은 유리 안경을 쓴 황 진사가 빨아 말린 두루마기를 왼쪽 팔에 걸고, **해묵은** 누런 **맥고모**는 뒤통수에 잦혀 쓰고, 그 벗겨진 **알이마**를 햇살에 번쩍거리며 총독부 쪽에서 걸어오고 있는 것이다.

"네, 일재 선생 오래간만이올시다."

하고 내가 인사를 한즉,

"댁에서들 모두 태평하시구, 완장 선생께도 소식 자주 듣고…… 아, 이건 참 노상 해후로구랴!"

또 한 번 감탄하고 나더니,

"이리 잠깐 오, 날 좀 보."

하고, 그는 나를 한쪽 구석에 불러 놓고, 지극히 중대한 사실을 발견했노라고 한다. 나는 사정이 전과 다른 형편에 있던 터이라, 혹시나 이런 데서 무슨 자세한 내용이나 알게 되나 하여 두근거리는 가슴을 누르며 긴장한 낯으로 그를 쳐다보고 있는 것인데, 그는

"아, 내 조상께서도 모르고 지낸 윗대 조상을 **근일**에 와서 **상고**했구랴."

이런 엉뚱한 소리를 하였다.

나는 너무 어이없어 어리둥절해 있노라니,

"왜 그루? 어디 편찮우?"

한다. 괜찮으니 얼른 마저 이야기하라고 하니,

"❶아, 이런 수가……. 온, 내 조상이 대체 신라 적 화랑이구랴!"

하고 혼자 **감개**해서 못 견디는 모양이었다. 그건 또 이떻게 알아냈냐고 한즉, ❷근일에 여러 가지 서적을 상고하던 중 우연히 발각하게 된 것이라 하였다.

- 통 : 한 구역을 이루는 공간의 일정한 범위
- 노상 : 길거리
- 해후 : 오랫동안 헤어졌다가 뜻밖에 다시 만남
- 인조견 : 사람이 만든 명주실로 짠 비단
- 해묵은 : 어떤 물건이 해를 넘겨 오랫동안 남아 있는
- 맥고모 : 밀짚이나 보리짚으로 만든 모자. 밀짚모자
- 알이마 : 가린 것 없이 드러난 이마
- 근일 : 과거로부터 오늘까지 여러 날 동안
- 상고 : 서로 견주어 고찰함
- 감개 : 감동이나 느낌

창의적 읽기

### ❶의 황 진사를 어떻게 이해해야 해?

화자 '나'를 어떻게 보느냐에 따라 다르다.

- 황 진사에 관한 한 신빙성 없는 화자라 볼 때 : '황 진사 = 조선의 심볼 = 화랑의 후예 = 시대착오적인 인물'이므로 비판 대상이다.
- 검열을 의식하여 시치미 떼는 화자로 볼 때 : 시치미 떼느라 희화적으로 표현된 것이다. '황 진사 = 대종교 회원'일 수 있으므로 긍정적 인물이다.

### ❷의 '서적'이란 어떤 거야?

1920년대 식민지 조선에서는 민족주의 연구가 활발했다. 특히 묘청의 난을 '조선 역사상 일천년래 제일대사건 = 낭가의 패배'라고 평가한 신채호의 주장은 학자에게는 물론 일반인들에게 큰 영향을 미쳤다. '낭가 = 화랑도 = 조선혼'이었으므로, 화랑에 대한 관심은 민족주의를 뜻한다. '서적'은 신채호의 책들을 말한다.

### '화랑의 후예'를 긍정적으로 볼 수 있을까?

'화랑의 후예 = 조선의 정체성 = 조선의 저항 정신 = 대종교의 정신'이므로 긍정적으로 볼 수 있다.

황 진사를 광화문 통에서 만난 뒤, 두 달이 지난 어느 날 나는 숙모님을 모시고 병원에 갔다가 총독부 앞에서 전차를 내려 필운동으로 들어가노라니 ❶'**모루히네**' 환자 치료소 옆에서 **조금** 하면 못 보고 지나칠 뻔하다가 그를 보게 되었다.

머리가 더부룩한 거지 아이 몇 놈과, 아편 중독자 몇과 그 밖에 중풍쟁이, 앉은뱅이, 수족 병신 들이 몇 둘러싼 가운데에 한 두어 뼘 길이쯤 되는 무슨 과자 상자를 거꾸로 엎어 놓고, 그 위에 **빼쩍** 마른 두꺼비 한 마리와, 그 옆의 똥그란 양철통에 흙빛 연고약을 넣어 두고 약 쓰는 법을 설명하는 위인이 있다.

"두꺼비 기름, 두꺼비 기름, 에헴, 두꺼비 기름이올시다. **옻 오른 데**도 쓰고, **옴 오른 데**도 쓰고, **등창**, **둔창**, **화상**, **동상**, 충치, 풍치, 이 앓는 데도 쓰고, 어린애 **귀젓** 앓는 데, 머리가 자꾸 헐어 들어가 **하게아다마** 되랴는 데, 남녀노소, 어른 애, 계집 사내 할 것 없이, 서울내기 시골뜨기, 물을 것 없이, **거저** 누구든지 헌 데는 독물을 빼고, 벌레가 먹는 데는 벌레를 내고, 고름이 생기는 데는 고름 뿌리를 빼고, 살이 썩는 데는 **거구생신**을 하고, 자, 깊이깊이 감춰 두면 반드시 한 번씩은 찾게 되는 약 첩첩이 싸서 깊이깊이 넣어 두면 언제든지 한 번은 보배가 되는 약! 자아, 두꺼비 기름이올시다. 두꺼비 코에서 짠 두꺼비 기름. 자아, 그러면 이 두꺼비가 얼마나 무서운 **신효**가 있는지를 여러분의 두 눈 앞에 보여 드릴 터이니까 단단히 보시오."

그는 약물에다 흙빛 고약을 찍어 넣어서 저으며,

"자아, 단단히 보시오. 우리 몸에 있는 썩은 피가 두꺼비 코끝만 들어가면 그만 이렇게 **홍로일점설**, 봄철의 눈과 같이 흔적도 없이 사라져 버립니다!"

하고, 약물 접시를 들어 여러 사람 앞에 한 번 내두르고 나서 기침을 한 번 새로 하더니,

"여러분, 여기 계시는 이분은 우리 조선에서 유명한 선생이올시다. 그런데 선생께서는 두 달 전부터 충치를 앓으셔서 병석에 누워 계시다가 이 약으로 말미암아 어저께 벌레를 내고 오늘부터 이렇게 이곳까지 나와 주시게 되었습니다."

하고, **곁자**가 손으로 가리키는 바로 그 곁에는, 전날에 보던 그 검정 유리 안경을 쓴 우리

황 진사가 점잖게 먼 산을 바라보고 앉아 있었다.

- 모루히네 : 모르핀의 일본식 발음
- 조금 : 자칫
- 빠짝 : 물기가 몹시 마르거나 졸아붙거나 타버리는 모양
- 옻 오른 데 : 옻나무에서 나는 진 때문에 살갗이 헐어 부스럼이 돋음
- 옴 오른 데 : 옴진드기가 기생하여 손가락이나 발가락의 사이, 겨드랑이 따위의 연한 살에서부터 짓무르기 시작하여 온몸으로 퍼지는 전염 피부병. 몹시 가렵고 헐기도 함
- 등창 : 등에 난 큰 부스럼
- 둔창 : 엉덩이에 난 큰 부스럼
- 화상 : 높은 온도의 액체 따위에 데었을 때 일어나는 피부의 손상
- 동상 : 심한 추위로 살갗이 얼어서 조직이 상하는 일
- 귀젓 : '귀젖'의 방언(=귓속에서 고름이 나오는 귓병. 또는 그 고름)
- 하게아다마 : '대머리'를 가리키는 일본말
- 거저 : '그저'의 방언(=어쨌든지 무조건)
- 거구생신 : '낡은 것을 버리고 참신한 것을 취한다'는 뜻으로 새살이 돋아남
- 신효 : 신기한 효과나 효험이 있음. 또는 그 효과나 효험
- 홍로일점설 : 빨갛게 달아오른 화로 위로 떨어지는 한 송이 눈
- 궐자 : '그'를 낮잡아 이르는 말

창의적 읽기

### ❶ '모루히네 환자 치료소'는 무엇을 뜻하지?

'모루히네 = 모르핀 = 아편'이다. '환자 = 마약 환자'다. 총독부가 설치한 '모루히네 환자 치료소'가 경성에 생긴 것은 1925년이고, '모루히네 환자 치료소'가 전국에 생긴 것은 1931년이다. 아편으로 조선의 노동 생산성이 감소한다고 판단한 총독부는 마약 단속·마약 환자 치료를 시작했다.

### 이 당시 아편 환자 수는 어느 정도야?

발표된 통계 수치는 없다. 학자마다 추정 수치가 다르지만, 1927년의 '아편 환자 수 = 7만 명'으로 보고 있다.

### 황 진사는 왜 '모루히네 환자 치료소' 옆에서 장사하지?

'모루히네 환자'가 급증한 것은 총독부 책임이다. 마약 구하기가 쉬웠다는 것이다. 그러므로 '모루히네 환자 치료소 옆에서 전통 약재 노점상을 하는 황 진사'는 작가가 선택한 검열 우회다. '검열 우회의 목표 = 총독부 풍자'다.

궐자는 다시 말을 이어,

"선생께서는 또 이 방면에 대한 연구가 대단히 깊으실 뿐 아니라, ❶곰의 쓸개, 오리의 혀, 지렁이 오줌, 쥐의 똥, 고양이 간 같은 걸로 훌륭한 약을 지어서 일만 가지 **병마**를 **퇴치**시킬 수도 있는, 말하자면 **이인**과 같은 능력을 가지신 어른이올시다!"
할 즈음에 **순사**가 왔다. 에워싸고 있던 거지, 아편쟁이, 수족 병신 들은 각기 제 구석을 찾아 헤어졌다.

이 꼴을 보신 숙모님은 나에게 눈짓을 하시면 앞서 가셨다. 나도 숙모님 뒤를 쫓아 한참 오다 돌아본즉, 아까 연설을 하던 작자는 빈 과자 상자에 마른 두꺼비와 고약 통을 담아 가슴에 안고, ❷황 진사는 점잖게 두 손을 두루마기 옆구리에 찌른 채 순사를 따라 건너편 파출소를 향해 걸어가고 있었다.

_〈조선중앙일보〉(신춘문예 당선작 1935년 1월 1일~10일 연재)

• 병마 : 병(病)을 악마에 비유하여 이르는 말
• 퇴치 : 물리쳐서 아주 없애 버림
• 이인 : 재주가 신통하고 비범한 사람
• 순사 : 일제 강점기 당시 경찰관의 가장 낮은 계급

창의적 읽기

## ❶이 '전통 약재'라고?

'곰의 쓸개·오리 혀·고양이 간'은 전통 한약재다. 허준의 『동의보감』에 따르면, '토끼똥·개똥·돼지오줌' 등도 약재로 사용된다.

## ❷의 황 진사는 왜 잡혀가는 거야?

1910년 총독부는 위생과를 설치하여 조선의 치료 방식을 조사한 뒤 '민간치료=미신치료=불법 행위'로 규정했다. 전통 한의학에 따라 치료 행위를 할 수 있는 자격증 취득이 까다로웠으며, '의사'라는 명칭은 사용할 수 없었다. '의생'이라 불리며 의사 보조 역할을 하게 했다. 황 진사가 판매한 '두꺼비 기름' 은 조선 하층민들에게는 전통 의약이지만, 총독부의 위생법에 따르면 불법 약품 제조 및 불법 약품 판매 행위다.

## 깊이 이해하기

### 「화랑의 후예」에서 엿보는 사회의 모습

**파고다 공원**

1919년 3·1 만세운동을 공간적으로 상징하고 있는 곳이 곧 파고다 공원이다. 1926년 6·10 만세운동이 일어나자 총독부는 용산에 주둔했던 군인들을 출동시켜 시내를 경계하면서 파고다 공원을 임시사령본부로 삼는다. 약 200명의 병사들이 파고다 공원 안에 주둔했다. 3·1운동 이후 '파고다 공원은 곧 총독부 지배 아래 억압당한 조선 민족의 저항 정신'이 된다. 3·1운동 이후 파고다 공원은 뒷문이 폐쇄되고 황폐화된다.

**모루히네 환자 치료소**

총독부는 조선에 모르핀이 밀매되는 것을 처음에는 단속하지 않았다. 이 때문에 조선인 마약류 중독자는 급격하게 늘어났다. '모루히네 환자 치료소'가 경성에 생긴 것은 1925년이다. 아편으로 조선의 노동 생산성이 감소한다고 판단한 총독부는 마약 단속·마약 환자 치료를 시작했다. 총독부는 1931년부터 마약 환자에게 등록증을 발급했다. 중독자가 받아야 하는 치료를 의무화한 것이다.

**대종교**

1909년 일제가 우리나라를 식민지로 삼기 직전에 나철 선생이 창시한 단군을 받드는 종교다. 대종교는 국외에서 활동했다. 민족종교로서 정체성을 잃지 않고 광복이 될 때까지 항일독립운동을 전개했다. 대종교에서 주도한 방식은 무장 투쟁이었다. 김좌진 장군도 대종교 회원이었다.

O X

## 사실 확인 다음 내용이 맞는지 틀린지 O×로 표시하기

1 「화랑의 후예」는 '나'의 눈으로 본 황 진사 이야기다.

2 이 소설에서 사건을 전개하는 가장 중요한 방법은 시간의 흐름이다.

3 '조선의 심볼'들이 모여 있는 곳은 파고다 공원 뒷문 가까이 있는 점집이다.

4 숙부가 피검된 이유는 대종교 사건 관련 때문이다.

5 '모루히네 중독 치료소'는 총독부에서 멀지 않은 필운동에 있다.

6 약장수가 '두꺼비 기름'을 팔 때 황 진사는 함께 있었는데, 그 장소는 필운동이다.

7 황 진사는 돈이 없어 밥을 굶는 때가 많은데 때로는 굶주림을 숙부 집에서 해결했다.

8 숙부가 서대문 형무소에 수감되었을 때 '나'는 숙모를 모시고 면회 갔다.

9 홀아비 황 진사는 숙모가 중매하려 한 여자가 과부라는 이유로 거절했다.

10 '관관저구 재하지주 요조숙녀 군자호구'라는 한시는 『주역』에 나온다.

# 05 사랑손님과 어머니

주요섭

## 주요섭은
## 어떤 작가인가?

주요섭(1902~1972)의 호는 여심(餘心)이다. 평양에서 태어났다. 1918년 평양의 숭실중학교 3학년 때 아버지를 따라 일본으로 건너가 공부하였다. 1919년 3·1운동이 일어나자 귀국하여 김동인과 함께 지하신문을 발간하다가 출판법 위반으로 10개월의 형을 받았다. 1920년 중국으로 가 1927년 후장대학 교육학과를 졸업, 1928년 미국으로 건너가 스탠포드대학원에서 교육심리학을 전공한 뒤 1929년 귀국하였다. 1934년 중국의 베이징 푸렌대학 교수가 되었으나 1943년 일본에 협조하지 않는다는 이유로 추방령을 받아 귀국하였다. 이후 1953년부터 경희대학교 교수로 재직하였다. 대표작으로 「사랑손님과 어머니」, 「아네모네의 마담」, 「추물」 등이 있다.

## 05 사랑손님과 어머니

❶나는 금년 여섯 살 난 처녀애입니다. 내 이름은 박옥희이고요 우리 집 식구라고는 세상에서 제일 이쁜 우리 어머니와 나와 단 두 식구뿐이랍니다. 아차, 큰일 날 뻔했군! 외삼촌을 빼놓을 뻔했으니.

지금 중학교에 다니는 외삼촌은 어디를 그렇게 **싸돌아다니는지**, 집에는 **끼니때**나 외에는 별로 붙어 있지 않으니까 어떤 때는 한 주일씩 가도 외삼촌 **코빼기**도 못 보는 때가 많으니까요. 깜박 잊기도 **예사**지요, 무얼.

우리 어머니는 그야말로 세상에서 둘도 없이 곱게 생긴 ❷우리 어머니는 금년 나이 스물세 살인데 **과부**랍니다. 과부가 무엇인지 나는 잘 몰라도, 하여튼 **동리** 사람들이 나더러는 '과부의 딸'이라고들 부르니까, 우리 어머니가 과부인 줄을 알지요. 남들은 다 아버지가 있는데, 나만은 아버지가 없지요. 아버지가 없다고 아마 '과부 딸'이라나 봐요.

- 싸돌아다니다 : 여기저기를 마구 돌아다니다
- 끼니때 : 아침, 점심, 저녁과 같이 날마다 일정한 시간에 밥 먹을 때
- 코빼기 : '코'의 속어(속어=통속적으로 쓰는 저속한 말)
- 예사 : 보통 있는 일
- 과부 : 남편을 잃고 혼자 사는 여성
- 동리 : 동네

창의적 읽기

### ❶에 시점을 알려주는 어휘가 있나?

'나'가 시점을 알려준다. 1인칭 소설이다.

### ❶은 누가 누구에게 말하는 걸까?

화자는 '나'이고 청자는 독자다. 종결어미 '~입니다'는 구어체임을 보여준다.

### ❶의 '나'를 어떻게 이해해야 해?

'나'는 인물이면서 서술자다.

### ❶에 이상한 표현이 있지?

'여섯 살 난 처녀애'라는 표현이 이상하다. '여섯 살'과 '처녀'가 동일 인물을 가리키는 것은 모순이다. 이렇게 두 단어가 모순을 일으키는 표현을 모순형용 또는 역설이라 한다.

### 옥희는 왜 자기를 '여섯 살 난 처녀애'라 하지?

옥희는 '처녀'가 무슨 뜻인지 모르고 사용하고 있다.

### ❷에서 '옥희 엄마' 나이가 23세야?

교과서에 실린 이 소설의 옥희 엄마는 24세로 나오지만 그것은 교과서 편찬자들이 수정한 것이다. 주요섭이 이 작품을 발표한 〈조광〉에는 23세로 나온다.

### 그렇다면 옥희 엄마는 16세에 결혼한 거야?

조선의 결혼 제도는 조혼이었다. 조선총독부 통계에 따르면, 1925년 조선 여성의 결혼 평균 연령은 16.7세였다.

* 조혼 : 어린 나이에 결혼함

외할머니 말씀을 들으면, ❶우리 아버지는 내가 이 세상에 나오기 한 달 전에 돌아가셨대요. 우리 어머니하고 결혼한 지는 일 년 만이고요. ❷우리 아버지의 **본집**은 어디 멀리 있는데, 마침 이 동리 학교에 교사로 오게 되기 때문에, 결혼 후에도 우리 어머니는 시집으로 가지 않고 여기 이 집을 사고 (바로 이 집은 우리 외할머니 댁 뒷집이지요) 여기서 살다가 일 년이 못 되어 갑자기 죽었대요. 내가 세상에 나오기도 전에 아버지는 돌아가셨다니까, 나는 아버지 얼굴도 못 뵈었지요. 그러니 아무리 생각해 보아도 아버지 생각은 안 나요. 아버지 사진이라는 사진은 나도 한두 번 보았지요. 참말로 훌륭한 얼굴이야요. 그 아버지가 살아 계시다면 참말로 세상에서 제일가는 잘난 아버지일 거야요. 그런 아버지를 뵙지도 못한 것은 참으로 분한 일이야요. 그 사진도 본 지가 퍽 오래되었는데, ❸이전에는 그 사진을 어머니 책상에 놓아 두시더니 외할머니가 오시면 오실 때마다 그 사진을 치우라고 늘 말씀을 하셨는데, 지금은 그 사진이 어데 있는지 없어졌어요. 언젠가 한번 어머니가 나 없는 동안에 몰래 장롱 속에서 무엇을 꺼내 보시다가 내가 들어오니까 얼른 장롱 속에 감추는 것을 내가 보았는데, 그것이 아마 아버지 사진인 것 같았어요.

아버지가 돌아가시기 전에 우리가 ❹먹고 살 것이나 남겨 놓고 가셨대요. 작년 여름에, 아니로군, 가을이 다 되어서군요. 하루는 어머니를 따라서 저 여기서 한 십 리나 가서 조그만 산이 있는 데를 가서 거기서 밤도 따 먹고, 또 그 산 밑에 초가집에 가서 닭고깃국을 먹고 왔는데, 거기 있는 땅이 우리 땅이래요. 거기서 나는 **추수**로 ❺밥이나 굶지 않게 된대요. 그래도 반찬 사고 과자 사고 할 돈은 없대요. 그래서 어머니가 다른 사람의 바느질을 맡아서 해주지요. 바느질을 해서 돈을 벌어서, **청어**도 사고 달걀도 사고 내가 먹을 사탕도 사고 한다고요.

• 본집 : 따로 살림을 나기 이전의 집. 본가
• 추수 : 가을에 익은 곡식을 거두어들임
• 청어 : 청어과에 속하는 바닷물고기. 등 쪽은 푸른빛, 배 쪽은 은백색

창의적 읽기

### ❶의 '나'를 가리키는 어휘가 있지?

'유복자'다. 딸이므로 '나 = 유복녀'다.

* 유복녀 : 태어나기 전에 아버지를 여읜 딸

### ❷가 '나'의 엄마에게는 뭐지?

'시댁 = 시집'이다.

* 시댁 : 남편의 부모가 사는 집을 높여 이르는 말

### ❸을 어떻게 이해해야 해?

사진을 둘러싼 갈등이 있음을 독자가 추리할 수 있다.

• 외할머니의 입장 : 사진을 없애야 한다
• 어머니의 입장 : 사진을 없앨 수 없다

옥희 엄마는 자기 어머니의 입장을 무시할 수 없어 사진을 공개적으로 두는 것은 피하되 숨겨 두고 본다.

### ❸에서 표현된 '외할머니' 입장은 무얼까?

딸이 재혼하기를 바라고 있다.

### ❹는 뭐지?

유산이다.

* 유산 : 죽은 사람이 남겨 놓은 재산

### ❺는 먹는 '밥'을 말하는 건가?

'밥' 은 대유법이다. 의식주에서의 '식'을 뜻한다. '밥'이라는 부분으로 '식'이라는 전체를 의미하므로 대유법이다.

그리고 우리 집 정말 식구는 어머니와 나와 단 둘인데, 아버님이 계시던 ❶사랑방이 비어 있으니 그 방도 쓸 겸, 또 어머니의 **잔심부름**도 좀 해 줄 겸 해서 우리 외삼촌이 사랑방에 와 있게 되었대요.

금년 봄에는 나를 유치원에 보내 준다고 해서, 나도 너무나 좋아서 동무아이들한테 실컷 자랑을 하고 나서 집으로 돌아오노라니까, 사랑에서 큰외삼촌이(우리 집 사랑에 와 있는 외삼촌의 형님) 웬 한 낯선 사람 하나와 앉아 이야기를 하고 있습니다. 나를 보더니,

"옥희야." 하고 부르겠지요. "옥희야, 이리 온. 와서 아저씨께 인사드려라."

나는 부끄러워서 **비슬비슬**하니까 그 낯선 손님이,

"아, 그 애기 참 곱다. 자네 조카딸인가?"

"응, 내 누이의 딸……. 경선 군의 **유복녀 외딸**일세."

"옥희 이리 온, 응! 그 눈은 꼭 **정** 아버지를 닮았네그려." 하고 낯선 사람이 말합니다.

"자, 옥희야. 커—단 처녀가 왜 저 모양이야. 어서 와서 이 아저씨께 인사해여. 너의 아버지의 옛날 친구이다. 또 인제부터는 이 사랑에 계실 터인데 인사 여쭙고 친해 두어야지."

나는 이 낯선 손님이 사랑에 계시게 된다는 말을 듣고 갑자기 즐거워졌습니다. 그래서 그 아저씨 앞에 가서 **사붓이** 절을 하고는 그만 안마당으로 뛰어 들어왔지요. 그 아저씨와 큰외삼촌은 소리를 내서 크게 웃더군요.

나는 안방으로 들어오는 나름으로 어머니를 붙들고,

"어머니, 사랑에 큰외삼촌이 아저씨를 하나 데리고 왔는데 그 아저씨가 이제 사랑에 있는대." 하고 **법석**을 하니까,

"응, 그래." 하고, 어머니는 벌써 안다는 듯이 대답을 하더군요.

"언제부텀 와 있나?"

"오늘부텀."

"애구 좋아." 하고 내가 손뼉을 치니까, 어머니는 내 손을 꼭 잡으면서,

"왜 이리 **수선**이야."

"그럼 작은외삼촌은 어디루 가구?"

"외삼촌도 사랑에 있지."

"그럼 둘이 있나?"

"응."

"한방에 둘이 있어?"

"왜, **장지문** 닫구 외삼촌은 아랫방에 계시구, 그 아저씨는 윗방에 계시구, 그러지."

- 잔심부름 : 여러 가지 자질구레한 심부름
- 비슬비슬 : 힘없이 자꾸 비틀거리는 모양
- 유복녀 : 태어나기 전에 아버지를 여읜 딸
- 외딸 : 다른 자식 없이 단 하나뿐인 딸
- 정 : 정말
- 사붓이 : 소리가 거의 나지 않을 정도로 발을 가볍게 얼른 내디디는 소리나 그 모양
- 법석 : 소란스럽게 떠드는 모양(소란=야단법석)
- 수선 : 사람의 정신을 어지럽게 만드는 부산한 말이나 행동
- 장지문 : 방과 방 사이, 또는 방과 마루 사이에 칸을 막아 끼우는 문

창의적 읽기

### ❶이 뭐야?

조선의 전통 한옥은 안채 · 바깥채(사랑채 · 행랑채)로 구성된다. '안채 = 여성 공간'이고, '사랑채 = 남성 공간'이다. 행랑채는 대문 가까운 곳에 있지만, 없는 경우도 있다. 옥희네 집도 행랑채가 없다.

### 사랑방의 용도는 뭐지?

사랑방은 조선 시대의 가부장이 생활하는 공간이다. 이곳은 독서·사색·자녀 교육, 또는 손님과 대화하는 장소이기도 하다.

나는 그 아저씨가 어떠한 사람인지는 몰랐으나, 내게는 퍽 고맙게 굴고, 또 ❶나도 그 아저씨가 꼭 마음에 들었어요. 어른들이 저희끼리 말하는 것을 들으니까, 그 아저씨는 돌아가신 우리 아버지와 어렸을 적 친구라고요. **어디 먼 데** 가서 공부를 하다가 요새 돌아왔는데, 우리 동리 학교 교사로 오게 되었대요. 또 우리 큰외삼촌과도 친구인데, 이 동리에는 하숙도 별로 깨끗한 곳이 없고 해서 ❷우리 사랑으로 와 계시게 되었다고요. 또 우리도 그 아저씨에게서 밥값을 받으면 살림에 보탬도 좀 되고 한다고요.

그 아저씨는 그림책들이 얼마든지 있어요. 내가 사랑에 가면 그 아저씨는 나를 무릎에 앉히고 그림책들을 보여 줍니다. 또 가끔 사탕도 주고요. 어느 날은 점심을 먹고 살그머니 사랑에 나가 보니까, 아저씨는 그때에야 점심을 잡수어요. 그래 가만히 앉아서 점심 잡숫는 걸 구경하고 있노라니까 아저씨가,

"옥희는 어떤 반찬을 제일 좋아하나?"

하고 묻겠지요. 그래 삶은 달걀을 좋아한다고 했더니, 마침 상에 놓인 삶은 달걀을 한 알 집어 주면서 나더러 먹으라고 합디다. 나는 그 달걀을 벗겨 먹으면서,

"아저씨는 무슨 반찬이 제일 맛나우?"

하고 물으니까, 그는 ❸한참이나 빙그레 웃고 있더니,

"나두 삶은 달걀."

하겠지요. 나는 좋아서 손뼉을 짤깍짤깍 치고,

"아, 나와 같네. 그럼, 가서 어머니한테 알려야지."

하면서 일어서니까 아저씨가 꼭 붙들면서,

"그러지 말어."

그러시지요. 그래도 나는 한번 맘을 먹은 다음엔 꼭 그대로 하고야 마는 성미지요. 그래 안마당으로 뛰쳐 들어서면서,

"어머니, 어머니, 사랑 아저씨두 나처럼 삶은 달걀을 제일 좋아한대."

하고, 소리를 질렀지요.

"떠들지 말어."

하고, 어머니는 눈을 흘기십니다.

그러나 사랑 아저씨가 달걀을 좋아하는 것이 내게는 썩 좋게 되었어요. 그다음부터는 어머니가 달걀을 많이씩 사게 되었으니까요. 달걀 장수 **노친네**가 오면, 한꺼번에 열 알도 사고 스무 알도 사고, 그래선 삶아서 아저씨 상에도 놓고, 또 으레 나도 한 알씩 주고 그래요. 그뿐 아니라 아저씨한테 놀러 나가면, 가끔 아저씨가 책상 서랍 속에서 달걀을 한두 알 꺼내서 먹으라고 주지요. 그래 그담부터는 나는 아주 실컷 달걀을 많이 먹었어요.

• 어디 먼데 : 외국을 가리킴

• 노친네 : '노인'을 낮잡아 이르는 말

창의적 읽기

### ❶을 어떻게 읽어야 하지?

'아저씨'에 대한 '나'의 태도다. '호감'을 뜻한다.

### 이 소설의 배경은?

이 소설의 배경은 구체적이지 않다. 시간적 배경은 계절만 나온다. 공간적 배경은 '우리 동리'일 뿐이다. 도시는 아니지만 농촌이라고 말하기도 어렵다. 일제 강점기를 가리키는 직접적 표현은 물론 간접적인 암시도 없다.

### ❷를 어떻게 이해해야 해?

'❷ = 전통적인 남녀 관계가 깨어진 시대'에 대한 형상화다. 사랑채 또는 사랑방은 전통적으로 가부장, 곧 집안의 가장인 남편의 거처였다. 여기에 남편 아닌 남자가 거처한다는 것은 구시대인 조선에서는 있을 수 없는 일이었다. 하지만 여기에는 다음과 같은 명분과 실제가 있다.

- 명분 : 밥값을 받으면 살림에 보탬이 된다.
- 실제 : 여동생의 재혼을 희망하고 있다.

### ❸에서 알 수 있는 의미가 있지?

아저씨는 자기가 좋아하는 음식을 곧바로 이야기하지 않고 옥희가 좋아하는 음식을 말하려 한다. '한참이나 = 옥희에 대한 배려'다.

나는 아저씨가 아주 좋았어요마는 외삼촌은 가끔 툴툴하는 때가 있었어요. 아마 아저씨가 마음에 안 드나 봐요. 아니, 그것보다도 아저씨 상 심부름을 꼭 외삼촌이 하니까, 그것이 하기 싫어서 그랬겠지요. 한번은 어머니와 외삼촌이 말다툼하는 것을 내 들었어요. 어머니가,

"야, 또 어데 나가지 말고 사랑에 있다가 선생님 들어오시거든 상 내가야지."

하고 말씀하시니까, 외삼촌은 얼굴을 찡그리면서,

"제길, 남 어데 좀 볼일이 있는 날은 반듯이 끼니때에 안 들어오고 늦어지니."

하고 **툴툴**하겠지요. 그러니까 어머니는,

"그러니 어짜갔니? 너밖에 사랑 출입할 사람이 어데 있니?"

"누님이 좀 상 들구 나가구려. ❶요새 세상에 **내외**하십니까!"

어머니는 갑자기 얼굴이 빨개지시고, 아무 대답도 없이 그냥 외삼촌에게 향하여 눈을 흘기셨습니다. 그러니까 외삼촌은 웃으면서 사랑으로 나갔지요.

4

나는 유치원에 가서 **창가**도 배우고 댄스도 배우고 하였습니다. 유치원 여선생님이 풍금을 아주 썩 잘 타요. 그런데 우리 유치원에 있는 풍금은 예배당에 있는 풍금과는 다른데, 퍽 조그마한 것이지마는 소리는 썩 좋아요. 그런데 우리 집 **윗간**에도 유치원 풍금과 꼭 같이 생긴 것이 놓여 있는 것이 갑자기 생각이 났어요. 그래 그날 나는 집으로 오는 길로 어머니를 끌고 윗간으로 가서,

"엄마, 이거 풍금 아니우?"

하고 물으니까, 어머니는 빙그레 웃으시면서,

"그렇다. 그건 어떻게 알았니?"

"우리 유치원에 있는 풍금이 이것과 꼭 같아. 그럼, 어머니두 풍금 탈 줄 아우?"

하고, 나는 다시 물었습니다. 그것은 내가 이때껏 한 번도 어머니가 이 풍금 앞에 앉은 것을 본 일이 없기 때문입니다.

어머니는 아무 대답도 아니하십니다.

• 툴툴 : 마음에 차지 아니하여서 몹시 투덜거리는 모양
• 내외 : 남의 남녀 사이에 서로 얼굴을 마주 대하지 않고 피함
• 창가 : 갑오개혁 이후에 발생한 근대 음악 형식의 하나. 서양 악곡의 형식을 빌려 지은 간단한 노래
• 윗간 : 온돌방에서 아궁이 쪽으로 먼 부분이고 굴뚝과는 가까운 곳

창의적 읽기

### ❶의 '내외하다'가 뭐지?

조선 사회는 여성의 행실을 규제했다. 오륜의 하나인 '부부유별'이 대표적인 규제인데, 이를 내외법이라 한다. 내외법에 따르면, 아내는 안채에 거주하고 남편은 사랑채에 거주한다. 여성은 '내사 = 집안 일'을 담당하며 남성은 '외사'를 담당한다. '외사'란 학문과 정치 참여이므로 조선 시대 여성에게는 이것이 허락되지 않았다.

### ❶의 '요새 세상'은 언제일까?

세 가지 어휘로 추리할 수 있다.

• 내외하다 : '내외법'이 깨진 것으로 보아 개화기 이후다.
• 창가 : 유치원에서 '창가'를 가르치는 것으로 보아 개화기 이후다.
• 풍금 : 유치원에서 '풍금'을 사용하는 것으로 보아 개화기 이후다.

* 개화기 : 1894년 갑오개혁 이후를 말한다.

### '내외하다'에 대한 작가 주요섭의 견해는 어떤 것이었을까?

1920~30년대는 유교적 '일부종사'에 대한 생각과 서구적 자유 연애에 대한 생각이 공존했다. 주요섭은 이 중 서구적 자유 연애를 지지한 인물이다. 주요섭은 「학생풍기문란론」이라는 글에서 "남녀 교제에 대한 정당한 지도와 기회 제공이 필요하다"라고 주장했다.

### '내외하다'에 대한 '어머니'의 태도는 어떻지?

"너밖에 사랑 출입할 사람이 어데 있니?"에서 짐작할 수 있다. '어머니'는 '내외하다'를 지키려 한다.

"어머니 이 풍금 좀 타 봐!"

하고 재촉하니까, 어머니 얼굴은 약간 흐려지면서,

"그 풍금은 너의 아버지가 날 사다 주신 거란다. ❶너의 아버지 돌아가신 후에는 그 풍금은 이때까지 뚜껑도 한번 안 열어 보았다……."

이렇게 말씀하시는 어머니 얼굴을 보니까 금방 또 **울음보**가 터질 것 같이만 보여서 그만,

"엄마, 나 사탕 주어."

하면서 아랫방으로 끌고 내려왔습니다.

❷아저씨가 사랑에 와 계신 지 벌써 여러 밤을 잔 뒤입니다. 아마 한 달이나 되었지요. 나는 거의 매일 아저씨 방에 놀러 갔습니다. 어머니는 가끔 그렇게 가서 귀찮게 굴면 못쓴다고 꾸지람을 하시지만, 정말인즉 나는 조금도 아저씨를 귀찮게 굴지는 않았습니다. ❸도리어 아저씨가 나를 귀찮게 굴었지요.

"옥희 눈은 아버지를 닮았다. 그러나 고 고운 코는 아마 어머니를 닮았지, 고 입하고. 그러냐, 안 그러냐? ❹어머니도 옥희처럼 곱지? ……."

이렇게 여러 가지로 물을 때도 있습니다. 그래 나는,

"아저씨, **입때** 우리 어머니 못 만나 보았수?"

하고 물었더니, 아저씨는 잠잠합니다.

"우리 어머니 보러 들어갈까?"

하면서 아저씨 소매를 잡아당겼더니, 아저씨는 펄쩍 뛰면서,

"아니, 아니, 안 돼. 난 지금 **분주**해서."

하면서 나를 잡아끌었습니다. 그러나 정말로 무슨 그리 분주하지도 않은 모양이었어요. 그러기에 나더러 가란 말도 아니하고 그냥 나를 붙들고 머리도 쓰다듬고 뺨에 키스도 하고,

"요 저고리 누가 해주디? ……밤에 엄마하구 한자리에서 자니?"

라는 둥 쓸데없는 말을 자꾸만 물었지요.

• 울음보 : 참다못하여 터뜨린 울음을 비유적으로 이르는 말
• 입때 : 여태. 이 작품이 실린 〈조광〉에는 '아직'으로 표기되어 있음
• 분주 : 몹시 바쁘게 뛰어다님

창의적 읽기

## ❶이 의미하는 게 뭐지?

'풍금 = 남편을 생각나게 하는 물건'이다. 풍금을 자물쇠로 채워둔 지 6년이 되었다는 것은 아직도 죽은 남편을 잊지 못하고 있다는 뜻이다.

## 풍금이 우리나라에 들어온 것은 언제일까?

1885년 선교사들이 가지고 와 주로 교회에서 사용되었다. 학교와 유치원에서 풍금이 공식적으로 사용된 것은 1910년이다. 기독교 계열 학교에서 찬송가를 부르는 것을 총독부가 허용했으므로 풍금이 필요했다.

## 우리나라에서 최초로 풍금을 연주한 사람은 누굴까?

선교사 헨리 아펜젤러다. 그가 우리나라에 들어올 때 풍금을 가져왔다. 1885년 7월 7일 증기선에 실린 풍금이 제물포에 도착하자 아펜젤러는 그 자리에서 찬송가를 연주했다. 연주곡은 찬송가 '만복의 근원 하나님'이었다.

## ❷를 어떻게 읽어야 해?

이 소설이 순행적인 전개임을 알려주는 정보다. '여러 날·한 달'은 빠른 전개 속도를 가리키는 표지다.

* 순행적 : 시간의 흐름이 순서대로 나아감

## ❸을 어떻게 읽어야 해?

'화자의 한계'다. 옥희는 6세이므로 사태 파악을 하지 못하여 무지·의문·오해 등이 나타난다.

## ❹를 어떻게 읽어야 해?

❹도 화자의 한계다. ❹는 '나(옥희)'에게 질문한 것이 아니다. 그것은 옥희 엄마에 대한 사랑손님의 관심이다. 옥희의 오해다.

그러나 웬일인지 나를 그렇게 **귀애해** 주던 아저씨도 아랫방에 외삼촌이 들어오면 갑자기 태도가 달라지지요. 이것저것 묻지도 않고, 나를 꼭 껴안지도 않고 점잖게 앉아서 그림책이나 보여 주고 그러지요. ❶아마 아저씨가 우리 외삼촌을 무서워하나 봐요.

하여튼 어머니는 나더러 너무 아저씨를 귀찮게 한다고, 어떤 때는 저녁 먹고 나서 나를 꼭 방 안에 가두어 두고 못 나가게 하는 때도 더러 있었습니다. 그러나 조금 있다가 어머니가 바느질에 정신이 팔리어 **골몰**하고 있을 때 몰래 가만히 일어나서 나오지요. 그런 때에는 어머니가 문 여는 소리를 듣고야 파딱 정신을 차려서 쫓아와 나를 붙들지요. 그러나 그런 때는 어머니는 **골**은 아니 내시고,

"이리 온, 이리 와서 머리 빗고."

하고, 끌어다가 머리를 다시 곱게 땋아 주어요.

"머리를 곱게 땋고 가야지. 그렇게 **되는대루** 하구 가문 아저씨가 **숭** 보시지."

하시면서. 또 어떤 때에는 머리를 다 땋아 주시고는,

"응, 저고리가 이게 무어냐?"

하시면서, 새 저고리를 내어 주시는 때도 있었습니다.

5

❷어떤 토요일 오후였습니다. 아저씨는 나더러 뒷동산에 올라가자고 하셨습니다. 나는 너무나 좋아서 곧 가자고 하니까,

"들어가서 어머니께 허락 맡고 온."

하십니다. 참 그렇습니다. 나는 뛰쳐 들어가서 어머니께 허락을 맡았습니다. 어머니는 내 얼굴을 다시 세수시켜 주고 머리도 다시 땋고, 그리고 나서 나를 **아스러지도록** 한 번 몹시 껴안았다가 놓아 주었습니다.

❸"너무 오래 있지 말고, 응."

하고 어머니는 크게 소리치셨습니다. 아마 사랑 아저씨도 그 소리를 들었을 거야요.

뒷동산에 올라가서 정거장을 한참 내려다보았으나, 기차는 안 지나갔습니다. 나는 풀잎을 쭉쭉 뽑아 보기도 하고 땅에 누운 아저씨의 다리를 가서 꼬집어 보기도 하면서 놀았습니다. 한참 후에 아저씨가 손목을 잡고 내려오는데 유치원 동무들을 만났습니다.

"옥희가 아빠하구 어디 갔다 온다잉."

하고, 한 동무가 말합니다. 그 아이는 우리 아버지가 돌아가신 줄을 모르는 아이였습니다. 나는 얼굴이 빨개졌습니다. 그때 나는 얼마나 이 아저씨가 정말 우리 아버지였더라면 하고 생각했는지 모릅니다. 나는 정말로 한 번만이라도,

"아빠!"

하고 불러 보고 싶었습니다. 그리고 그날 그렇게 아저씨하고 손목을 잡고 골목 골목을 지나오는 것이 어찌도 재미가 좋았는지요.

- 귀애하다 : 귀엽게 여겨 사랑하다
- 골몰 : 다른 생각을 할 여유도 없이 한 가지 일에만 파묻힘
- 골 : 비위에 거슬리거나 언짢은 일을 당하여 벌컥 내는 화
- 되는대루 : 되는대로, 아무렇게나 함부로
- 숭 : '흉'의 방언(=남에게 비웃음을 살 만한 거리)
- 아스러지다 : 덩어리가 깨어져 조각조각 바스러지다

창의적 읽기

### ❶을 어떻게 읽어야 해?

화자는 자기와 자기 주변에서 일어나는 일을 제대로 이해하지 못하고 있다. 6세라는 나이에서 발생하는 한계다. 따라서 이 소설의 화자 '나'는 신빙성 없는 화자다.

* 신빙성 없는 : 믿을 수 없는

### ❷를 어떻게 읽어야 하지?

구체적이지 않은 시간 배경이다. '어떤' 때문에 이 소설에서의 시간적 배경은 모호해진다.

### ❸의 '진짜 청자'는 누구야?

'아저씨'다. "사랑 아저씨도 그 소리를 들었을 거야요"에서 추리할 수 있다. '어머니'와 '아저씨'는 옥희를 매개로 간접적인 대화를 나누고 있다. '옥희 = 매개자'다.

나는 대문까지 와서,

"난 아저씨가 우리 아빠라면 좋겠드라."

하고 불쑥 말했습니다. 그랬더니 아저씨는 얼굴이 홍당무처럼 빨개져서 나를 흔들면서,

"그런 소리 하면 못써."

하고 속삭이는데, 그 목소리가 몹시도 떨렸습니다. ❶나는 아저씨가 **성**이 난 것같이만 생각되어서 아무 말도 못 하고 안으로 들어갔습니다. 어머니가,

"어데까지 갔던?"

하고 나와 안으며 묻는데, 나는 대답도 못 하고 그만 **쿨쩍쿨쩍** 울었습니다. 어머니는 놀라서,

"옥희야, 왜 그러니? 응?"

하고 자꾸만 물었으나, 나는 아무 대답도 못 하고 울었습니다.

6

이튿날은 일요일인 **고로**, 나는 어머니와 함께 **예배당**에를 가려고 차리고 나서, 어머니가 옷을 갈아입는 동안 잠깐 사랑에를 나가 보았습니다. 아저씨가 성이 났나 하고 가만히 방 안을 들여다보았더니, 책상에 앉아 무엇을 쓰고 있던 아저씨가 내다보면서 빙그레 웃었습니다. 그 웃음을 보고 나는 마음을 놓았습니다. 아저씨는 지금은 성 내지 않는 것이 확실하니까요. 아저씨는 내 온몸을 이리 보고 저리 보고 훑어보더니,

"옥희 오늘 어디 가나, 저렇게 곱게 **채리고**?"

하고 묻습니다.

"엄마하고 예배당에 가."

"예배당에?"

하고 나서, 아저씨는 잠시 나를 멍하니 바라다보더니,

"어느 예배당에?"

하고 묻습니다.

"요 앞에 예배당에 가지, 뭐."

"응, 요 앞이라니?"

이때 안에서,

"옥희야."

하고 부드럽게 부르는 어머니 목소리가 들렸습니다. 나는 얼른 안으로 뛰어 들어오면서 돌아다보니 아저씨는 또 얼굴이 빨갛게 성이 났지요. ❷참으로 무슨 일로 요새는 아저씨가 저렇게 성을 잘 내는지 알 수 없었습니다.

- 성 : 노엽거나 언짢게 여겨 일어나는 불쾌한 감정
- 쿨쩍쿨쩍 : 눈물을 조금씩 흘리며 작은 소리로 잇따라 우는 모양
- 고로 : 까닭에
- 예배당 : '교회'를 가리키는 예전의 표현
- 채리다 : '차리다'의 방언(= 마땅히 해야 할 도리, 법식 따위를 갖추다)

창의적 읽기

**❶을 어떻게 읽어야 해?**

상황에 대해 화자가 이해하는 데 한계가 있음을 짐작하게 하는 서술이다.

**'아저씨'의 심리를 알게 하는 간접적인 표현이 있지?**

두 가지 있다.
- 얼굴이 홍당무처럼 빨개져서 : '당황'이다.
- 얼굴이 빨갛게 성이 났지요 : '당황'이다.

**❷와 같은 표현이 갖는 효과는 뭐야?**

낯설게 하기 효과다. '아저씨 = 속마음을 들킬까 봐 당황함'이 사태 파악에 한계가 있는 옥희의 시선에서 바라본 '아저씨 = 성을 냄'으로 표현함으로써 미학적 효과가 나타나고 있다.

예배당에 가 앉아서 찬미하고 기도하다가 기도하는 중간에 갑자기 나는 '혹시 아저씨도 예배당에나 오지 않았나?' 하는 생각이 나서 ❶눈을 뜨고 고개를 들어 남자석을 바라다보았습니다. 그랬더니 하, 바로 거기 아저씨가 와 앉아 있겠지요. 그런데 어른이 눈 감고 기도하지 않고, 우리 아이들처럼 눈을 뜨고 여기저기 두리번두리번 바라봅니다. 나는 얼른 아저씨를 알아보았는데 아저씨는 나를 못 알아보았는지, 내가 방그레 웃어 보여도 웃지 않고 **멀거니** 보고 있겠지요. 그래 나는 손을 들어 흔들었지요. 그러니까 아저씨는 얼른 고개를 숙이고 말더군요. 그때에 어머니가 내가 팔을 흔드는 것을 깨닫고 두 손으로 나를 붙들고 끌어당기더군요. 나는 어머니 귀에다 입을 대고,

"저기 아저씨두 왔어."

하고 속삭이니까, 어머니는 **흠칫하면서** 내 입을 손으로 막고 막 끌어잡아다가 앞에 앉히고 고개를 누르더군요. 보니까 어머니가 또 얼굴이 홍당무처럼 빨개졌겠지요.

그날 예배는 아주 **젬병**이었어요. ❷웬일인지, 예배 끝날 때까지 어머니는 성이 나서 **강대**만 앞으로 바라보고 앉았지, 이전 모양으로 가끔 나를 내려다보고 웃는 일이 없었어요. 그리고 아저씨를 보려고 남자석을 바라다보아도 아저씨도 한 번도 바라다보아 주지 않고 성이 나서 앉아 있고, 어머니는 나를 보지도 않고 공연히 꽉꽉 잡아당기지요. 왜 모두들 그리 성이 났는지. 나는 그만 으아 하고 한번 울고 싶었어요. 그러나 바로 멀지 않은 곳에 우리 유치원 선생님이 앉아 있는 고로 울고 싶은 것을 억지로 참았답니다.

내가 처음 얼마 동안은 유치원에 갈 때나 올 때나 외삼촌이 바라다 주었습니다. 그러나 여러 밤을 자고 난 뒤에는 나 혼자도 **넉넉히** 다니게 되었어요. 그러나 언제나 내가 유치원에서 돌아오는 때이면 어머니가 옆대문(❸우리 집에는 대문이 사랑대문과 옆대문 둘이 있어서 어머니는 늘 이 옆 대문으로만 출입하시는 것이었습니다) 밖에 기다리고 섰다가 내가 **달음질**쳐

가면, 안고 집안으로 들어가곤 하는 것이었습니다.

• 멀거니 : 정신없이 물끄러미 보고 있는 모양
• 흠칫하다 : 몸을 움츠리며 갑작스럽게 놀라다
• 젬병 : '형편없음'을 속되게 이르는 말
• 강대 : 책 따위를 올려놓고 강의나 설교를 할 수 있도록 만든 도구
• 넉넉히 : 가능성 따위가 충분하게
• 달음질 : 달음박질, 뜀박질, 달리기

창의적 읽기

**❶의 예배당에 왜 남자석 · 여자석 구별이 있을까?**

선교사들이 세운 초기 교회에서는, 조선에 남녀가 내외하는 관습이 있음을 배려하여 예배 중 서로 바라보지 못하도록 'ㄱ'자 형으로 칸을 나누거나 커튼으로 사용하여 시선을 차단했다. 옥희가 다니는 예배당에 커튼이 없는 것은 시대적 배경이 언제인지 짐작하게 한다.

**❷를 어떻게 이해해야 해?**

'엄마의 행동 = 내외하다'인데, 화자는 이해에 한계가 있으므로 ❷로 표현하고 있다.

**❸을 어떻게 읽어야 해?**

옥희 엄마는 신여성인데도 조선 한옥의 대문 출입에 '내외하다'에 해당하는 관습을 지키고 있다.

**❸의 '옆대문 · 사랑대문'이 뭐야?**

전통 한옥에서 '안채 = 여성 공간'이고 '사랑채 = 남성 공간'이다. 옥희는 '안채의 문 = 옆대문'이라 부르고, '사랑채의 문 = 사랑대문'이라 부르고 있다. 옆 대문은 '협문 = 좁은문'이고, 사랑 대문은 '대문 = 큰문'이다.

**'옆대문 = 협문 = 좁은문 = 여성 출입문'을 오늘날의 관점에서 어떻게 읽을 수 있어?**

전통 한옥은 남녀 불평등 사고가 반영되어 있는 건축물임을 보여준다.

그런데 하루는 어쩐 일인지 어머니가 보이지를 않겠지요. 어떻게도 화가 나던지요. 물론 머릿속으로는 '아마 외할머니 댁에 가셨나 부다.' 하고 생각했지마는, 하여튼 내가 돌아왔는데 **문간**에서 기다리지 않고 집을 떠났다는 것이 몹시 나쁘게 생각이 되더군요. 그래서 속으로 '오늘 엄마를 좀 골려야겠다.' 하고 생각하고 있는데 옆대문 밖에서,

"아이고, 얘가 원 벌써 왔나?"

하는 어머니 목소리가 들리더군요. 그 순간 나는 신을 벗어 들고 안방으로 뛰어 들어가서 벽장을 열고, 그 속에 가 들어가서 숨어 버렸습니다.

"옥희야, 옥희 너 아직 안 왔니?"

하는 어머니 목소리가 바로 뜰에서 나더니,

"아직 안 왔군."

하면서 밖으로 나가는 모양이었습니다. 나는 재미가 나서 혼자 흐훙흐훙 웃었습니다.

한참을 있더니 집에서는 온통 야단이 났습니다. 어머니 목소리도 들리고, 외할머니 목소리도 들리고, 외삼촌 목소리도 들리고!

"글쎄 하루 종일 집이라군 안 떠났다가 옥희 유치원에서 오면 멕일 과자가 없기에 어머님 댁에 잠깐 갔다가 왔는데, 고동안에 이런 **변**이 생기다니."

하는 것은 어머니 목소리.

"글쎄 유치원에선 벌써 삼십 분 전에 떠났다든데 원 중간에서……."

하는 것은 외할머니 목소리.

"하여튼 내 나가서 돌아댕겨 볼웨다. 원 고것이 어델 갔담."

하는 것은 외삼촌의 목소리.

• 문간 : 대문 따위의 출입문이 있는 곳
• 변 : 갑자기 생긴 재앙이나 괴이한 일

이윽고 어머니의 울음소리가 가늘게 들렸습니다. 외할머니는 무엇이라고 중얼중얼 이야기하는 모양이었습니다. '이젠 그만하고 나갈까?' 하고도 생각했으나, '지난 주일날 예배당에서 성냈던 **앙갚음**을 해야지.' 하고 나는 그냥 벽장 안에 누워 있었습니다. 벽장 안은 답답하고 더웠습니다. 그래서 이윽고 **부지중에** 슬며시 잠이 들어 버렸습니다.

얼마 동안이나 잤는지요? 이윽고 잠을 깨보니 아까 내가 벽장 안에 들어왔던 것은 잊어버리고, 참 이상스러운 데에 내가 누워 있거든요. 어두컴컴하고 좁고 덥고……. 나는 갑자기 무서운 생각이 나서 엉엉 울기 시작했지요. 그러자 갑자기 어디 가까운 데서 어머니의 외마디 소리가 나더니 벽장문이 벌컥 열리고 어머니가 달려들어 나를 안아 내렸습니다.

"요 망할 것아."

하면서, 어머니는 내 엉덩이를 몇 번 때렸습니다. 나는 더욱더 소리를 내 울었습니다. 어머니는 그때 나를 끌어안고 어머니도 울었습니다.

"옥희야, 옥희야. 응, 인제 괜찮다. 엄마 여기 있지 않니, 응. 울지 마라, 옥희야. 엄마는 옥희 하나문 그뿐이다. 옥희 하나만 바라고 산다. 나는 너 하나문 그뿐이야. 세상 모든 게 다 **일이 없다**. 옥희만 있으면 바라고 산다. 옥희야 울지 마라, 응, 울지 마라."

이렇게 어머니는 나더러 자꾸 울지 말라면서도 어머니 저는 그치지 않고 그냥 울고 있었습니다. 외할머니는,

"원 고것이 도깨비가 들렸단 말인가, 벽장 속엔 왜 숨는담."

하고 앉아 있는 외삼촌은,

"에, **재수나시다**."

하면서 밖으로 나갔습니다.

• 앙갚음 : 남이 저에게 해를 준 대로 저도 그에게 해를 줌
• 부지중에 : 알지 못하는 동안에
• 일이 없다 : '일없다'(= 소용이나 필요가 없다)
• 재수나시다 : '재수없다'는 뜻. '나시다'는 '없다'는 일본말

이튿날 유치원을 파하고 집으로 오게 된 때, 나는 갑자기 어제 벽장 속에 숨었다가 어머니를 몹시 울게 했던 생각이 문득 나서 집으로 가기가 어째 부끄러워졌습니다. '오늘은 어머니를 좀 기쁘게 해 드려야 할 텐데……. 무엇을 갖다 드리면 기뻐할까?' 하고 생각했습니다. 그러자 문득 유치원 안에 선생님 책상 위에 놓여 있던 꽃병 생각이 났습니다. 그 꽃병에는 나는 이름도 모르는 곱고 빨간 꽃이 있었습니다. 그 꽃은 개나리도 아니고, 진달래도 아니었습니다. 그런 꽃은 나도 잘 알고, 또 그런 꽃은 벌써 폈다가 진 후였습니다. 무슨 서양꽃이려니 하고 나는 생각했습니다. 나는 우리 어머니가 꽃을 사랑하는 줄을 잘 압니다. 그래서 그 꽃을 갖다 드리면 어머니가 몹시 기뻐하려니 하고 생각하였습니다.

그래서 나는 도로 유치원 방 안으로 들어갔습니다. 마침 방 안에는 아무도 없었습니다. 선생님도 잠깐 어디를 갔는지 보이지 않았습니다. 그래 나는 그 꽃을 두어 개 얼른 빼들고 달음질쳐 나왔지요.

집에 오니 어머니는 문간에서 기다리고 있다가 나를 안고 들어왔습니다.

"그래 그 꽃은 어데서 났니? 퍽 곱구나."

하고 어머니가 말씀하셨습니다. 갑자기 나는 **말문이 막혔습니다**.

'이걸 어머니 드릴라구 내가 유치원서 가져왔지.' 하고 말하기가 어째 부끄러운 생각이 들었습니다. 그래 잠깐 망설이다가,

"응, 이 꽃! 저 사랑 아저씨가 엄마 갖다 드리라고 줘."

하고 불쑥 말했습니다. 그런 거짓말이 어디서 나왔는지 나도 모르지요.

꽃을 들고 냄새를 맡고 있던 어머니는 내 말이 끝나기가 무섭게 무엇에 몹시 놀란 사람처럼 **화닥닥** 하였습니다. 그리고는 금시에 어머니 얼굴이 그 꽃보다도 더 빨갛게 되었습니다. 그 꽃을 든 어머니 손가락이 파르르 떠는 것을 나는 보았습니다. ❶어머니는 무

슨 무서운 것을 생각하는 듯이 사방을 휘 한번 둘러보시더니,

"옥희야, 그런 걸 받아 오문 안 돼."

하는 목소리는 몹시 떨렸습니다.

나는 꽃을 그처럼 좋아하는 어머니가, 이 꽃을 받고 그처럼 성을 낼 줄은 참으로 뜻밖이었습니다. 그렇게 성을 낸다면 그 꽃을 내가 가져 왔다고 그러지 않고, 아저씨가 주더라고 한 거짓말이 참 잘 되었다고 나는 속으로 생각했습니다. 어머니가 성을 내는 까닭은 나는 모르지만, 하여튼 성을 낼 바에는 내게 내는 것보다 아저씨에게 내는 것이 내게는 나았기 때문입니다. 한참 있더니 어머니는 나를 방 안으로 데리고 들어와서,

"옥희야, 너 이 꽃 얘기 아무보구두 하지 말아, 응."

하고 타일러 주었습니다. 나는,

• 말문이 막혔습니다 : 말을 하지 못했습니다

• 화닥닥 : 갑자기 매우 놀라거나 당황해하는 모양

창의적 읽기

**①을 어떻게 읽어야 해?**

사태를 제대로 파악하지 못한 옥희는 엄마의 행동에 대해 정확한 서술을 하지 못하고 있다.

**①에서 옥희 엄마의 행동을 어떻게 읽어야 하지?**

옥희 엄마는 '꽃=아저씨의 구애'로 생각하고 있으며, 남들의 시선을 두려워하고 있다. 이 모습을 옥희는 '엄마가 무서운 것을 생각하는 것'으로 표현한다.

**①의 '꽃'은 어떤 것이었을까?**

장미일 것이다. 장미의 꽃말은 사랑이다.

**①에서 옥희 엄마는 왜 '꽃 = 아저씨의 구애'라고 생각할까?**

옥희가 전하는 말을 사실로 믿었기 때문이다. 장미는 꽃이지만, '장미의 발신자-장미의 수신자' 관계가 설정되면 그것은 '구애 행위-구애 수락 행위'가 될 수 있다. 옥희가 엄마에게 주는 '꽃'은 그냥 장미이지만, 아저씨가 옥희 엄마에게 주는 장미는 구애 행위이다.

"응."
하고 대답했습니다.

❶어머니는 그 꽃을 내버릴 줄로 나는 생각했습니다마는, 내버리지는 않고 꽃병에 넣어서 풍금 위에 놓아 두었습니다. 아마 퍽 여러 밤 자도록 그 꽃은 거기 놓여 있어서 마지막에는 시들었습니다. 꽃이 다 시들자 어머니는 가위로 그 대는 잘라 내버리고, ❷꽃만은 찬송가 **갈피**에 끼워 두었습니다.

그날 밤에 나는 또 사랑에 나가서 아저씨 무릎에 앉아 그림책을 보고 있었습니다. 갑자기 아저씨 몸이 흠칫합니다. 그리고는 귀를 기울입니다. 나도 귀를 기울였습니다.

풍금 소리!

그 풍금 소리는 분명 안방에서 흘러나오는 것이었습니다.

"엄마가 풍금을 타나 부다."
하고, 나는 벌떡 일어나서 안으로 뛰어왔습니다. 안방에는 불을 켜지 않았습니다. 그러나 그때는 음력으로 보름께여서 달이 낮같이 밝은데 은빛 같은 흰 달빛이 방 안 절반 가득하였습니다. ❸나는 그 흰옷을 입은 어머니가 풍금 앞에 앉아서 고요히 풍금을 타는 것을 보았습니다.

나는 나이 지금 여섯 살밖에 안 되었지마는, 하여튼 어머니가 풍금을 타시는 것을 보는 것은 오늘이 처음이었습니다. ❹어머니는 우리 유치원 선생님보다도 풍금을 더 잘 타시는 것이었습니다. 나는 어머니 곁으로 갔습니다마는, 어머니는 내가 곁에 온 것도 깨닫지 못하는지 그냥 **까딱** 아니하고 앉아서 풍금을 탔습니다. 조금 있더니 어머니는 풍금에 맞추어 노래를 부르기 시작하였습니다. 어머니의 목소리가 그렇게도 아름다운 것도 나는 이때 모르고 있었습니다. 어머니는 참으로 우리 유치원 선생님보다도 목소리가 훨씬 더 곱고, 노래도 훨씬 더 잘 부르시는 것이었습니다. 나는 가만히 서서 어머니 노래를 들었습니다. 그 노래는 마치 은실을 타고 저 별나라에서 내려오는 노래처럼 아름다웠습니다.

• 갈피 : 겹치거나 포갠 물건의 하나하나의 사이. 또는 그 틈
• 까딱 : 고개 따위를 아래위로 가볍게 한 번 움직이는 모양

창의적 읽기

### ❶을 어떻게 이해해야 할까?

'꽃=아저씨의 구애'이므로 꽃을 버리거나 아저씨한테 돌려주지 않고 보관하는 행위는 아저씨의 구애 행위를 긍정적으로 여기고 있음을 짐작하게 한다.

### ❷를 어떻게 이해해야 해?

아저씨의 구애 행위에 대해 심사숙고하고 있는 옥희 엄마의 내면에 대한 형상화다.

### ❷에서 꽃을 끼워두는 책으로 찬송가를 선택한 이유가 있나?

찬송가는 옥희 엄마에게 두 가지 의미가 있다. 소중한 책, 그리고 가장 자주 접하는 책이다. 찬송가 갈피에 꽂는 꽃도 이 같은 마음일 것이다.

### ❸의 '흰옷'에 중요한 의미가 있지?

옥희 엄마가 6년 만에 풍금을 연주한 것은 '과거=죽은 남편 생각' 때문이 아니라 '현재와 미래=재혼 생각' 때문이다. 따라서 '흰옷=상복'이 아닌 '흰옷=연주복'이다. 이 연주복은 교회 활동할 때 입던 옷이므로 옥희 엄마의 결혼 전 이미지라 할 수 있다. '옥희 엄마의 결혼 전 이미지=천사'다.

### ❹옥희 엄마의 풍금이 갖는 의미는 뭘까?

옥희 엄마의 풍금은 옥희 아빠의 결혼선물이었다. 이 사실에서 옥희 엄마의 결혼 전 사회적 신분을 알 수 있다. '가정 내 풍금 소유=경제적 능력'이다. 풍금 소유와 풍금 연주는 옥희 아빠·옥희 엄마가 당시 소수에 속하는 엘리트였음을 뜻한다.

### 옥희 엄마의 풍금 연주 능력의 의미는 무얼까?

옥희 엄마는 6년 동안 풍금을 연주하지 않고도 늘 풍금을 연주하는 유치원 선생보다 풍금 연주를 잘한다. 연주만 잘하는 것이 아니라 노래도 잘한다. 아마도 이 노래는 찬송가였을 것이다. 그러므로 이 사실에서 결혼 전에 옥희 엄마는 교회에서 활동했을 가능성이 높다.

### 당시 교회에서 풍금 치는 여성에 대한 사회적 인식은 어땠을까?

당시 교회 풍금 연주자는 사회적 지위가 있는 남성들의 결혼 상대로 높은 순위를 차지했다. '옥희 엄마=친구의 아내'이고 '옥희=친구의 딸'인데도 재혼 결심을 하는 사랑손님의 모습에서 옥희 엄마가 당시 얼마나 인기 있는 여성이었는지를 짐작할 수 있다.

❶그러나 얼마 가지 않아 목소리는 약간 떨렸습니다. 가늘게 떨리는 노랫소리, 그에 따라 풍금의 가는 소리도 바르르 떠는 듯했습니다. 노랫소리는 차차 가늘어지더니 마지막에는 사르르 없어져 버렸습니다. 풍금 소리도 사르르 없어졌습니다. 어머니는 고요히 풍금에서 일어나시더니 옆에 섰는 내 머리를 쓰다듬었습니다. 그다음 순간 어머니는 나를 안고 마루로 나오셨습니다. 어머니는 아무 말씀도 없이 나를 꼭꼭 껴안는 것이었습니다. 달빛을 **함빡** 받는 내 어머니 얼굴은 몹시도 새하얗다고 생각되었습니다. 우리 어머니는 참으로 천사 같다고 나는 생각했습니다.

우리 어머니의 새하얀 두 뺨 위로는 쉴 새 없이 두 줄기 눈물이 줄줄 흘러내리고 있는 것을 나는 보았습니다. 그것을 보니 나도 갑자기 울고 싶어졌습니다.

"어머니, 왜 울어?"

하고 나도 벌써 훌쩍거리면서 물었습니다.

"옥희야."

"응?"

한참 동안 어머니는 아무 말씀도 없었습니다.

❷"옥희야, 난 너 하나면 그뿐이다."

"엄마."

어머니는 다시 대답이 없으셨습니다.

9

하루는 밤에 아저씨 방에서 놀다가 졸려서 안방으로 들어오려고 일어서니까 아저씨가 하—얀 봉투를 서랍에서 꺼내어 내게 주었습니다.

"옥희, 이거 갖다 엄마 드리고 지나간 달 밥값이라구, 응."

나는 그 봉투를 갖다 엄마에게 드렸습니다. ❸엄마는 그 봉투를 받아 들자 갑자기 얼굴이 파—랗게 질렸습니다. 그 전날 달밤에 마루에 앉았을 때보다도 더 새하얗다고 생각되었습니다. 어머니는 그 봉투를 들고 어쩔 줄을 모르는 듯이 초조한 빛이 나타났습니다. 나는,

"그거 지나간 달 밥값이래."

하고 말을 하니까, 어머니는 갑자기 잠자다 깨는 사람처럼 "응." 하고 놀라더니, 또 금시에 백지장같이 새하얗던 얼굴이 빨갛게 물들었습니다. 봉투 속에 들어갔던 어머니의 파들파들 떨리는 손가락이 **지전**을 몇 장 끌고 나왔습니다. 어머니는 입술에 약간 웃음을 띠면서 후 하고 한숨을 내쉬었습니다. 그러나 그것도 잠깐, 다시 어머니는 무엇에 놀랐는지 흠칫하더니 금시에 얼굴이 다시 창백해지고 입술이 바르르 떨렸습니다. 어머니의 손을 보니 거기에는 지전 몇 장 외에 네모로 접은 하얀 종이가 한 장 잡혀 있는 것이었습니다.

• 함뿍 : '함빡'의 북한말(=분량이 차고도 남도록 넉넉하게) • 지전 : 지폐

창의적 읽기

**❶을 어떻게 이해해야 해?**

내적 갈등이다. 옥희 엄마로 하여금 풍금을 다시 열게 하여 연주하고 노래하게 한 힘은 사랑손님한테 끌리는 마음이다. 그러나 그 힘은 오래 가지 않는다. '떨림'이 온다. '떨림=내면화된 사회적 인습의 영향력'이다.

**❷를 어떻게 이해해야 하지?**

옥희 엄마의 내면에서 벌어진 갈등이 승부가 난 것이다. 옥희 엄마의 내면에는 두 마음이 있었다. '재혼 욕망을 따라야 한다는 마음'과 '재혼 금지 인습을 따라야 한다는 마음'이다. 이 가운데 '재혼 금지 인습을 따라야 한다는 마음'이 승리하여 옥희 엄마는 '재혼 욕망을 따라야 한다는 마음'을 억누른다.

**❸을 어떻게 이해해야 하지?**

옥희 엄마가 느끼는 내면의 긴장감이 외면적으로 표현된 것이다. '봉투=아저씨의 연애 편지'가 아닐까 생각하여 옥희 엄마는 긴장한 것이다.

어머니는 한참 망설이는 모양이었습니다. 그러더니 무슨 결심을 한 듯이 입술을 악물고, 그 종이를 차근차근 펴 들고 그 안에 쓰인 글을 읽었습니다. ❶나는 그 안에 무슨 글이 쓰여 있는지 알 도리가 없으나, 어머니는 금시에 얼굴이 파랬다 빨갰다 하고, 그 종이를 든 손은 이제는 바들바들이 아니라 와들와들 떨리어서 그 종이가 부석부석 소리를 내게 되었습니다.

한참만에 어머니는 그 종이를 아까 모양으로 네모지게 접어서 돈과 함께 봉투에 도로 넣어 **반짇고리**에 던졌습니다. 그리고는 정신 나간 사람처럼 멀거니 앉아서 전등만 쳐다보는데 어머니 가슴이 불룩불룩합디다. 나는 어머니가 혹시 병이나 나지 않았나 해서 얼른 가 무릎에 안기면서,

"엄마 잘까?"

하고 말했습니다.

엄마는 내 뺨에 키스를 해주었습니다. 그런데 엄마의 입술이 어쩌면 그리도 뜨거운지요. 마치 불에 달군 돌이 볼에 와 닿는 것 같았습니다.

**한잠**을 자고 나서 잠이 채 깨지는 않았으나, 어렴풋한 정신으로 옆을 쓸어 보니 어머니가 없습니다. 가끔 가다가 나는 그런 버릇이 있어요. 어렴풋한 정신으로 옆을 쓸면 어머니의 보드라운 살이 만져지지요. 그러면 다시 나는 잠이 들어 버리곤 하는 것이었습니다.

어머니가 자리에 없다는 것을 알게 되자 나는 갑자기 무서워졌습니다. 그래서 눈을 번쩍 뜨고 고개를 들어 둘러보았습니다. 방 안에는 불은 안 켰지만 **어슴푸레하게** 밝습니다. 뜰로 하나 가득한 달빛이 방 안에까지 희미한 밝음을 비춰주는 것이었습니다. 윗목을 보니 ❷우리 아버지의 옷을 넣어 두고 가끔 어머니가 꺼내서 쓸어 보시는 그 장롱이 열려 있고, 그 아래 방바닥에는 흰옷이 한 무더기 널려 있습니다. 그리고 그 옆에는 장롱을 반쯤 기대고 자리옷만 입은 어머니가 주춤하고 앉아서 고개를 위로 쳐들고 눈은 감고 무엇이라고 입술로 소곤소곤 외고 있는 것이 보였습니다. 아마 기도를 하나 보다 하고 나는 생각했습니다. 나는 자리에서 일어나서 기어가서 어머니 무릎을 **빼개고** 기어 들

어갔습니다.

"엄마, 무얼 하우?"

어머니는 소곤거리기를 그치고 눈을 떠서 나를 한참이나 물끄러미 들여다보십니다.

"옥희야."

"응."

"가서 자자."

"엄마두 같이 자."

"응, 그래 엄마도 같이 자."

- 반짇고리 : 바늘, 실, 골무, 헝겊 따위의 바느질 도구를 담는 그릇
- 한잠 : 깊이 든 잠
- 어슴푸레하다 : 빛이 약하거나 멀어서 어둑하고 희미하다
- 뻐개다 : 크고 딴딴한 물건을 두 쪽으로 가르다. 여기서는 '두 무릎 사이를 벌리다'는 뜻

창의적 읽기

**❶을 어떻게 이해해야 해?**

'나는~알 도리가 없었으나'에 1인칭 시점의 한계가 표현되어 있다.

**❶의 편지 내용을 독자는 어떻게 짐작할 수 있지?**

'바들바들'과 '와들와들'의 서사성으로 짐작할 수 있다.

- '바들바들'의 서사성 : '종이 = 연애 편지'라고 생각하는 데서 오는 내적 긴장
- '와들와들'의 서사성 : 예상대로 연애 편지여서 커지게 된 내적 갈등

**❷를 어떻게 이해해야 해?**

옥희 엄마는 죽은 지 6년이나 지난 옥희 아빠의 옷을 버리지 못하고 있음을 알 수 있다. 따라서 과거 추억의 힘으로 외로움을 견디는 행위라 할 수 있다.

그 목소리가 어째 싸늘하다고 내게 생각되었습니다. 어머니는 돌아가신 아버지의 옷들을 한 가지씩 들고 가만히 손바닥으로 쓸어 보고는 장롱 안에 넣었습니다. 하나씩 하나씩 쓸어 보고는 장롱에 넣고 하여 그 옷을 다 넣은 때, 장롱문을 닫고 쇠를 채우고, 그리고 나서 나를 안고 자리로 왔습니다.

"엄마, 우리 기도하고 자?"

하고, 나는 물었습니다. 어머니는 나를 밤마다 재울 때마다 반드시 기도를 하는 것이었습니다. 내가 할 줄 아는 기도는 **주기도문**뿐이었습니다. 그 뜻은 하나도 모르지만 어머니를 따라서 자꾸 외워서 나도 지금은 주기도문을 잘 외웁니다. ❶그런데 웬일인지 어젯밤 잘 때에는 어머니가 기도할 것을 잊어버렸던 것이 지금 생각 났기 때문에 나는 그렇게 물었던 것입니다. 어젯밤 자리에 들 때 내가,

"기도할까?"

하고 말하고 싶었으나, 어머니가 너무도 슬픈 빛을 띠고 있는 고로 그만 나도 가만히 아무 소리 없이 잠들고 말았던 것입니다.

"응, 기도하자."

하고 어머니가 고요히 말했습니다.

"어머니가 기도해."

하고 나는 갑자기 어머니의 기도하는 보드라운 음성이 듣고 싶어서 말했습니다.

"하늘에 계신 우리 아버지시여."

어머니는 고요히 기도를 시작하였습니다.

"이름을 거룩하게 하옵시며, 나라에 임하옵시며, 뜻이 하늘에서 이루어진 것처럼 땅에서도 이루어지이다. 오늘날 우리에게 **일용할** 양식을 주옵시고, 우리가 우리에게 죄 지은 자를 용서하여 준 것처럼 우리 죄를 **사하여** 주옵시고, ❷우리로 시험에 들지 말게 하옵시고…… 우리로 **시험에 들지 말게** 하옵시고…… 시험에 들지 말게…… 시험에 들지 말게…… 시험에 들지 말게…… ."

이렇게 어머니는 자꾸 되풀이하였습니다. 나도 지금은 막히지 않고 하는 주기도문을 어머니가 막히다니, 참으로 우스운 일이었습니다.

"시험에 들지 말게, 시험에 들지 말게……."

하고 자꾸만 되풀이하는 것을 나는 참다 못해서,

"엄마, 내 마저 할게."

하고,

"다만 악에서 구하옵소서. 대개 나라와 **권세**와 영광이 아버지께 영원토록 있사옵나이다."

하고 내가 끝을 마쳤습니다. 어머니는 한참이나 있다가 겨우,

"아멘."

하고 속삭였습니다.

- 주기도문 : 예수가 그의 제자들에게 가르친 기도문
- 일용할 : 날마다 쓸
- 사하다 : 지은 죄나 허물을 용서하다
- 시험에 들지 말게 : 됨됨이를 알기 위하여 떠보는 일이 없도록, 또는 욕망이나 유혹에 빠지지 않게
- 권세 : 권력과 세력

창의적 읽기

### ❶을 어떻게 이해해야 할까?

6세인 옥희의 이해의 한계다. 이 소설의 독자는 화자보다 더 많이 알고 있다. 옥희 엄마는 어제 받은 사랑 손님의 편지 때문에 심각한 내적 갈등을 겪고 있음을 보여준다.

### ❷의 반복을 어떻게 이해해야 해?

옥희 엄마의 고조된 내면 갈등을 보여주는 외적 형상화다. 아울러 내면 갈등을 기도의 힘으로 극복하려 한다.

18

요새 와서 어머니의 하는 일이란 참으로 알 수가 없는 노릇입니다. 어떤 때는 어머니 노 퍽 유쾌하셨습니다. 밤에 때로는 풍금도 하고, 또 때로는 찬송가도 부르고, 그러실 때에는 나는 너무도 좋아서 가만히 어머니 옆에 앉아서 듣습니다. ❶그러나 가끔가끔 그 독창은 소리 없는 울음으로 끝을 맺는 때가 있는데, 그런 때면 나도 따라서 울었습니다. 그러면 어머니는 나를 안고 무수히 키스하시면서,

"❷어머니는 옥희 하나문 그뿐이야, 응 그렇지."

하시면서 언제까지나 언제까지나 우시는 것이었습니다.

어떤 일요일날, 그렇지요 그것은 유치원 방학하고 난 그 이튿날이었어요. 그날 어머니는 갑자기 머리가 아프시다고 예배당에를 그만두었습니다. 사랑에서는 아저씨도 어디 나가고, 외삼촌도 어디 나가고, 집에는 어머니와 나와 단 둘이 있었는데, 머리가 아프다고 누워 계시던 어머니가 갑자기 나를 부르시더니,

"옥희야, 너 아빠가 보고 싶으냐?"

하고 물으십디다.

"응, 우리두 아빠 있으면 좋겠어."

하고, 나는 **혀를 까불고** 어리광을 좀 부려 가면서 대답을 했습니다. 한참 동안을 어머니는 아무 말씀도 아니하시고 천장만 바라다보시더니,

"옥희야, 옥희 아버지는 옥희가 세상에 나오기도 전에 돌아가셨단다. 옥희두 아빠가 없는 건 아니지. 그저 일찍 돌아가셨지. ❸옥희가 이제 아버지를 새로 또 가지면 세상이 욕을 한단다. 옥희는 아직 철이 없어서 모르지만 세상이 욕을 한단다, 세상이 욕을 해. 옥희 어머니는 **화냥년**이다. 이러구 세상이 욕을 해. 옥희 아버지는 죽었는데, 옥희는 아버지가 또 하나 생겼대, 참 **망측**두 하지, 이러구 세상이 욕을 한단다. 그리 되면 옥희는 언제나 **손가락질 받구**. 옥희는 커두 시집두 훌륭한 데 못 가구. 옥희가 공부를 해서 훌륭

하게 돼두, 에 그까짓 화냥년의 딸 하구 남들이 욕을 한다."

- 혀를 까불고 : 어린아이의 말투로
- 화냥년 : '서방질을 하는 여자'(=화냥)을 속되게 이르는 말
- 망측 : 정상적인 상태에서 어그러져 어이가 없거나 차마 보기가 어려움
- 손가락질 받다 : 얕보거나 흉보다

창의적 읽기

## ❶을 어떻게 이해해야 해?

❶은 옥희 엄마의 내적 갈등이다. '재혼 욕망을 따라야 한다는 마음' 때문에 기쁘다면, '재혼 금지 인습을 따라야 한다는 마음' 때문에 슬프다. 옥희 엄마의 내적 갈등이 울음으로 끝나는 까닭은 두 마음 중 '재혼 금지 인습을 따라야 한다는 마음'이 승리했기 때문이다.

## 옥희 엄마의 재혼 욕망은 재혼 금지 인습에 왜 계속 지는 거지?

옥희 엄마의 내면화된 도덕 때문이다. 옥희 엄마는 자신의 재혼으로 옥희가 사회적 불이익을 당할까 봐 걱정하고 있다.

## ❷가 계속 반복되고 있지?

'어머니'의 내적 갈등이다. '옥희'에게 말하는 형식이지만 '독백=자기 다짐'이다.

## ❸의 '세상'이 뭐야?

여성의 재혼을 비난하는 세상을 가리키므로 '세상'은 이 소설의 시대가 언제인지를 알려주는 어휘가 된다. 1920~1930년대의 '세상=남녀 불평등 세상'이다.

## 옥희 엄마의 재혼과 옥희의 장래가 무슨 관계가 있지?

당시 사회는 여성의 재혼에 대해 부정적이었다. 옥희 엄마는 이 사실을 잘 알고 있다. 옥희 엄마가 재혼하지 않아도 '옥희=아버지 없는 아이'라는 낙인이 찍혀 있다. 그런데 옥희 엄마가 재혼하는 순간 '옥희=화냥년의 딸'이라는 낙인이 추가된다. 옥희 엄마는 이 낙인들이 옥희 장래를 어렵게 할 것 같아 재혼 결심을 하지 못하고 있다.

## '옥희=화냥년의 딸'이라는 낙인이 뭐야?

이 낙인이 찍히면 옥희는 자신의 행실과 관계 없이, 이 통념에 따라 정숙하지 않은 여자로 인식된다.

* 낙인 : 다시 씻기 어려운 불명예스럽고 욕된 판정이나 평판을 이르는 말

이렇게 어머니는 혼잣말 하시듯 드문드문 말씀하십니다. 그리고는 한참 있더니,

"옥희야."

하고 또 부르십니다.

"응?"

"옥희는 언제나 언제나 내 곁을 안 떠나지. 옥희는 언제나 언제나 엄마하구 같이 살지. 옥희 엄마는 늙어서 꼬부랑 할미가 되어두 그래두 옥희는 엄마하구 같이 살지. 옥희가 유치원 졸업하구 또 소학교 졸업하구 또 중학교 졸업하구, 또 대학교 졸업하구, 옥희가 조선서 제일 훌륭한 사람이 돼두 그래두 옥희는 엄마하구 같이 살지. 응! 옥희는 엄마를 얼만큼 사랑하나?"

"이만큼."

하고 나는 두 팔을 짝 벌리어 보였습니다.

"응, 얼만큼? 응, 그만큼! ❶언제나 언제나 옥희는 엄마를 사랑하지. 그리구 공부두 잘하구, 그리고 훌륭한 사람이 되구……."

나는 어머니의 목소리가 떨리는 것으로 보아 어머니가 또 울까 봐 겁이 나서,

"엄마, 이만큼, 이만큼."

하면서 두 팔을 짝짝 벌리었습니다.

어머니는 울지 않으셨습니다.

"❷응, 옥희 엄마는 옥희 하나면 그뿐이야. 세상 다른 건 다 소용없어. 우리 옥희 하나면 그만이야. 그렇지, 옥희야."

"응!"

어머니는 나를 당기어서 꼭 껴안고 내 가슴이 막혀 들어올 때까지 자꾸만 껴안아 주었습니다.

그날 밤, 저녁을 먹고 나니까 어머니는 나를 불러 앉히고 머리를 새로 빗겨 주었습니다. 댕기도 새 댕기를 **드려 주고**, 바지, 저고리, 치마 모두 새것을 꺼내 입혀 주었습니다.

"엄마, 어디 가?"

하고 물으니까,

"아니."

하고 웃음을 띠면서 대답합니다. 그러더니 풍금 옆에서 새로 다린 ❸하얀 손수건을 내리어 내 손에 쥐어 주면서,

"이 손수건, 저 사랑 아저씨 손수건인데, 이것 아저씨 갖다 드리구 와, 응. 오래 있지 말구 손수건만 갖다 드리구 **이내** 와, 응."

하고 말씀하십니다.

• 드려 주다 : 천이나 끈 따위를 아래로 늘어지게 하다

• 이내 : 그때에 곧. 또는 지체함이 없이 바로

**❶을 어떻게 이해해야 해?**

옥희 엄마의 소망이다. 자기가 희생해야 옥희의 미래가 희망이 있다고 믿고 싶어 한다.

**❷를 어떻게 이해해야 할까?**

두 가지다.

- '옥희'에게 말하는 형식이지만 '독백 = 자기 다짐'이다.
- 자신의 욕망(세상 다른 건 = 사랑 · 재혼) 포기를 다짐하고 있다.

**❸을 어떻게 이해해야 해?**

발신자(보내는 사람)에 따라 의미가 다르다.

- 발신자가 아저씨일 때 : 구애 · 청혼
- 발신자가 어머니일 때 : 구애 거절 · 청혼 거절

손수건을 들고 사랑으로 나가면서 나는 그 손수건 접이 속에 무슨 **발각발각하**는 종이가 들어 있는 것처럼 생각되었습니다마는, 그것을 펴 보지 않고 그냥 갖다가 아저씨에게 주었습니다.

아저씨는 방에 누워 있다가 벌떡 일어나서 손수선을 받는네, ❶웬일인지 아저씨는 이전처럼 나 보고 빙그레 웃지도 않고 얼굴이 몹시 새파래졌습니다. 그리고는 입술을 질근질근 깨물면서 말 한마디 아니하고 그 손수건을 받더군요.

나는 어째 이상한 기분이 들어서 아저씨 방에 들어가 앉지도 못하고, 그냥 되돌아서서 안방으로 들어왔지요. 어머니는 풍금 앞에 앉아서 무엇을 그리 생각하는지 가만히 있더군요. 나는 풍금 옆에 가 와서 가만히 앉았지요. 이윽고 어머니는 조용조용히 풍금을 타십니다. ❷무슨 곡조인지는 몰라도 어째 구슬프고 고즈넉한 곡조야요.

❸밤이 늦도록 어머니는 풍금을 타셨습니다. 그 구슬프고 **고즈넉한** 곡조를 계속하고 또 계속하면서.

여러 밤을 자고 난 어떤 날 오후에 나는 아저씨 방에를 오래간만에 가 보았더니, 아저씨가 짐을 싸느라고 분주하겠지요. 내가 아저씨에게 손수건을 갖다 드린 다음부터는 웬일인지 아저씨가 나를 보아도 언제나 퍽 슬픈 사람, 무슨 근심이 있는 사람처럼 아무 말도 없이 나를 물끄러미 바라다만 보고 있는 고로, 나도 그리 자주 놀러 나오지 않았던 것입니다. 그랬었는데 이렇게 갑자기 짐을 꾸리는 것을 보고 나는 놀랐습니다.

"아저씨, 어데 가시우?"

"응, 멀리루 간다."

"언제?"

"이제."

"기차 타구?"

"응, 기차 타구."

"갔다 언제 또 오시우?"

아저씨는 아무 대답도 없이 서랍에서 예쁜 인형을 하나 꺼내서 내게 주었습니다.

"옥희, 이것 가져, 응. 옥희는 아저씨 가구 나면 아저씨 잊어버리구 말겠지!"

• 발각발각하다 : 책장이나 종잇장 따위를 잇따라 넘기는 소리가 나다
• 고즈넉한 : 고요하고 아늑한

창의적 읽기

### ❶을 어떻게 이해해야 해?

6세 옥희 시선의 한계다. 회신의 내용이 궁금해서 아저씨가 매우 긴장하고 있음을 독자는 알 수 있다.

### ❷를 어떻게 이해해야 할까?

구애 거절과 그에 따른 이별의 준비다.

### ❷가 사랑손님의 구애에 대한 거절임을 어떻게 알 수 있지?

여러 가지로 알 수 있지만 옥희 엄마의 풍금 연주가 구슬프고 고즈넉한 곡조인 것으로 짐작할 수 있다. 이 밖에 아저씨가 이 사건 이후 옥희네 집을 떠나는 것으로도 알 수 있다.

### ❸을 어떻게 이해해야 해?

'밤이 늦도록'과 '구슬프고 고즈넉한 곡조'의 연주 반복은 구애 거절이 얼마나 어려운 결정이었는가를 간접적으로 보여준다.

### ❸이 복선이라고?

복선이다. 옥희는 알지 못하지만 독자는 '옥희 엄마의 이 결정 이후의 삶=구슬프고 고즈넉한 것'이 될 것이라 짐작할 수 있기 때문이다. '옥희의 장래를 생각함=구애 거절'과 '자기의 장래를 생각함=구애 수락' 중 옥희의 장래를 위한 선택을 했으므로 23세 옥희 엄마의 미래는 외롭고 고단하다.

나는 갑자기 슬퍼졌습니다.

"아니."

하고 나는 대답했습니다. 나는 인형을 들고 안으로 들어왔습니다.

"엄마, 이것 봐. 아저씨가 이것 나 줬어. 아저씨가 오늘 기차 타구 먼 데루 간대."

어머니는 대답이 없으십니다.

"엄마, 아저씨 왜 가우?"

"학교 방학했으니까 가지."

"어데루 가우?"

"아저씨 집으루 가지 어디루 가."

"아저씨 인제 갔다가 또 오우?"

어머니는 대답이 없으셨습니다.

"난 아저씨 가는 거 나쁘다."

하고 입을 쫑긋했으나, 어머니는 그 말은 대답 않고,

"옥희야, 벽장에 가서 달걀 몇 알 남았나 보아라."

하고 말씀하셨습니다.

나는 깡충깡충 방 안으로 들어섰습니다. 달걀은 여섯 알 있었습니다.

"여스 알."

하고 나는 소리쳤습니다.

"응, 다 가지고 이리 나오너라."

어머니는 그 달걀 여섯 알을 다 삶았습니다. 그 삶은 달걀 여섯 알을 손수건에 싸 놓고, 또 **반지**에 소금을 조금 싸서 한 귀퉁이에 넣었습니다.

"옥희야, 너 이것 갖다 아저씨 드리고, 가시다가 찻간에서 잡수시랜다구, 응."

• 반지 : 얇고 흰 일본 종이

12

그날 오후에 아저씨가 떠나간 다음 나는 방에서 아저씨가 준 인형을 업고 자장자장 잠을 재우고 있었습니다. 어머니가 부엌에서 들어오시더니,

"옥희야, 우리 뒷동산에 바람이나 쐬러 올라갈까?"

하십니다.

"응, 가, 가."

하면서 나는 **덤비었습니다**. 잠깐 다녀올 터이니 집을 보고 있으라고 외삼촌에게 이르고, 어머니는 내 손목을 잡고 나섰습니다.

"엄마, 나 저, 아저씨가 준 인형 가지구 가?"

"그러렴."

나는 인형을 안고 어머니 손목을 잡고 뒷동산으로 올라갔습니다. 뒷동산에 올라가면 정거장이 빤히 내려다보입니다.

"엄마, 저 정거장 봐. 기차는 없군."

어머니는 아무 말씀도 없이 가만히 서 계십니다. 사르르 바람이 와서 어머니 모시 치맛자락을 산들산들 흔들어 주었습니다. 그렇게 산 위에 가만히 서 있는 어머니는 다른 때보다도 더한층 예뻐 보였습니다.

저—편 산모퉁이에서 기차가 나타났습니다.

"아, 저기 기차 온다."

하고 나는 좋아서 소리쳤습니다. 기차는 정거장에 잠시 머물더니, 금시에 삑 하고 소리를 지르면서 움직입니다.

• 덤비다 : 무엇을 이루어 보려고 적극적으로 뛰어들다

"기차 떠난다."
하고 나는 손뼉을 쳤습니다. 기차가 저편 산모퉁이 뒤로 사라질 때까지, 그리고 그 굴뚝에서 나는 연기가 하늘 위로 모두 흩어져 없어질 때까지, 어머니는 서서 그것을 바라보았습니다.

뒷동산에서 내려와서 어머니는 방으로 들어가시더니, 이때까지 뚜껑을 늘 열어 두었던 풍금 뚜껑을 닫으십디다. 그리고는 ❶거기 **쇠**를 채우고 그 위에다가 이전 모양으로 반짇고리를 얹어 놓으십디다. 그리고는 그 옆에 있는 찬송가를 맥없이 들고 뒤적뒤적하시더니, 빼빼 마른 꽃송이를 그 갈피에서 집어 내시더니,

❷"옥희야, 이것 내다 버려라."
하고 그 마른 꽃을 내게 주었습니다. 그 꽃은 내가 유치원에서 어머니께 드렸던 꽃입니다. 그러자 옆대문이 삐걱 하더니,

"달걀 사려우."
하고 매일 오는 달걀 장수 노친네가 달걀 **버주기**를 이고 들어왔습니다.

"인젠 우리 달걀 안 사요. 달걀 먹는 이가 없어요."
하시는 ❸어머님의 목소리는 **맥**이 한 푼어치 없더군요.

나는 어머니의 이 말씀에 놀라서 떼를 좀 써 보려 했으나, 석양에 빤히 비치는 어머니의 얼굴을 볼 때 그 용기가 없어지고 말았습니다. 그래서 아저씨가 주신 인형 귀에다가 내 입을 갖다 대고 가만히 속삭였습니다.

"얘, 우리 엄마두 **거짓부리** 썩 잘하누나. 내가 달걀 좋아하는 줄 잘 알면서두 **생** 먹을 사람이 없대누나. 내가 사 내라구 떼를 좀 쓰구 싶지만, ❹저 우리 엄마 얼굴 좀 봐라. 어쩌문 저리두 새파래졌을까! ❺아마 어데가 아픈가 부다."
라고요.

_〈조광〉(1935년 11월호, 창간호)

- 쇠 : 자물쇠를 잠그거나 여는 데 사용하는 물건
- 버주기 : '버치'의 북한말. 둥글넓적하고 아가리가 넓게 벌어진 질그릇인 자배기보다 조금 깊고 아가리가 벌어진 큰 그릇
- 맥 : 기운이나 힘
- 거짓부리 : '거짓말'의 속어
- 생 : 전혀 또는 생판

창의적 읽기

### ❶의 '풍금에 쇠를 채우고'를 어떻게 이해해야 할까?

풍금에 쇠를 채운 것은 두 번이며, 그 의미는 다르다.
- 첫 번째 채움 : 죽은 남편에 대한 그리움이 너무 커지는 것을 방지함
- 두 번째 채움 : 새로운 사랑 또는 재혼을 포기한 뒤 그 흔적을 지움

### ❷를 어떻게 이해해야 해?

'새로운 사랑 또는 재혼에 대한 욕망을 스스로 차단하는 마음'의 외적 형상화다. 옥희의 장래를 위해 자기 욕망의 포기 의지다.

### ❸의 옥희 엄마의 '목소리'를 어떻게 이해해야 할까?

재혼 대신 수절을 선택한 옥희 엄마의 내면을 청각적 형상화를 통해 표현하고 있다. '맥없는 목소리 = 생기 상실 = 희생의 결과'다.

### ❹의 옥희 엄마의 '얼굴'을 어떻게 이해해야 해?

재혼 대신 수절을 선택한 옥희 엄마의 내면을 시각적 형상화를 통해 표현하고 있다. '새파래진 얼굴 = 생기 상실 = 희생의 결과'다.

### ❺를 어떻게 이해해야 하지?

옥희의 이해의 한계로, 옥희는 엄마의 내면을 읽지 못하고 있다.

깊이
이해
하기

## 「사랑손님과 어머니」에서 엿보는 당시 사회

이 소설에는 구체적인 시간이 나타나지 않는다. '금년 봄, 아저씨가 사랑에 와 계신 지 벌써 여러 밤을 잔 뒤입니다, 어떤 토요일 오후였습니다, 이튿날, 하루는, 요새 와서, 어떤 일요일날, 그날 밤, 여러 밤을 자고 난 어떤 날 오후에' 등처럼 무시간적이다. 그러나 간접적으로 드러난 시간이 있다. 이렇게 드러난 시간은 1920년 이후의 조선 사회다. 이 시간을 추리하게 하는 것은 다음과 같은 사실들이다.

### 예배당

남자석과 여자석이 구분된 예배당이 나온다. 조선 개화기 초기의 예배당이 남자석과 여자석 사이를 커튼으로 차단했다는 사실을 고려하면 예배당에 성인 남녀가 모이는 풍경이 훨씬 자연스럽게 된 시기임을 짐작할 수 있다.

### 구시대의 사회적 인습

옥희 엄마가 재혼하지 않은 것은 '옥희 엄마=화냥년'이라는 낙인이 무서워서가 아니다. 옥희 엄마는 구시대의 사회적 인습에 동의하지 않는 여성이다. 서양식 교육을 받은 여성으로서 개화와 함께 '재가 금지법' 같은 악법이 폐지된 것을 알고 있다. 그러므로 재혼할 수 있다고 생각한다. 사랑손님에게서 받은 꽃을 버리지 않았던 이유가 바로 이것이다. 그러나 옥희 엄마는 '옥희=화냥년의 딸'로 만드는 사회적 편견에 대해서는 두려워한다. 구시대의 사회적 인습에 대한 옥희 엄마의 이 모순된 태도는 이 시대가 과도기임을 보여준다. 비록 악법은 폐지되었지만, 오랜 시간에 걸쳐 사람들의 마음속에 내면화된 사회적 인습까지 사라진 것은 아니다. 옥희 엄마는 옥희가 나쁜 평판을 얻을까 두려워 재혼을 포기한다.

### 풍금 치는 여성

교회에서 풍금 사용이 공식적으로 허가된 것은 1910년이다. 23세 옥희 엄마는 7년 전에 이미 능숙하게 풍금 연주할 수 있는 능력이 있었으므로 이 소설의 사회적 배경이 1920년대 이후임을 짐작할 수 있다.

### 찬송가와 기도

옥희 엄마는 새로운 사랑과 재혼 욕망으로 일어나는 내적 갈등을 찬송가와 기도로 극복하고자 한다. 남편을 상기시키는 유품은 '의복=수절 의지'로 작용하지만, 남편을 상기시키는 선물은 '풍금=수절 의지와 재혼 의지' 모두로 작용한다. 죽은 남편의 힘으로는 23세 옥희 엄마의 개인적 욕망을 좌절시키지 못함을 알 수 있다. 그리하여 옥희 엄마는 찬송가와 기도를 통해 재혼 욕망을 물리치고자 한다. 서양식 교육을 받은 여성들이 욕망을 다스리기 위한 방편으로 찬송가와 기도하는 모습을 이 소설에서 보여준다.

## 사실 확인 다음 내용이 맞는지 틀린지 ○×로 표시하기

1 ‘어머니’와 ‘사랑손님’ 사이에 직접적인 만남·대화 없이도 구애와 구애 거절과 같은 사건이 일어날 수 있었던 것은 매개자인 옥희가 있었기에 가능했다.

2 옥희 아빠는 옥희가 태어나기 전에 죽었으므로 옥희는 아빠에 대한 구체적인 기억이 없다.

3 옥희네 사랑채에 손님이 숙식하게 되었을 때 옥희 엄마의 나이는 23세다.

4 옥희 아빠의 이름은 박경선이고, 교사로 근무하다 죽었다.

5 ‘사랑손님’이 옥희네 집에 하숙하게 된 것은 옥희네 동네 학교 교사로 발령 받았기 때문이다.

6 옥희 아빠 · 사랑손님 · 큰외삼촌은 친구 사이이다.

7 사랑손님은 옥희네 사랑채에 살기 전부터 옥희 엄마를 알고 있었다.

8 옥희네 사랑채에서 잠자는 사람은 사랑손님과 옥희의 막내 친삼촌이다.

9 옥희는 엄마와 사랑손님 사이에 오고간 편지 내용을 모르고 있다.

10 옥희 엄마가 풍금에 쇠를 채운 것은 모두 두 번이다.

# 06 복덕방

이태준

## 이태준은 어떤 작가인가?

이태준(1904~미상)의 호는 상허(尙虛)다. 강원도 철원에서 출생했다. 이효석, 박태원, 이상, 김유정, 정지용, 김기림 등과 함께 1930년 '구인회' 회원으로 활동했다. 1946년 월북으로 인해 한동안 남한에서 그의 소설은 금서로 분류되었고, 현대소설사에서도 다루어지지 않았다. 1988년 월북 작가 해금 조치로 누구나 자유롭게 읽을 수 있게 되면서 이태준은 1930년대를 대표하는 소설가로 인정받았다. 그의 소설은 단편소설 창작의 모범적 사례로 인정되면서 중·고등학교 교과서에 「복덕방」, 「돌다리」, 「꽃나무는 심어 놓고」, 「달밤」, 「해방전후」, 「패강랭」 등 여러 작품이 수록되었다.

## 06 복덕방

철썩, 앞집 **판장**(板牆) 밑에서 물 내버리는 소리가 났다. ❶**주먹구구**에 **골독했던** 안 초시(初試)에게는 놀랄 만한 **폭음**이었던지, 다리 부러진 돋보기 너머로, **똑** 모이를 쪼려는 닭의 눈을 해 가지고 **수챗구멍**을 내다본다. 뿌연 뜨물에 휩쓸려 나오는 것이 여러 가지다. 호박 꼭지, 계란 껍질, **거피**해 버린 녹두 껍질.

"녹두 **빈자떡**을 부치는 게로군, 흥……."

❷한 오륙 년째 안 초시는 말끝마다 '**젠―장**…'이 아니면 '흥!' 하는 **코웃음**을 잘 붙이었다.

"추석이 벌써 낼 모래지! 젠―장……."

안 초시는 저도 모르게 입맛을 다시었다. 기름내가 코에 풍기는 듯 대뜸 입안에 침이 홍건해지고 전에 괜찮게 지낼 때, **충치**니 **풍치**니 하던 것은 거짓말이었던 것처럼 아래윗니가 송곳 끝같이 날카로워짐을 느끼었다.

❸안 초시는 그 날카로워진 이를 빈 입인 채 빠드득 소리가 나게 한 번 물어 보고 고개를 들었다.

하늘은 천 리같이 트였는데 조각 구름들이 여기저기 널리었다. 어떤 구름은 깨끗이 **바래** 말린 **옥양목**처럼 흰빛이 눈이 부시다. 안 초시는 이내 자기의 때 묻은 적삼 생각이 났다. 소매를 내려다보는 그의 얼굴은 **날래** 들리지 않는다. 거기는 한 **조박**의 녹두 빈자나 한 잔의 약주로써 어쩌지 못할, 더 슬픔과 더 **고적함**이 품겨 있는 것 같았다.

혹혹 소매 끝을 불어 보고 손끝으로 튀겨 보기도 하다가 **목침**을 세우고 눕고 말았다.

- 판장 : 널빤지로 친 울타리
- 주먹구구 : 정밀하지 못하고 대강 하는 계산
- 골독하다 : '골똘하다'의 원말(=한 가지 일에 온 정신을 쏟아 딴생각이 없다)
- 초시 : 과거의 1차 시험 또는 그 시험에 합격한 사람
- 폭음 : 폭발할 때 나는 큰 소리
- 똑 : 조금도 틀림이 없이
- 수챗구멍 : 집 안에서 버린 허드렛물이나 빗물이 흘러 나가게 하는 구멍
- 거피 : 콩, 팥, 녹두 따위의 껍질을 벗김
- 빈자떡 : 빈대떡
- 젠장 : 뜻에 맞지 않고 불만스러울 때 혼자 욕으로 하는 말
- 코웃음 : 콧소리를 내거나 코끝으로 가볍게 웃는 비난조의 웃음
- 충치 : 세균 따위의 영향으로 벌레가 파먹은 것처럼 이가 침식되는 질환
- 풍치 : 썩거나 상하지 않은 채 풍증으로 일어나는 치통
- 바래다 : 볕에 쬐거나 약물을 써서 빛깔을 희게 하다
- 옥양목 : 표백한 면직물로 표면이 매끄럽고 광목보다 올이 촘촘함
- 날래 : '빨리'의 방언
- 조박 : '조각'의 북한어
- 고적함 : 외롭고 쓸쓸함
- 목침 : 나무토막으로 만든 베개

창의적 읽기

### ❶은 누가 보고 있는 거야?

안 초시가 보고 있다.

### ❶의 표현 방법은 뭘까?

묘사다.

### ❷의 '젠장, 흥'에서 무엇을 읽어야 할까?

안 초시의 성격이다. '젠장'은 자기에 대한 불만이며, '흥'은 타인에 대한 불만이다. 실패한 인생을 사는 안 초시에게 나타난 성격이다. 의식주 궁핍이 5,6년째인 안 초시는 모든 것이 불만이다.

### ❸에서 무엇을 읽어야 하지?

안 초시의 성격과 욕망이 '이를 빠드득 물다 = 절치부심'으로 나타나고 있다.

- 성격 : 모난 성격
- 욕망 : 실패를 만회하고자 하는 마음

"이사는 팔하고 사오는 이십이라 천이 되지……. 가만……. 천이라? 사로 했으니 사천이라 사천 평……. 매 평에 아주 줄여 잡아 오 환씩만 하게 돼두 사 환 칠십오 전씩이 남으니, 그럼…… 사사는 십륙, 일만 육천 환하구……."

안 초시가 다시 주먹구구를 거듭해서 얻어낸 총액이 일만 구천 원, 단 천 원만 들여도 일만 구천 원이 되리라는 셈속이니, 만 원만 들이면 그게 얼만가? 그는 벌떡 일어났다. 이마가 화끈해졌다. **도사렸던** 무릎을 얼른 곧추세우고 **뒤**나 보려는 사람처럼 쪼그렸다. **마코** 갑이 번연히 빈 것인 줄 알면서도 다시 집어다 눌러 보았다. 주머니에는 단돈 십 **전**, 그도 안경다리를 고친다고 벌써 세 번짼가 네 번째 딸에게서 사오십 전씩 얻어 가지고는 번번이 담뱃값으로 다 내어 보내고 말던 최후의 십 전, 안 초시는 주머니에 손을 넣어 그것을 집어내었다. **백통화** 한 푼을 얹은 야윈 손바닥, 가만히 떨리었다. 서 **참위**(徐參尉)의 투박한 손을 생각하면 너무나 얇고 **잘망스러운** 손이거니 하였다. ❶그러나 이따금 술잔을 얻어먹고, 이렇게 내 방처럼 그의 복덕방에서 잠까지 빌려 자건만 한번도, 집 **거간**이나 해먹는 서 참위의 생활이 부럽지는 않았다. ❷그래도 언제든지 한 번쯤은 무슨 수가 생기어 다시 한 번 내 집을 쓰게 되고, 내 밥을 먹게 되고, 내 힘과 내 낯으로 다시 한 번 세상에 부딪쳐 보려니 믿어졌다.

초시는 전에 어떤 관상쟁이의 "엄지손가락을 안으로 넣고 주먹을 쥐어야 재물이 나가지 않는다."는 말이 생각났다. 늘 그렇게 쥐노라고는 했지만 문득 생각이 나 내려다볼 때는, 으레 엄지손가락이 얄밉도록 밖으로만 쥐어져 있었다. ❸그래 **드팀전**을 하다도 실패를 하였고, 그래 집까지 잡혀서 **장전**(欌廛)을 내었다가도 그만 화재를 보았거니 하는 것이다.

'이놈의 엄지손가락아 안으로 좀 들어가아, 젠—장.'

하고 연습 삼아 ❹엄지손가락을 먼저 안으로 넣고 아프도록 두 주먹을 꽉 쥐어 보았다. 그리고 당장 내어 보낼 돈이면서도 그 십 전짜리를 그렇게 쥔 주먹에 단단히 넣고 담배 가게로 나갔다.

• 도사리다 : 두 다리를 꼬부려 각각 한쪽 발을 다른 한쪽 무릎 아래에 괴고 앉다
• 뒤 : 사람의 대변
• 마코 : 1921년 우리나라에서 판매된 담배. 값은 6 전
• 전 : 우리나라의 화폐 단위. 1전은 1원의 100분의 1
• 백통화 : 구리와 니켈의 합금이며 은백색을 띤 백통으로 만든 동전
• 참위 : 대한제국의 사관을 양성하는 육군 무관학교의 계급(원문에는 '참의'로 표기되어 있으나 '오기( 잘못 표기한 것)'이므로 '참위'로 적기로 함)
• 잘망스러운 : 잔망스러운. 체질이 몹시 잔약하고 행동이 경망한
• 거간 : 사고파는 사람 사이에 들어 흥정을 붙임. 또는 그런 일을 하는 사람. 집 거간은 복덕방을 가리킴
• 드팀전 : 온갖 피륙을 파는 가게(피륙=베, 무명, 비단 따위의 천을 통틀어 이르는 말)
• 장전 : 장롱 따위의 세간을 만들어 파는 가게

창의적 읽기

### ❶에서 무엇을 읽어야 하는 거야?

두 가지다.

• 안 초시의 성격은 이기적이다 : 서 참위의 배려로 복덕방에서 5~6년째 먹고 잘 수 있었는데 안 초시는 고마워하지 않는다.
• 안 초시의 서 참위에 대한 태도는 멸시다 : '집 거간이나 해 먹는'에서 추리할 수 있다.

### ❷의 '무슨 수'가 뭐야?

일확천금을 얻을 수 있는 기회다.

### ❸에서 무엇을 읽어야 하지?

안 초시의 운명론적 사고다. 안 초시는 드팀전 사업 실패와 장전 화재 원인을 나쁜 운수 탓으로 여기고 있다.

### ❹에서 무엇을 읽어야 할까?

안 초시의 인물됨이다, '안 초시=속물'이다.

### 안 초시는 뭐 하고 있는 거야?

개발된다는 황해도 연변 땅을 구입할 경우의 이익금을 계산하고 있다. 개발 정보 제공자는 박희완 영감이다.

이 복덕방에는 흔히 세 늙은이가 모였다.

언제, 누가 와서 집 보러 가잘지 몰라, 늘 갓을 쓰고 앉아서 **행길**을 잘 내다보는, 얼굴 붉고 눈방울 큰 노인은 주인 서 참위다. ❶참위로 다니다가 합병 후에는 다섯 해를 놀면서 시기를 엿보았으나 ❷별수가 없을 것 같아서 이럭저럭 **심심파적**으로 갖게 된 것이 이 **가옥** 중개업(家屋仲介業)이었다. 처음에는 겨우 굶지 않을 만한 수입이었으나 ❸**대정** 팔구 년 이후로는 시골 부자들이 세금(稅金)에 몰려, 혹은 자녀들의 교육을 위해 서울로만 몰려들고, 그런데다 돈은 흔해져서 **관철동**(貫鐵洞), **다옥정**(茶屋町) 같은 중앙 지대에는 그리 **고옥**(古屋)만 아니면 만 원대를 예사로 훌훌 넘었다. 그 판에 봄 가을로 어떤 달에는 삼사백 원 수입이 있어, 그러기를 몇 해를 지나 **가회동**(嘉會洞)에 수십 간의 집을 세웠고 또 몇 해 지나지 않아서는 **창동**(倉洞) 근처에 땅을 장만하기 시작하였다. 지금은 중개업자도 많이 늘었고 ❹**건양사**(建陽社) 같은 큰 건축회사(建築會社)가 생기어서 당자끼리 직접 팔고 사는 것이 원칙처럼 되어 가기 때문에 중개료의 수입은 전보다 훨씬 준 셈이다. 그러나 이십여 간 집에 **학생을 치고** 싶은 대로 치기 때문에 서 참위의 수입이 없는 달이라고 쌀값이 밀리거나 나무 값에 **졸릴** 형편은 아니다.

- 행길 : '한길'의 방언(한길=큰길)
- 심심파적 : 심심풀이
- 가옥 : 집
- 대정 : '다이쇼'를 한자음으로 읽은 이름
- 관철동 : 서울특별시 종로구에 있는 동
- 다옥정 : 일제 강점기 당시 서울특별시 중구 다동의 이름
- 고옥 : 고가, 옛날집
- 가회동 : 서울특별시 종로구에 있는 동
- 창동 : 선혜청의 창고가 있어 붙인 이름 창골을 한자명으로 표기한 데서 유래됨. 현재 서울특별시 중구 남대문로 4가 · 남창동 · 회현동 1가에 걸쳐 있던 마을
- 건양사 : 1920년 9월 9일에 정세권이 세운 건축회사
- 학생을 치고 : 하숙집을 운영하고
- 졸리다 : 끈덕지게 자꾸 요구당하다. '조르다'의 피동사

창의적 읽기

**❶은 언제야?**

고종은 만국평화회의가 열리는 네덜란드의 수도 헤이그에 특사를 파견한다. 을사조약의 불법성을 폭로하기 위함이었다. 이 사건으로 1907년 고종이 퇴위하는데, 이에 앞서 군대를 해산시킨다. 이 군대가 대한제국 육군 무관학교다. 그러므로 ❶은 1907년 7월 31일 이전에 해당한다.

**❶'참위로 다니다가'는 어디를 다녔다는 거지?**

대한제국의 육군 무관학교다.

**❷의 '별수 없을 것'이 무슨 뜻이지?**

빼앗긴 주권을 되찾기 어렵겠다는 생각을 뜻한다.

**❸은 언제야?**

'대정=다이쇼 시대(1912~1926)'이므로, 8,9년은 1919~1920년을 말한다.

**❹는 뭐지?**

익선동 개발을 시작으로 가회동과 삼청동 일대 북촌 한옥 마을을 만들고, 봉익동·성북동·혜화동·창신동·서대문·왕십리·행당동 등에 한옥 대단지를 조성한 회사다. 1920년대 경성의 부동산 지도를 바꾸었다는 평가를 받았다.

**❹의 '건양사'는 누가 세운 회사지?**

당시 '건축왕'이라 불린 정세권이다.

**시대를 짐작하게 하는 어휘는 어떤 게 있을까?**

참위·합병·대정 팔년·대정 구년·건양사 등이다.

"세상은 먹구살게는 마련야……."

서 참위가 흔히 하는 말이다. 칼을 차고 훈련원에 나서 병법을 익힐 때는, 한번 호령만 하고 보면 산천이라도 물러설 것 같던, 그 **기개**와, 오늘의 자기, 한낱 **가쾌**로 복덕방 영감으로 기생, **갈보** 따위가 **사글세방** 한 칸을 얻어 달래도 네—네—하고 따라 나서야 하는, 만인의 심부름꾼인 것을 생각하면 서글픈 눈물이 아니 날 수도 없는 것이다. ❶원낙 술을 즐기기도 하지만 어떤 때는 남 몰래 이런 **감회**(感懷)를 이기지 못해서 술집에 들어선 적도 여러 번이다.

그러나 **호반**(武人)들의 기개란 흔히 **혈기**(血氣)에서 나오는 것이기 때문인지 몸에서 혈기가 **줆을 따라** 그런 감회를 일으킴조차 요즘은 적어지고 말았다. 하루는 집에서 점심을 먹다 듣노라니 무슨 **장사치**의 **외우는** 소리인데 이상히 귀에 익은 목청이 들렸다. 자세히 귀를 기울이니 점점 가까이 오는 소리인데 제법 무엇을 사라는 소리가 아니라 "유리병이나 간장통 팔거—쏘—!" 하는 소리이다. 그런데 그 목청이 보면 꼭 알 사람 같아, 일어서 마루 **들창**으로 내어다보니 이번에는 "가마니나 신문 잡지나 팔거—쏘—" 하면서 가마니 두어 개를 지고 한 손에는 저울을 들고 **중노인**이나 된 사람이 지나가는데 아는 사람은 확실히 아는 사람이다. 그러나 그를 어디서 알았으며 성명이 무엇이며 애초에는 무엇을 하던 사람인지가 **감감**해지고 말았다.

"오—라! 그렇군…… 분명……."

하고 그는 한참만에 고개를 끄덕이었다. 그 유리병과 간장통을 외우는 소리가 골목 안으로 사라져 갈 즈음에야 서 참위는 그가 누구인 것을 깨달아 낸 것이다.

"동관(同官) 김 참위…… 허!"

나이는 자기보다 훨씬 **연소하였으나** 학식과 **재기**가 있는 데다 호령 소리가 좋아 상관에게 늘 칭찬을 받던 청년 무관이었었다. 이십여 년 뒤에 들어도 **갈데없이** 그 목청이요 그 모습이었다. ❷전날의 그를 생각하고 오늘의 그를 보니 적이 감개에 **사무치어** 밥숟가락을 멈추고 냉수만 거듭 마시었다.

그러나 전에 혈기 있을 때와 달리 그런 기분이 오래 가지는 않았다. 중학교 졸업반인 둘째 아들이 학교에 갔다 들어서는 것을 보고, 또 **싸전**에서 쌀값 받으러 와 마누라가 선선히 시퍼런 **지전**을 내어 세는 것을 볼 때, 서 참위는 이내 속으로

'거저 살아야지 별수 있나. ❸저렇게 **개가죽을 쓰고** 돌아다니는 친구도 있는데…… 에헴.'

- 기개 : 씩씩한 기상과 굳은 절개
- 가쾌 : 집 흥정을 붙이는 일을 직업으로 가진 사람. 부동산 중개인
- 갈보 : 남자들 상대로 돈을 버는 여자를 속되게 이르는 말
- 사글세방 : 월세. 집이나 방을 다달이 세를 주고 빌려 쓰는 방
- 감회 : 지난 일을 돌이켜 볼 때 느껴지는 회포. 느낌
- 호반 : 무관
- 혈기 : 격동하기 쉬운 의기
- 줆을 따라 : 줄어듦에 따라
- 장사치 : 장사하는 사람을 낮잡아 이르는 말
- 외우다 : 소리 내어 또는 속으로 말하거나 부르다
- 들창 : 들어서 여는 창
- 중노인 : 젊지도 아니하고 아주 늙지도 아니한 사람. 또는 조금 늙은 사람
- 감감 : 어떤 사실을 전혀 모르거나 잊은 상태
- 연소하다 : 나이가 어리다
- 재기 : 재주가 있어서 인재가 될 만한 인품
- 갈데없이 : 오직 그렇게밖에는 달리 될 수 없이, 영락없이
- 사무치다 : 깊이 스며들거나 멀리까지 미치다
- 싸전 : 쌀가게
- 지전 : 종이돈
- 개가죽을 쓰다 : 수치심을 무릅쓰다

### 창의적 읽기

**❶의 '이런 감회'가 뭐야?**

자격지심이다. (자격지심 = 자기가 한 일에 대하여 스스로 미흡하게 여기는 마음)

**❷의 '전날의 그'와 '오늘의 그'를 어떻게 이해해야 할까?**

'전날의 그 = 전성기 모습'이고, '오늘의 그 = 영락한 모습'이다. 과거와 현재의 대조가 무상함을 일으키고 있다.

**❸이 가리키는 인물은 누구야?**

동관 김 참위다.

하였을 뿐 아니라 그런 절박한 친구에다 대면 자기는 얼마나 훌륭한 **지체**이냐 하는 자존심도 없지 않았다.

'❶지난 일 그까짓 생각할 건 뭐 있나. 사는 날까지…… 허허.'

여생을 웃으며 살 작정이었다. 그래 그런지 워낙 좀 실없는 티가 있은 데다 요즘 와서는 누구에게나 **농지거리**가 늘어 갔다. 그래 늘 **눈이 달리고** 뾰로통한 입으로는 말끝마다 '젠—장' 소리만 나오는 안 초시와는 성미가 맞지 않았다.

"❷쫌보야, 술 한잔 사주랴?"

쫌보라는 말이 자기를 **업수여기는** 것 같아서 안 초시는 이내 발끈해 가지고 "네깟놈 술 더러워 안 먹는다." 한다.

"화투패나 밤낮 떼면 너이 어멈이 살아온다덴?"

하고 서 참위가 발끝으로 화투장들을 밀어 던지면 그만 ❸얼굴이 새빨개져서 쌔근쌔근하다가 부채면 부채, 담뱃갑이면 담뱃갑, 자기의 것을 냉큼 집어 들고 다시 안 올 듯이 새침해 나가 버리는 것이다.

"조게 계집이문 **천생** 남의 **첩감**이야."

하고 서 참위는 껄껄 웃어 버리나 안 초시는 ❹이렇게 돼서 올라가면 한 이틀씩 보이지 않았다.

한번은 안 초시의 딸의 무용회(舞踊會) 날 밤이었다. ❺안경화(安京華)라고, 한동안 **토월회**(土月會)에도 다니다가 대판(大阪)에 가 있느니 동경(東京)에 가 있느니 하더니 오륙 년 뒤에 무용가로다 이름을 날리며 서울에 나타나게 된 것이다. 바로 제일회 공연 날 밤이었다. 서 참위가 조르기도 했지만, 안 초시도 딸의 사진과 이야기가 신문마다 나는 바람에 어깨가 으쓱해서 **공표**를 얻을 수 있는 대로 얻어 가지고 서 참위뿐 아니라 여러 친구를 청했던 것이다.

- 지체 : 어떤 집안이나 개인이 사회에서 차지하고 있는 신분이나 지위
- 농지거리 : 점잖지 아니하게 함부로 하는 장난이나 농담을 낮잡아 이르는 말
- 눈이 달리고 : 눈동자가 한쪽으로 쏠리고
- 업수여기다 : 업신여기다(=교만한 마음에서 남을 낮추어 보거나 하찮게 여기다)
- 천생 : 타고난 것처럼 아주
- 첩감 : '첩'은 정식 아내 외에 데리고 사는 여자, '감'은 자격을 갖춘 사람이라는 뜻
- 토월회 : 1922년에 일본 도쿄 유학생들로 구성된 우리나라의 신극 극단
- 공표 : 공짜표

창의적 읽기

### ❶에서 읽어야 하는 게 뭐지?

서 참위의 낙천성이다.

### ❷는 술 사주겠다는 말에 안 초시는 왜 모욕감을 느끼지?

'쫌보'라는 부정적 호칭 때문이다. 부정적 호칭인 '좀보'를 강하게 발음하여 부르는 자의 놀리는 감정이 더 많이 드러나 있다. '좀보=옹졸한 사람'이다.

### ❸에서 무엇을 읽어야 하지?

농담을 받아넘기지 못하는 안 초시의 성격이다.

### ❹의 '이렇게'가 무슨 뜻이야?

'자존심 상해서'의 뜻이다.

### ❺의 '토월회'가 이 소설에서 갖는 기능은 뭐야?

토월회는 1922년에 실재했던 극단이므로 소설의 사실성을 높인다.

### '무용회' 관람은 시대를 알려주는 어휘인가?

우리나라 최초의 무용회는 1924년 1월 박승희의 무용가극 「사랑과 죽음」이므로, '무용회'는 시대를 알려주는 어휘다.

“❶허! 저기 한가운데서 지금 한창 다리짓하는 게 자네 딸인가?”

남은 다 **명명히** 앉았는데 서 참위가 해괴한 것을 보는 듯, 마땅치 않은 어조로 물었다.

“무용이란 건 문명국일수록 벗구 한다네그려.”

❷약기는 한 안 초시는 미리 이런 대답을 하였다.

“모르겠네 원……. 지금 총각 놈들은 모두 **등신**인가 봐…….”

“왜?”

하고 이번에는 다른 친구가 탄하였다.

“우린 총각 시절에 저런 걸 봤다면 그냥 못 배기네.”

“빌어먹을 녀석……. **나잇값**을 못 하구 개야, 저건 개…….”

벌써 안 초시는 분통이 발끈거려서 나오는 소리였다.

❸한 가지가 끝나고 불이 환하게 켜졌을 때였다.

“도루, 차라리 여배우 노릇을 댕기라구 그래라. 여배운 그래두 저렇게 넓적다린 내놓고 덤비지 않더라.”

“그 자식 **오지랖 경치게 넓네.** ❹네가 안방 건넌방이 몇 **간**이요나 알았지, 뭘 **쥐뿔**이나 안다구 그래? 보기 싫건 나가렴.”

하고 안 초시는 화를 발끈 내었다. 그러니까 서 참위도 안방 건넌방 말에 화가 나서 꽤 높은 소리로

“넌 또 뭘 아니? 요 쫌보야.”

하고 일어서 버리었다.

이 일이 있은 후 안 초시는 거의 달포나 서 참위의 복덕방에 나오지 않았었다. 그런 걸 박희완(朴喜完) 영감이 가서 데리고 왔었다.

• 멍멍히 : 정신이 빠진 것같이 어리벙벙하게
• 등신 : 몹시 어리석은 사람을 낮잡아 이르는 말
• 나잇값 : 나이에 어울리는 말과 행동을 낮잡아 이르는 말
• 오지랖 : 웃옷이나 윗도리에 입는 겉옷의 앞자락
• 오지랖이 넓다 : 무슨 일이든 참견하고 간섭하는 사람을 가리키는 관용어
• 경치게 : 아주 심한 상태를 못마땅하게 여겨 이르는 말
• 간 : 건물의 넓이를 잴 때 쓰는 단위. 한 간은 보통여섯 자 제곱의 넓이
• 쥐뿔 : 아주 보잘것없거나 규모가 작은 것을 비유적으로 이르는 말

## 창의적 읽기

### ❶에서 '무용'에 대한 부정적 태도를 읽을 수 있지?

서 참위는 무용에 대한 반감을 모욕적인 표현으로 드러내고 있다.

### ❶에서 '무용'에 대한 모욕적인 표현은 뭐야?

'다리짓'이다.

### ❷에서 '약기는 한'을 어떻게 읽어야 할까?

두 가지다.

• '약다'는 안 초시에 대한 평가다. 이러한 평가를 논평이라 한다.
• 평가자는 전지적 작가다. 이러한 작가를 편집자라 한다.

### ❸은 무슨 뜻이야?

'막간'을 말한다. 막간이란 막과 막 사이의 쉬는 시간이다.

### 안 초시가 ❹처럼 말한 까닭은?

무용과 무용가를 모욕하는 서 참위의 말 때문에 모욕을 느낀 안 초시는 서 참위의 직업인 '가쾌'를 모욕하는 것으로 화풀이하고 있다.

### 무용가를 모욕하는 서 참위의 표현은 어떤 거야?

'넓적다리 내놓고 (남자에게) 덤비다'다.

박희완 영감이란 세 영감 중 하나로 안 초시처럼 이 복덕방에 와 자기까지는 안 하나 꽤 **쑬쑬히** 놀러 오는 늙은이다. 아니, 놀러 오기만 하는 것이 아니라 와서는 공부도 한다. 재판소에 다니는 조카가 있어 **대서업**(代書業) 운동을 한다고 ❶『속수국어독본(速修國語讀本)』을 노상 끼고 와 그『삼국지(三國志)』읽던 투로,

"긴상 도꼬에 유이끼마쓰까(김 선생 어디에 갑니까)."

어쩌고를 외고 있는 것이다.

그러나『속수국어독본』뚜껑이 **손때**에 절고, 또 어떤 때는 목침 위에 받쳐 베고 낮잠도 자서 머리 때까지 새까맣게 절어 '조선총독부 편찬(朝鮮總督府編纂)'이란 잔글자들은 보이지 않게 되도록, 대서업 허가는 의연히 나오지 않는 모양이었다.

"너나 내나 다 산 것들이 **업**은 가져 뭘 허니. 무슨 세월에…… 흥!"

하고 어떤 때, 안 초시는 한나절이나 ❷**화투 패**를 떼어 보고 안 떨어지면 그 화풀이로 박희완 영감이 들고 중얼거리는『속수국어독본』을 툭 채어 행길로 팽개치며 그랬다.

"넌 또 무슨 재술 바라구 밤낮 화토패나 떨어지길 바라니?"

"난 심심풀이지."

❸그러나 속으로는 박희완 영감보다 더 세상에 대한 야심이 끓었다. 딸이 평양으로 대구로 다니며 지방 순회까지 하여서 제법 돈냥이나 걷힌 것 같으나 연구소를 내느라고 집을 뜯어고친다 유성기를 사들인다 교제를 하러 돌아다닌다 하느라고, 더구나 귀찮게만 아는 이 애비를 위해 쓸 돈은 예산에부터 들지 못하는 모양이었다.

"얘! 낡은 솜이 돼 그런지, 삯바느질이 돼 그런지, 바지 솜이 모두 **치어서** 어떤 덴 홑옷이야. ❹암만해두 사쓸 한 벌 사 입어야겠다."

하고 딸의 눈치만 보아 오다 한번은 입을 열었더니

"**어련히** 인제 사드릴라구요."

하고 딸은 대답은 선선하였으나 샤쓰는 그해 겨울이 다 지나도록 구경도 못하였다. 샤쓰

는커녕 ❺안경다리를 고치겠다고 돈 일 원만 달래도 일 원짜리를 굳이 바꿔다가 오십 전 한 닢만 주었다. 안경은 **돈을 좀 주무르던** 시절에 장만한 것이라 테만 오륙 원 먹는 것이어서 오십 전만으로 그런 다리는 어림도 없었다. 오십 전짜리 다리도 있지만 살 바에는 **조촐한** 것을 택하던 초시의 성미라 더구나 **면상**에서 짝짝이로 드러나는 것을 사기가 싫었다. 차라리 종이 노끈인 채 쓰기로 하고 오십 전은 담뱃값으로 나가고 말았다.

- 쓸쓸히 : 쏠쏠히. 기대 이상으로
- 대서업 : 법률 행위에 필요한 서류를 작성하여 주고 보수를 받는 직업
- 속수국어독본 : 총독부에서 일본어 보급을 위해 펴낸 책자. 제목의 '국어'는 '일본어'를 뜻함. 당시 우리말은 '조선어'로 불렸음
- 손때 : 오랫동안 쓰고 매만져서 길이 든 흔적
- 업 : 직업
- 화투 패 : 화투의 낱장
- 치어서 : 한쪽으로 쏠려서
- 어련히 : 따로 걱정하지 아니하여도 잘될 것이 분명하거나 뚜렷하게
- 돈을 주무르던 : 돈을 만지던, 돈을 벌던
- 조촐하다 : 외모나 모습 따위가 말쑥하고 맵시가 있다
- 면상 : 얼굴

창의적 읽기

### ❶은 무슨 뜻이야?

『삼국지』를 읽던 억양으로 일본어를 읽는다는 뜻이므로 억양이 어색하다는 뜻이다.

### ❷는 무슨 뜻이야?

화투로 점을 보았는데 좋지 않았다는 뜻이다.

### ❸을 어떻게 이해해야 해?

안 초시의 인물됨을 전지적 작가가 직접 서술하여 표현했다.

### ❹를 어떻게 이해해야 해?

'사달라'는 뜻을 간접적으로 말한 것이다.

### ❺는 어떤 기능을 할까?

안 초시의 궁핍을 분명하게 보여준다.

"왜 안경다린 안 고치셨어요?"

딸이 그날 저녁으로 물었다.

"흥……."

초시는 말을 하지 않았다. 딸은 며칠 뒤에 또 오십 전을 주었다. 그러면서 어떻게 들으라고 하는 소리인지,

"아버지 보험료만 해두 한 달에 삼 원 팔십 전씩 나가요."

하였다. 보험료나 타 먹게 어서 죽어 달라는 소리로도 들렸다.

"그게 내게 상관있니?"

"아버지 위해 들었지, 누구 위해 들었게요, 그럼?"

초시는 '정말 날 위해 하는 거문 살아서 한 푼이라두 다우. 죽은 뒤에 내가 알게 뭐냐.' 소리가 나오는 것을 억지로 참았다.

"오십 전이문 왜 안경다릴 못 고치세요?"

초시는 설명하지 않았다.

"지금 아버지가 좋구 낮은 걸 가리실 처지야요?"

그러나 오십 전은 또 마코 값으로 다 나갔다. 이러기를 아마 서너 번째다.

"자식도 소용없어. 더구나 딸자식…… 그저 내 **수중**에 돈이 있어야……."

❶초시는 돈의 **긴요성**(緊要性)을 날로날로 더욱 심각하게 느끼었다.

"❷돈만 가지면야 좀 좋은 세상인가!"

❸심심해서 운동 삼아 좀 나다녀 보면 거리마다 짓느니 고층 건축(高層建築)들이요 동네마다 느느니 그림 같은 **문화주택**(文化住宅)들이다. 조금만 정신을 놓아도 물에서 **가주 튀어나온 미여기**처럼 미끈미끈한 자동차가 등덜미에서 소리를 꽥 지른다. 돌아다보면 운전수는 눈을 부릅떴고 그 뒤에는 금시계 줄이 번쩍거리는, 살진 중년 신사가 빙그레 웃고 앉았는 것이었다.

"예순이 낼 모레…… 젠—장할 것."

초시는 늙어 가는 것이 원통하였다. 어떻게 해서나 더 늙기 전에 적게 돈 만 원이라도 붙들어 가지고 내 손으로 다시 한 번 이 세상과 교섭해 보고 싶었다. 지금 이 꼴로서야 문화주택이 암만 서기로 내게 무슨 상관이며 자동차, 비행기가 개미 떼나 파리 떼처럼 퍼지기로 나와 무슨 인연이 있는 것이냐. 세상과 자기와는 자기 손에서 돈이 떨어진, 그 즉시로 인연이 끊어진 것이라 생각되었다.

- 수중 : 손 안
- 긴요성 : 중요성
- 문화주택 : 생활하기에 편리하고 보건 위생에 알맞은 새로운 형식의 주택
- 가주 튀어나온 미여기처럼 : 갓 튀어나온 메기처럼

창의적 읽기

### ❶을 어떻게 이해해야 해?

안 초시는 옷감 가게도 했고 장농 가게도 했다. 몰락 양반이지만 경성 중심가에 집도 있었다. 돈의 유무에 따라 다른 대접을 받는다는 것을 경험했기에 돈의 중요성을 잘 알고 있다.

### ❷에서 무엇을 읽어야 하지?

"좀 좋은 세상인가!"에서 '안 초시 = 역사의식 없는 인물'임을 보여준다. 일본에 나라를 빼앗긴 시대인데, 안 초시는 이 시대를 '돈만 가지면' 좋은 세상이라 생각하고 있다.

### ❸의 '문화주택'이 뭐야?

처음에는 서양 주택을 가리키는 말이었다. 그러나 나중에는 개량 한옥도 문화주택이라 불렸다.
1894년 이후 전통 주택 개선 문제가 제기되었다. 전통 주택의 위생 문제가 심각하다는 사실을 인식했기 때문이다. 전통 주택의 위생 문제를 해결한 것은 두 사람이다. 서양 주택을 도입한 박길룡과 개량 한옥을 공급한 정세권이다.

### '문화주택' 건축에서 무엇을 읽어야 하지?

1894년 이후 전통 주택의 위생 문제가 제기되었다. 이 문제에 대한 대안이 바로 문화주택인데, 박길룡의 '서양 주택', 정세권의 '개량 한옥'이 이에 해당한다.

"그러면 송장이나 다름없지 뭔가?"

초시는 이런 질문을 자신에게 던지는 지가 이미 오래였다.

"무슨 수가 없을까?"

또,

"무슨 **그루터기**가 있어야 비비지!"

그러다가도,

"그래도 돈냥이나 엎질러 본 녀석이 벌기도 하는 게지."

하고, 그야말로 무슨 그루터기만 만나면 꼭 벌기는 할 자신이었다.

그러다가 박희완 영감에게서 들은 말이었다. **관변**에 있는 모 유력자를 통해 비밀리에 나온 말인데 황해 연변(黃海沿邊)에 제이의 **나진**(羅津)이 생긴다는 말이었다. 지금은 관청에서만 알 뿐이나 **축항 용지**(築港用地)는 비밀리에 **매수**되었으므로 **불원**하여 당국자로부터 **공표**(公表)가 있으리라는 것이다.

"그럼 거기가 황무진가? 전답들인가?"

초시는 눈이 뻘개 물었다.

"밭이라대."

"밭? 그럼 **매 평** 얼마나 간다나?"

"좀 올랐대. 관청에서 사는 바람에 아무리 시골 사람들이기루 그만 눈치 없겠나. 그래두 무슨 일루 관청서 사는진 모르거든……."

"그래?"

"그래 그리 오르진 않았구……. 아마 평당 이십오륙 전씩이면 살 수 있다나 보대. 그러니 **화중지병**이지 뭘 허나 우리가……."

"음……."

초시는 **관자놀이**가 욱신거리었다. 정말이기만 하면 한 시각이라도 먼저 덤비는 놈이 더 남는 판이다. ❶나진도 오륙 전 하던 땅이 한번 개항된다는 소문이 나자 **당년**으로 오륙 전의 백 배 이상이 올랐고 삼사 년 뒤에는, 땅 나름이지만 어떤 **요지**(要地)는 천 배 이상이 오른 데가 많다.

- 그루터기 : 밑바탕이나 '밑천'을 비유적으로 이르는 말
- 관변 : 정부나 관청 쪽
- 나진 : 함경북도 북부에 있는 항구 도시
- 축항 : 항구 만들기
- 용지 : 땅
- 매수 : 물건을 사들임
- 불원 : 시일이 오래 걸리지 않음
- 공표 : 공개 발표
- 매 평 : 1평당
- 화중지병 : 그림의 떡
- 관자놀이 : 귀와 눈 사이의 맥박이 뛰는 곳
- 당년 : 금년
- 요지 : 중요한 곳

창의적 읽기

**❶의 '나진항'은 뭐지?**

일제가 중국 동북 지방의 물자를 약탈하기 위해 만든 항구다.

**❶의 '나진항'이 갖는 기능은 뭘까?**

나진항 건설은 1932년이다. 실제 사건이 소설 속 사건으로 사용되어 이 소설의 사실성을 높이고 있다.

"다 산 나이에 오래 끌 건 뭐 있나. 당년으로 넘겨두 최소한도 오 원씩야 **무려할** 테지……."

혼자 생각한 초시는

"대관절 어디란 말야, 거기가?"

하고 나앉으며 물었다.

"그걸 낸들 아나?"

"그럼?"

"그 모씨라는 이만 알지. 그러게 날더러 단 만 원이라도 자본을 **운동하면** 자기는 거기서도 어디어디가 요지라는 걸 설계도를 복사해 낸 사람이니까 그 요지만 산단 말이지. 그리구 많이두 바라진 않어. 비용 죄다 제치구 순이익의 이 할만 달라는 거야."

"그럴 테지……. 누가 그런 자국을 일러주구 구경만 하자겠나……. 이 할이라…… 이 할……."

초시는 생각할수록 이것이 훌륭한, 그 무슨 그루터기가 될 것 같았다. ❶나진의 선례도 있거니와 박희완 영감 말이 만주국이 되는 바람에 중국과의 관계가 미묘해지므로 황해 연변에도 으레 나진과 같은 사명을 갖는, 큰 항구가 필요할 것은 우리 상식으로도 추측할 바이라 하였다. 초시의 상식에도 그것을 믿을 수 있었다.

오늘은 오래간만에 **피존**을 사서, 거기서 아주 한 대를 피워 물고 들어왔다. 어째 박희완 영감이 종일 보이지 않는다. 다른 데로 자금 운동을 다니나 보다 하였다. 서 참위는 점심 전에 나간 사람이 어디서 홍정이 하나 떨어지느라고인지 아직 돌아오지 않는다. 안초시는 **미닫이**틀 위에서 다 낡은 화투를 꺼내었다.

"허, 이거 봐라!"

여간해선 잘 떨어지지 않던 ❷**거북패**가 단번에 뚝 떨어진다. 누가 옆에서 좀 보아 줬으면 싶었다.

"❸아무래두 이게 심상치 않어……. 이제 재수가 **틔**나 부다!"

초시는 반도 타지 않은 피죤을 행길로 내어던졌다. **출출하던** 판에 담배만 몇 대를 피고 나니 목이 컬컬해진다. ❹앞집 수채에는 뜨물에 떠내려가다 막힌 녹두 껍질이 그저 누렇게 보인다.

- 무려하다 : 믿음직스러워 아무 염려할 것이 없다
- 운동하면 : 마련하면
- 피죤 : 1930년대 후반 마코와 더불어 인기 높았던 담배로, 한 갑에 12전
- 미닫이틀 : 옆으로 밀어서 열고 닫게 되어 있는 문틀
- 거북패 : 화투짝을 거북 모양으로 모두 엎어 놓고 혼자 하나씩 젖혀 보는 놀이
- 틔다 : 막혀 있던 운 따위가 열려 좋은 상태가 되다
- 출출하던 : 배고프던

창의적 읽기

### ❶이 뭐지?

나진이 나진항이 되자 땅값이 100~1000배 상승한 사례를 가리킨다.

### ❷를 안 초시는 어떻게 받아들이지?

젖히어 맞는 짝끼리 떼어내는데, 남지 않고 다 떨어졌으므로 재수 좋은 일이 있을 거라 믿는다.

### ❸을 어떻게 이해해야 할까?

'안 초시=화투점을 믿는 인물'이다. 중요한 결정을 해야 할 때 화투점에 의존하고 있다. '딸에게 황해도 땅을 구입하자는 투자 권유' 결심도 이 화투점의 영향이다.

### ❹를 어떻게 이해해야 해?

같은 '녹두 껍질'이 안 초시의 마음에 따라 다르게 인식되고 있다.

- 소설 도입부에서 '오십 전'도 없다고 느낄 때 : '녹두껍질'이 '빈자떡'으로 보인다.
- 땅 투자 후 '만 원'이 생길 것이라 믿을 때 : '녹두껍질'이 '녹두껍질'로 보인다.

"오냐, 내년 추석엔……."

초시는 이날 저녁에 박희완 영감에게서 들은 이야기를 딸에게 하였다. 실패는 했을지라도 그래도 ❶십수 년을 상업계에서 보낸 안 초시라 출자(出資)를 권유하는 수작만은 딸이 듣기에도 딴사람같이 놀라웠다. 딸은 즉석에서는 **가부**를 말하지 않았으나, 그의 머리 속에서도 이내 잊혀지지는 않았던지 다음날 아침에는, 딸 편이 먼저 이 이야기를 다시 꺼내었고, 초시가 박희완 영감에게 묻던 이상으로 **시시콜콜**이 캐어물었다. 그러면 초시는 또 박희완 영감 이상으로 손가락으로 가리키듯 **소상히** 설명하였고, 일 년 안에 **청장**(淸帳)을 하더라도 최소한도로 오십 배 이상의 순이익이 날 것이라고 장담하였다.

딸은 솔깃했다. 사흘 안에 연구소 집을 ❷어느 신탁회사(信託會社)에 넣고 삼천 원(三千圓)을 돌리기로 하였다. 초시는 금시 **발복**(發福)이나 된 듯 뛰고 싶게 기뻤다.

"서 참위 이놈, 날 은근히 멸시했것다. 내 군이 널 시켜 네 집보다 난— 집을 살 테다. 네깟 놈이 천생 가쾌지 별거냐……."

그러나 신탁회사에서 돈이 되는 날은 웬 처음 보는 청년 하나가 초시의 앞을 가리며 나타났다. 그는 딸의 청년이었다. 딸은 아버지의 손에 단 일 전도 넣지 않았고 꼭 그 청년이 나서 돈을 쓰며 처리하게 하였다. 처음에는 팩 나오는 **노염**을 참을 수가 없었으나 며칠 밤을 지내고 나니, 적어도 삼천 원의 순이익이 오륙만 원은 될 것이라 만 원 하나야 어디로 가랴 하는 타협이 생기어서 안 초시는 으슬으슬 그, 이를테면 사위 녀석 격인 청년의 뒤를 따라나섰다.

• 가부 : 찬성과 반대를 아울러 이르는 말
• 시시콜콜 : 자질구레한 것까지 낱낱이 따지거나 다루는 모양
• 소상히 : 자세하게
• 청장 : 빚 따위를 갚음
• 발복 : 운이 틔어서 복이 옴
• 노염 : 노여움. 분노

창의적 읽기

### ❶의 '상업계'가 뭐야?

안 초시의 경력 중 '상업계'에 속하는 것은 드팀전(피륙 가게)과 장전(장농 가게) 운영이다. 드팀전은 이익을 내지 못해 실패했고, 장전은 화재로 실패했다.

### ❶의 '출자를 권유하는 수작'이 어떠했다는 거야?

10년 정도 장사를 해 본 안 초시는 손님 상대로 흥정을 많이 해봤던 탓에 상대방으로 하여금 지갑을 열게 만드는 말솜씨가 뛰어나다는 뜻이다.

### ❷가 어딜까?

조선신탁주식회사다. 조선에서 신탁업이 법적으로 가능하게 된 때는 1918년이다. 그 후 약 80여 개의 신탁회사가 난립하다가 1934년에 조선신탁주식회사 하나로 통합된다. 조선총독부에서 직영하는 조선신탁주식회사의 독점 영업은 1945년까지 지속되었다.

일 년이 지났다.

모두 꿈이었다. 꿈이라도 아주 악한 꿈이었다. 삼천 원어치 땅을 사 놓고 날마다 신문을 들여다보며 **수소문**을 하여도 거기는 축항이 된단 말이 신문에도, 소문에도 나지 않았다. ❶**용당포**(龍塘浦)와 **다사도**(多獅島)에는 땅값이 삼십 배가 올랐느니 오십 배가 올랐느니 하고 **졸부**들이 생겼다는 소문이 있어도 여기는 **감감소식**일 뿐 아니라 나중에, 역시, 이것도 박희완 영감을 통해서 알고 보니 그 관변 모씨에게 박희완 영감부터 속아 떨어진 것이었다. 축항 후보지로 측량까지 하기는 하였으나 무슨 결점으로인지 중지되고 마는 바람에 너무 **기민하게** 거기다 땅을 샀던, 그 모씨가 그 땅 처치에 곤란하여 꾸민 **연극**이었다.

돈을 쓸 때는 일 원짜리 한 장 만져도 못 봤지만 벼락은 초시에게 떨어졌다. 서너 끼씩 굶어도 밥 먹을 정신이 나지도 않았거니와 밥을 먹으러 들어갈 수도 없었다.

'재물이란 친자 간의 의리도 배추밑 **도리듯** 하는 건가.'

탄식할 뿐이었다. 밥보다는 술과 담배가 그리웠다. 물론 안경다리는 그저 못 고치었다. 그러나 이제는 오십 전짜리는커녕 단 십 전짜리도 얻어 볼 길이 없다.

추석 가까운 날씨는 해마다의 그때와 같이 맑았다. 하늘은 천 리같이 트였는데 조각구름들이 여기저기 널리었다. 어떤 구름은 깨끗이 바래 말린 옥양목처럼 흰빛이 눈이 부시다. 안 초시는 이번에도 자기의 때 묻은 적삼 생각이 났다. ❷그러나 이번에는 소매 끝을 불거나 떨지는 않았다. 고요히 흘러내리는 눈물을 그 더러운 소매로 닦았을 뿐이다.

- 수소문 : 세상에 떠도는 소문을 두루 찾아 살핌
- 용당포 : 관서 지방, 곧 평안남도·평안북도 및 황해도 지방에 발달되어 있는 공업지역. 일제가 만주 진출을 위해 그리고 관서 지방의 자원을 수탈하기 위해 개발한 지역
- 다사도 : 평안북도 염주군 다사노동자구에 있던 섬. 러일전쟁 때 일본군의 병참기지가 설치된 곳
- 졸부 : 갑자기 된 부자
- 감감소식 : 소식이나 연락이 전혀 없는 상태
- 기민하게 : 빠르게
- 연극 : 다른 사람에게 거짓을 사실인 것처럼 보이게 하기 위한 말이나 행동. 사기극
- 도리다 : 둥글게 빙 돌려서 베거나 파다

창의적 읽기

### ❶의 '용당포'와 '다사도'는 이 소설에서 어떤 기능을 할까?

용당포·다사도는 모두 실제 지명이다. 총독부는 1928년에 대다사도와 소다사도를 육지와 연결하는 대공사를 한다. 이 소설의 사실성을 높인다.

### 땅값 50배 상승이 가능한 거야?

자료에 따르면, 같은 해에 250배 오른 적도 있다. 1936년 5월에 평당 3~4전 하던 다사도 땅은 그해 연말에는 10원으로 올랐다.

### ❶에서 사회적 상황을 읽을 수 있을까?

중국 대륙 침략을 위해 일제는 군사 시설을 확보하고 있다.

### ❷를 어떻게 이해해야 해?

안 초시의 심리 변화를 암시하는 복선이다.

- 소매 끝을 불거나 떨다 : 궁핍을 인정하지 않다 → 궁핍 탈출을 꾀함
- 소매 끝을 불거나 떨지 않다 : 궁핍을 인정하다 → 궁핍 탈출을 포기함

여름이 극성스럽게 덥더니, 추위도 그럴 징조인지 예년보다 **무서리**가 일찍 내리었다. ❶서 참위가 늘 지나다니는 **식은 관시**(殖銀官舍)에들 울타리가 넘게 피었던 코스모스들이 끓는 물에 데쳐 낸 것처럼 시커멓게 죽고 말았다.

참위는 머리가 띵— 하였다. 요즘 와서 울기 잘 하는 안 초시를 한번 위로해 주러, 엊저녁에는 데리고 나와 **청요릿집**으로, **추탕**집으로 **새로 두 점**을 치도록 돌아다닌 때문 같았다. **조반**이라고 몇 술 뜨기는 했으나 혀도 그냥 뻑뻑하다. 안 초시도 그럴 것이니까 해는 벌써 오정 때지만 끌고 나와 해장술이나 먹으려고 부지런히 내려와 보니, 웬일인지 복덕방이라고 쓴 베 발이 아직 내어 걸리지 않았다.

"이 사람 봐아…… 어느 땐 줄 알구 코만 고누……."

그러나 코고는 소리는 들리지 않았다. 미닫이를 밀어젖힌 서 참위는 정신이 번쩍 났다. 안 초시의 입에는 피, 얼굴은 잿빛이다.

"아니……?"

참위는 우선 미닫이를 닫고 눈을 부비고 초시를 들여다보았다. 안 초시는 벌써 아니요, 안 초시의 시체일 뿐이었다. 방 안을 둘러보니 무슨 약병 하나가 굴러져 있다.

참위는 한참 만에야 눈물이 나왔다.

"어쩌누 이걸……."

파출소로 갈까 하다 그래도 자식한테 먼저 알려야겠다 하고 말만 듣던 그 ❷안경화 무용 연구소를 찾아가서 안경화를 데리고 왔다. 딸이 한참 울고 난 뒤이다.

"관청에 어서 알려야지?"

"**아스세요**."

하고 그 딸은 펄쩍 뛰었다.

"아스라니?"

"제 명예도 좀……."

하고 그는 애원하였다.

• 무서리 : 늦가을에 처음 내리는 묽은 서리
• 식은 : 조선식산은행
• 관사 : 관청에서 관리에게 빌려주어 살도록 지은 집
• 청요릿집 : 중국 요리를 만들어 파는 음식점
• 추탕 : 미꾸라지를 통째로 넣고 끓인 국
• 새로 : 밤 12시를 넘긴 시각 이후 다시 시각이 시작됨을 이르는 말
• 두 점 : 두 시
• 조반 : 아침밥
• 아스세요 : 그렇게 하지 말라고 금지할 때 하는 말(=아서, 아서라)

**창의적 읽기**

**❶의 '식은=조선식산은행'이 뭐야?**

조선총독부의 금융을 지원하는 기관이다. 1918년 10월에 설립되었다.

**❶을 어떻게 이해해야 하지?**

'식은 = 일제 상징'이므로, 일제가 지배하는 1930년대 조선의 피폐한 모습을 상징적으로 표현한 것이다.

**❶에서 서 참위의 '복덕방' 위치를 알 수 있을까?**

식산은행은 1918년 10월 남대문 2가에 설립되었다. 그러므로 복덕방 위치는 남대문 2가에 있다.

**❷의 '무용 연구소'가 보여주는 의미는?**

복덕방과 대조되는 공간이다. '복덕방 = 소외된 공간'이고, '무용 연구소 = 주목받는 공간'이다.

**'안경화 무용 연구소'가 이 소설에서 갖는 의미는 뭐야?**

안경화 이름으로 무용 발표회를 하고, 그러한 공연이 뉴스가 되고, 안경화 이름의 무용 연구소가 운영되고 있다는 것은 안경화가 조선의 유명 인사임을 보여준다.

"안 될 말이지. 명옐 생각하는 사람이 ❶애빌 저 모양으루 세상 떠나게 해?"

"……."

안경화는 엎드려 다시 울었다. 그러나가 나가려는 서 참위의 다리를 끌어안고 놓지 않았다. 그리고,

"절 살려 주세요."

소리를 몇 번이나 거듭하였다.

"그럼, 비밀은 내가 지킬 테니 나 하자는 대루 할까?"

"네."

서 참위는 다시 앉았다.

"부친 위해 보험 든 거 있지?"

"네, ❷**간이 보험**이야요."

"무슨 보험이든……. 얼마나 타누?"

"사백팔십 원요."

"부친 위해 들었으니 부친 위해 다 써야지?"

"그럼요."

"그럼……, 돌아간 이가 늘 속사쓸 입구퍼 했어. 좋은 털사쓰를 사다 입히구 그 위에 **진견**으로 **수의**(壽衣) **일습** 잘 허구. **선산**이 있나, 묻힐 데가?"

"**웬 그런 준비야 있어요.**"

"그럼 **공동묘지**라도 **특등지**루 널찍하게 사구……. 장례식을 잘 해야 말이지 초라하게 해 버리면 내가 그저 안 있을 게야. 알아들어?"

"네에."

하고 안경화는 그제야 핸드백을 열고 눈물 젖은 얼굴을 닦았다.

안 초시의 소위 **영결식**(永訣式)이 그 딸의 연구소 마당에서 열리었다.

서 참위와 박희완 영감은 술이 **거나하게** 취해 갔다. 박희완 영감이 무얼 잡혀서 가져왔다는 **부의**(賻儀) 이 원을 서 참위가,

- 간이 보험 : 일반적으로 보험 금액이 적고 계약 수속이 간편한 보험. 생명 보험과 화재 보험에만 있음
- 진견 : 좋은 명주
- 수의 : 염습할 때 시체에 입히는 옷(염습 : 시신을 씻긴 뒤 수의로 갈아입히고 염포로 묶는 일)
- 일습 : 한 벌
- 선산 : 조상의 무덤이 있는 산
- 웬 그런 준비야 있어요 : '어찌 그런 준비가 있겠어요' 라는 뜻
- 공동묘지 : 총독부가 도입한 새로운 장묘 제도. 선산이 없고 매장을 원할 때 유일하게 선택할 수 있는 묘지
- 특등지 : 가장 좋은 땅
- 영결식 : 장사 지내기 전에, 죽은 사람을 영원히 떠나보낸다는 뜻으로 행하는 의식
- 거나하게 : 술 따위에 취한 정도가 어지간하게
- 부의 : 초상집에 부조로 보내는 돈이나 물품

창의적 읽기

**❶에서 안 초시는 왜 자살한 거야?**

두 가지다.

- 표면적인 이유 : 투자 금액의 50배 순이익을 벌 수 있다 하여 딸에게 투자를 권유한 땅 투기가 실패하여 궁핍 탈출이 더 이상 불가능하다고 안 초시는 생각함
- 근본적인 이유 : 일제 강점기에 살면서 돈만 있으면 좋은 세상이라 믿은 안 초시의 그릇된 물질만능주의

**이 소설의 주제를 어떻게 이해해야 해?**

두 가지다.

- 일본에 의한 근대화가 가져온 물질만능주의와 욕망의 비극
- 일본에 의한 근대화가 가져온 조선인들의 희망 없는 삶

**❷에서처럼 이 시대에도 보험이 있었어?**

1916년 10월 일본 우정성은 간이보험제도를 운영한다. 국가가 직접 운영한 비영리 보험이다.

"장례비가 넉넉하니 자네 돈 그 계집애 줄 거 없네."

하고 우선 술집에 들러 거나하게 곱빼기들을 한 것이다.

영결식장에는 제법 **반반한 조객**들이 모여들었다. 예복을 차리고 온 사람도 두엇 있었다. 모두 고인을 알아 온 것이 아니요 무용가 안경화를 보아 온 사람들 같았다. 그중에는, 고인의 슬픔을 알아 우는 사람인지, 덩달아 기분으로 우는 사람인지 울음을 삼키노라고 **끅끅하는** 사람도 있었다. 안경화도 제법 눈이 젖어 가지고 신식 상복이라나 **공단** 같은 새까만 양복으로 관 앞에 나와 향불을 놓고 절하였다. 그 뒤를 따라 한 이십 명 관 앞에 와 **끕벅거렸다**. 그리고 무어라고 지껄이고 나가는 사람도 있었다.

그들의 **분향**이 거의 끝난 듯하였을 때

"에헴."

하고 얼굴이 시뻘건 서 참위도 나섰다. 향을 한 움큼이나 집어 놓아 연기가 시커멓게 올려 솟더니 불이 일어났다. 후—후— 불어 불을 끄고, 수염을 한 번 쓰다듬고 절을 했다. 그리고 다시

"헴……."

하더니 **조사**(弔辭)를 하였다.

"나 서 참위일세. 알겠나? ❶홍……자네 참 **호사**야 호살세……. 잘 죽었느니 자네 살았으문 이런 호살 해보겠나? 인전 안경다리 고칠 걱정두 없구…… 아무튼지……."

하는데 박희완 영감이 들어서더니

"이 사람 취했네그려."

하며 서 참위를 밀어냈다.

박희완 영감도 가슴이 답답하였다. 분향을 하고 무슨 소리를 한마디 했으면 속이 후련히 트일 것 같아서 잠깐 멈칫하고 서 있어 보았으나,

"으흐흑……."

하고 울음이 먼저 터져 그만 나오고 말았다.

❷서 참위와 박희완 영감도 묘지까지 나갈 작정이었으나 거기 모인 사람들이 하나도 마음에 들지 않아 도로 술집으로 내려오고 말았다.

_〈조광〉(1937년 3월호)

- 반반한 : 신분이나 지위 따위가 상당한
- 조객 : 조문객. 남의 죽음에 대하여 슬퍼하는 뜻을 드러내어 상주(喪主)를 위문하러 온 사람
- 끅끅하다 : 흐느껴 울거나, 억제하며 웃을 때 잇따라 목이 메어 나는 소리가 나다
- 공단 : 고급 비단
- 꿉벅거리다 : 꾸벅거리다(=머리나 몸을 자꾸 앞으로 많이 숙였다가 들다)
- 분향 : 향을 피움
- 조사 : 조문하는 글(조문=죽음을 슬퍼함)
- 호사 : 사치

창의적 읽기

### ❶을 어떻게 이해해야 할까?

세 가지다.

- '이런 호사'가 가리키는 내용을 알아야 한다 :
  - 제법 반반한 조객들이 모여들었다.
  - 덩달아 기분으로 우는 사람인지 울음을 삼키노라고 끅끅하는 사람도 있었다.
  - 이십 명 관 앞에 와 꿉벅거렸다.
- '이런 호사'가 가리키는 의미를 알아야 한다 : '호사=진심 어린 슬픔이 아님'의 뜻이므로 '호사'는 반어다.
- '질문'이 아니라는 것을 읽어야 한다 : ❶은 탄식이다.

### '안 초시의 죽음'을 진심으로 안타까워하면서 슬퍼하는 것은 누구야?

서 참위다.

### ❷에서 '하나도 마음에 들지 않아'의 까닭은 뭐지?

소설에서 명확하게 읽을 수는 없지만 추리해 보면 다음과 같다.

- 총독부가 권장하는 방식으로 행해지는 새로운 장례문화(상여 행렬 없음·공동묘지 사용·서양식 장례복장 착용·죽은 사람과 친분 없는 사람들이 장례식장에 찾아옴 등) 때문이다.

## 깊이 이해하기

### 「복덕방」에 반영된 시대의 모습

「복덕방」에 반영된 중요한 시대의 모습은 두 가지다. 대한제국 육군 무관학교·땅값 상승이다.

#### 대한제국 육군 무관학교

대한제국 수립 이듬해인 1898년에 신식 장교를 양성하기 위해 설립되었다. 1907년의 대한제국 군대 해산 후에도 남아 있다가 1909년 폐지되었다. 참위의 경우 품계는 6품, 월급은 454원이었다. 당시 참위의 월급은 6급 교원이 받는 180원의 2.5배이어서 대한제국 육군 무관학교 입학 경쟁률은 매우 높았다. 부유한 자제들이 많이 입학했다. 무장독립군 총사령관 김좌진 장군도 1905년 당시 참위였다.

#### 경성 땅값 상승

1920년대 사회 문제 중 하나는 경성 집값 상승이다. 경성 집값 상승 원인은 여러 가지다.

1) 농촌 붕괴로 인해 농사꾼들이 도시 경성으로 유입됨
2) 지방 부자들 자녀의 중·고등학교 진학이 늘어나면서 경성에 집을 마련함
3) 양반 몰락으로 인해 경성부의 땅이 매물로 나옴
4) 정세권 등과 같은 부동산 개벌업자가 3)의 땅을 매입해 새로운 주택(개량 한옥·문화주택)을 건축하여 판매함

#### 나진·용당포·다사도 땅값 상승

중일 전쟁(中日戰爭)은 1937년 7월 7일 일본의 중국 대륙 침략으로 시작되어 1945년 제2차 세계대전이 끝날 때까지 계속된다. 나진·용당포·다사도 등의 땅값이 상승한 것은 이 세 곳에다 중국 대륙 침략을 위한 병참기지를 일본이 건설했기 때문이다.

OX

## 사실 확인 다음 내용이 맞는지 틀린지 ○×로 표시하기

1 「복덕방」은 1920년대 이후 조선 경성의 현실을 반영하고 있다.

2 이 소설의 주인공은 복덕방에 모이는 세 사람인데 모두 노인이다.

3 서 참위가 운영하는 복덕방은 '남대문 2가'에 있다.

4 서 참위는, 집 없는 안 초시를 위해 복덕방에서 숙식을 해결하게 했다.

5 박희완은 대서업 자격증을 따기 위해 『속수국어독본』으로 공부한다.

6 안 초시가 황해도 연변 땅을 구입한 것은 박희완이 들려준 정보 때문이다.

7 안 초시의 딸 안경화는 국내외적으로 유명한 무용가다.

8 안 초시는 자살 직전까지 부러진 안경다리를 수리하지 않았다.

9 안경화는, 안 초시의 장례식 비용 일체를 보험금으로 충당하라는 서 참위의 제안에 동의한다.

10 안 초시의 장례식은 조선의 전통적인 장례 방식으로 진행되었으므로 상여 행렬이 끝난 후 시신을 선산에 매장하는 것으로 끝났다.